सक्सेस Principles

सक्सेस Principles

52 हफ्ते : सफलता के 52 गुरुमंत्र

जैक कैनफील्ड

प्रकाशक
प्रभात प्रकाशन प्रा. लि.
4/19 आसफ अली रोड, नई दिल्ली–110002
फोन : 011–23289777 • हेल्पलाइन नं. : 7827007777
इ–मेल : prabhatbooks@gmail.com ❖ वेब ठिकाना : www.prabhatbooks.com

संस्करण
2026

पेपरबैक मूल्य
पाँच सौ रुपए

अनुवाद
वीरेन शर्मा

मुद्रक
नरुला प्रिंटर्स, दिल्ली

★

SUCCESS PRINCIPLES
by Jack Canfield
(Hindi Translation of 'SUCCESS AFFIRMATIONS')
Published by **PRABHAT PRAKASHAN PVT. LTD.**
4/19 Asaf Ali Road, New Delhi-110002
by arrangement with Client Company Health Communications, Canada

ISBN 978-93-90378-85-2

₹ 500.00 (PB)

प्रस्तावना

'अपनी आकांक्षाओं को लेकर सचेत रहें।' आपने शायद यह बात अकसर सुनी होगी, परंतु क्या आप जानते हैं कि इस सलाह के पीछे वास्तविक विज्ञान है ? तंत्रिका-विज्ञान (न्यूरो-साइंस) क्षेत्र के शोधकर्ता अब जानते हैं कि मस्तिष्क एक लक्ष्य-साधक अवयव संस्थान (ऑर्गेनिज्म) है। आप जिस किसी विचार, बिंब या परिणाम के बारे में सोचते, बात करते और शिद्दत से महसूस करते हैं, उसे साकार कर लेते हैं। निश्चित रूप से, अनिश्चित और निरानंद संभावनाओं से दूर यह सशक्त वैज्ञानिक तथ्य वास्तव में आपके जीवन के हर क्षेत्र में सुधार लाने—वह भी इस तरह से, जिसकी आप आज कल्पना भी नहीं कर सकते—की क्षमता रखता है।

एक उपकरण भी है, जिसका उपयोग आप अपने विचारों को केंद्रित करने और अपने लक्ष्यों को प्राप्त करने की प्रक्रिया को गति देने के लिए कर सकते हैं। इसे, स्वयं को आश्वस्त करने वाले इस आशय के कथन को, मन में दोहराना कहते हैं, मानो कोई लक्ष्य प्राप्त कर लिया गया हो!

इस प्रकार की आत्म-आश्वस्ति क्या स्वरूप लेती है ?

मैं टस्कनी स्थित अपने बँगले के बरामदे से अस्त होते सूर्य को निहार रहा हूँ, यह एक उदाहरण है। अपनी सर्वाधिक बिकनेवाली पुस्तक की रॉयल्टी के तौर पर मिला 1 लाख डॉलर का चेक खुशी-खुशी जमा कर रहा हूँ, यह दूसरा उदाहरण है। ये आश्वस्तकारी और प्रेरक कथन हैं, जो नए विचारों और समृद्ध बिंबों से आपकी सोच का विस्तार करते हैं और आपके जीवन में परिवर्तन लाने के लिए आपके मस्तिष्क की अपनी प्रक्रियाओं के साथ वास्तव में काम करते हैं, जब आप अपने मस्तिष्क पर अपने भावी जीवन के रंगारंग

चित्रों, उत्साहजनक ब्योरों और आनंदकारी बिंबों की बौछार करते हैं। आपके मन में बोधात्मक विसंगति नामक एक स्थिति पैदा होती है। बोधात्मक विसंगति मानसिक सहजता-असहजता का भाव, जो तब पैदा होता है, जब आपके मन में दो परस्पर विरोधी धारणाएँ या विचार चल रहे हों—(1) आपका जीवन, जैसा आप आज जी रहे हैं, और (2) आपका जीवन, जैसा आप भविष्य में देखना चाहेंगे।

जब आप अपना बंधनकारी आचरण, जो आपको वर्तमान स्थिति में ले आया है, को जारी रखते या शिद्दत से महसूस करते हैं कि आपको जीवन में वह नहीं मिल पा रहा है, जो आप चाहते हैं—तो आप अचानक एक बेहतर जीवन का मानसिक चित्र बनाने के लिए दैनिक रूप से इन आश्वस्तकारी और प्रेरक कथनों को मन में दोहराना शुरू कर देते हैं—और इस प्रक्रिया में आप एक प्रकार का मानसिक तनाव पैदा कर लेते हैं, जिसे दूर करने और आपके लिए वास्तव में एक बेहतर एवं अधिक वांछनीय जीवन-शैली पैदा करने के लिए आपका मस्तिष्क यथासंभव प्रयास करेगा!

'ए थ्योरी ऑफ कॉग्निटिव डिसोनेंस' के लेखक मनोवैज्ञानिक लियॉन फेस्टिंगर इस प्रक्रिया की तुलना आपको भूख लगने पर आपका मस्तिष्क जिस तरह से प्रतिक्रिया देता है, इससे करते हैं। वह आपके शरीर को कुछ खाने के लिए संकेत देता है। दूसरे शब्दों में, वह आपको अपनी भूख शांत करने के लिए जरूरी कदम उठाने का कारण बनता है। इसी प्रकार, जब आप बाध्यकारी चित्रों और भावनाओं के साथ अपने नए मोहक भविष्य को मन में साकार करने के लिए इन आश्वस्तकारी एवं प्रेरक कथनों का उपयोग करना शुरू कर देते हैं तो आपका मस्तिष्क उस मोहक व नए भविष्य को साकार करने हेतु आवश्यक कदम उठाने के लिए प्रेरित करेगा।

दैनिक मानस-दर्शन और इसे शाब्दिक रूप देने के जरिए अपने मन पर एक बेहतर भविष्य के विचारों की बमबारी वास्तव में आपके मन को इस बोधात्मक विसंगति को दूर करने के लिए बाध्य करेगी, जिसे वह पसंद नहीं करता। आत्म-आश्वस्ति उन अति सजीव और भावनात्मक रूप से बाध्यकारी कथनों का नाम है, जिन्हें आप एक बेहतर जीवन की सजीव कल्पना करने के लिए दैनिक रूप से उपयोग कर सकते हैं।

"मानव जाति के साथ जो कुछ महान् घटित हुआ है, उसकी शुरुआत किसी व्यक्ति के दिमाग में आए एक विचार से हुई है।"

—यिअनिस क्रिसो मैलिस

पेशेवर तौर पर 'यन्नी' के नाम से
विख्यात संगीतकार एवं पियानोवादक

आत्म-आश्वस्ति कैसे आपका जीवन बदल सकती है?

चूँकि आप यह पुस्तक पढ़ रहे हैं, संभवत: आपने निश्चय कर लिया है कि आप अपने जीवन को एक भिन्न स्वरूप देना चाहते हैं। फिर वह स्वरूप एक शानदार कॅरियर हो या धन कमाना अथवा ऐसे संबंध बनाना हो, जिनमें प्रेम और सहयोग का भाव हो, विश्व-भ्रमण, दमकता स्वास्थ्य हो या बस, एक शांत और संगठित जीवन—जो आपको रास आए—की विलासिता हो, ऐसे कदम हैं, जिन्हें उठाकर आप वहाँ पहुँच सकते हैं। यह पुस्तक उन्हीं कदमों के बारे में है।

इसमें न केवल अनुशंसित आत्म-आश्वस्तिकारी कथन शामिल किए गए हैं, जो आपको इस सशक्त दैनिक आदत के पथ पर ले जाएँगे, बल्कि वह आपको उन 52 सशक्त सिद्धांतों के बारे में भी बताएगी, जिनका दुनिया के सफलतम व्यक्ति दशकों से बिजनेस, ललित कलाओं, खेलों, समाज-कल्याण, राजनीति और कई अन्य क्षेत्रों में उपयोग करते आए हैं। ये वे सिद्धांत हैं, जिनका मैंने लगभग 40 वर्षों से अध्ययन किया, पढ़ाया और जिन्हें अपने निजी जीवन में लागू किया है—और जिनका राम गंगलानी ने बिजनेस, समाज-कल्याण एवं निजी जीवन में सफलता के लिए तीन दशकों से उपयोग किया है। हमने इन सिद्धांतों को अपने अतिरिक्त लाखों लोगों में प्रभावी होते देखा है। इसलिए इन प्रामाणिक सिद्धांतों के ढाँचे का उपयोग करते हुए 'संकल्प से सफलता' अच्छे आइडियाज और सकारात्मक विचारों की पुस्तक भर नहीं है। यह जीवन में सफलता और आनंद पैदा करने के प्रामाणिक कदमों की पुस्तक भी है।

ये सिद्धांत हमेशा कारगर होंगे, बशर्ते आप इन सिद्धांतों को लागू करें

वास्तव में, यदि आप एक सप्ताह में बस एक सिद्धांत में प्रवीणता हासिल करें, जैसा करने का यह पुस्तक आपको मार्ग बताएगी, वस्तुतः आप सिर्फ एक साल में अपने जीवन को रूपांतरित कर सकते हैं।

परंतु महत्त्वपूर्ण यह है कि आप इन सिद्धांतों को अपने जीवन में लागू करने की जिम्मेदारी लें। अपने आश्वस्तकारी कथनों को उच्चारित और आत्मसात् करने की दैनिक आदत डालना इनमें से बस, एक सिद्धांत है—जिसे आप 'सप्ताह 10 : ब्रेक्स को शिथिल करने के लिए आश्वस्तकारी कथनों का उपयोग करें' शीर्षक के अंतर्गत पृ. 53–54 पर देख सकते हैं, परंतु ध्यान रहे, इन सिद्धांतों को अपने जीवन में लागू करना, सिर्फ आपका काम है। इसे आप किसी और से नहीं करवा सकते और न इन सिद्धांतों की अनदेखी कर सकते हैं, जो आपको अप्रिय लगते हैं। वास्तव में, समग्र सफलता प्राप्त करने के लिए प्रत्येक सिद्धांत महत्त्वपूर्ण है। यह ठीक वैसा ही है, जैसे कोई पुस्तक लिखना। पुस्तक लिखने की प्रक्रिया शुरू करने से भी पहले आपको पढ़ना व लिखना सीखना होगा। आपको वाक्य की संरचना और व्याकरण के नियम समझने होंगे। आपको शब्दों को वाक्यों, वाक्यों को पैराग्राफ्स में और पैराग्राफ्स को अध्यायों में परिवर्तित करना सीखना होगा। यदि आप इनमें से कोई भी सोपान कूदकर ऊपर चढ़ जाएँ तो पुस्तक अर्थहीन हो जाएगी और पाठक उससे लाभ नहीं उठा पाएँगे। किसी ऐसी पुस्तक की कल्पना कीजिए, जिसमें कोई पूर्ण या अर्धविराम, कोई पैराग्राफ्स या अध्याय न हो! वह किसी काम की न होगी।

उसी प्रकार, एक सफल और आनंदपूर्ण जीवन आपके जीवन की रचना के लिए प्रत्येक सिद्धांत और उसके साथ दिए गए आत्म-विश्वस्तकारी कथन अत्यावश्यक अवयव हैं। कोई अन्य व्यक्ति आपके लक्ष्य तय नहीं कर सकता, आपके सपने गढ़ नहीं सकता, आपका भविष्य तय नहीं कर सकता। प्रेरक दार्शनिक जिम रॉन इसे इस प्रकार व्यक्त करते हैं, "आपका व्यायाम करने के लिए आप किसी अन्य व्यक्ति को नियुक्त नहीं कर सकते।"

आप चाहे व्यायाम कर रहे हों, अपने लक्ष्य तय कर रहे हों, ध्यान या

अध्ययन कर रहे हों या सो भी रहे हों, कुछ काम ऐसे हैं, जिनसे कोई लाभ प्राप्त करने के लिए, जो स्वयं आपको करने होंगे और उन सिद्धांतों की तरह, जिनकी शिक्षा मैं इस पुस्तक में देता हूँ और उन आश्वस्तकारी कथनों की तरह, जिनका उन सिद्धांतों और उनके लाभों को अपनी चेतना में उतारने के लिए आप उपयोग करेंगे, यदि आप हफ्ते-दर-हफ्ते उन पर अमल करने और करते रहने के लिए प्रतिबद्ध हों तो आपको असाधारण लाभ प्राप्त होंगे।

उन सिद्धांतों एवं कथनों के साथ बिताए जीवन के 40 वर्ष साबित करते हैं कि वे कारगर हैं

अल्बर्ट आइंस्टीन ने एक बार कहा था, "यह दुनिया, जैसी हमने बनाई है, हमारी सोच की ही एक प्रक्रिया है। हमारी सोच को बदले बिना उसे बदला नहीं जा सकता।" आश्वस्तकारी कथन वे उपकरण हैं, जो दिन-ब-दिन धीरे-धीरे आपकी सोच को बदल देंगे। इन सिद्धांतों को अपने जीवन में लागू करके आप और अधिक प्रयास करें; और आपके जीवन में ऐसे बदलाव आने शुरू हो जाएँगे, जो आपको कभी संभव नहीं लगे थे।

"यह मेरे जीवन में हुआ।" मैं जैक बोल रहा हूँ।

मैं पश्चिम वर्जीनिया के व्हीलिंग में एक औसत दर्जे के घर में पला-बढ़ा। मेरे पिता को काम करने का जुनून था और मेरी माँ को शराब की लत लग गई थी। गरमी की छुट्टियों में अपने दादा के फ्लोरिस्ट के व्यवसाय में और एक स्वीमिंग पूल में लाइफगार्ड के तौर पर काम करके मैं कुछ नकदी कमा लेता था। अपनी पुस्तकों, कपड़ों और गर्लफ्रेंड के साथ घूमने का खर्च चलाने के लिए कैंपस के कॉमन डाइनिंग हॉल में ब्रेकफास्ट सर्व करते हुए आंशिक छात्रवृत्ति के सहारे मैंने हार्वर्ड यूनिवर्सिटी से पढ़ाई पूरी की। ग्रेजुएशन के आखिरी साल में मुझे एक अंशकालिक टीचिंग जॉब मिल गई, जहाँ मुझे प्रति दो सप्ताह में 120 डॉलर मिलते थे। उससे कमरे का किराया और अन्य खर्चों की व्यवस्था हो जाती थी। यह कहना कि मैं अकसर बिल्कुल कड़का हो जाता था, उस दौर को कम करके बताना होगा। बहुत अधिक कड़की के दिनों में मैंने कई बार कम कीमत का डिनर, जिसमें स्पेगेटी नूडल्स का एक बॉक्स, टमाटर पेस्ट, गार्लिक सॉल्ट

और पानी होता था, खाकर रातें गुजारीं।

मैं आर्थिक सोपान के बहुत ही निचले पायदान पर जी रहा था। कोई भी यह अनुमान लगा सकता है कि मैंने किस तरह से ग्रेजुएशन पूरा किया होगा! परंतु कुछ समय बाद, जब मैं शिकागो के दक्षिणी भाग में एक हाई स्कूल टीचर के रूप में अपना कॅरियर शुरू कर चुका था, मुझे एक अनोखे फाउंडेशन से नौकरी का एक प्रस्ताव आया, जहाँ मुझे अन्य लोगों को उन सिद्धांतों के बारे में शिक्षित करना था, जिसे अपने दम पर करोड़पति बने उसके संस्थापक डब्ल्यू. क्लेमेंट स्टोन ने अपनाया था। मुझे न केवल अपने लिए उन सिद्धांतों को सीखने, बल्कि उनसे जीवन में बदलाव लाने में दूसरों की मदद करने में बहुत आनंद आया। वह उन सिद्धांतों, जिन्हें मैं आपको इस पुस्तक में बताऊँगा, को सीखने, आजमाने और दूसरों को उनकी शिक्षा देने में चालीस वर्षों की शुरुआत थी। मैं उन्हें अपने जीवन में लागू करने में जुट गया और अंतत: 'चिकन सूप फॉर द सोल' नामक पुस्तक की श्रृंखला सहित अनगिनत बेस्टसेलिंग पुस्तकों का लेखक बनकर, कई सफल कंपनियों को विकसित कर, एक शीर्षस्थ सक्सेस कोच और लोगों को अपना जीवन रूपांतरित करने में प्रशिक्षण देनेवाला गुरु बनकर करोड़पति बन गया।

सफलता के लिए इस पुस्तक में वर्णित प्रत्येक सिद्धांत ऐसा है, जिसे मैंने व्यक्तिगत अनुभव से सीखा और उस पाठ्यक्रम के हिस्से की तरह विकसित किया है, जिसकी अब मैं सौ से अधिक देशों में शिक्षा देता हूँ। इतने वर्षों में मैंने इन सिद्धांतों को सीखना, उनके साथ विकसित होना, नए लक्ष्य स्थापित करना और उन्हें प्राप्त करना कभी बंद नहीं किया है और यही मैं आपके साथ होते देखना चाहता हूँ। सच तो यह है कि जब तक वह इन सिद्धांतों को अपने जीवन में उतारने का इच्छुक है, कोई भी व्यक्ति इन अभूतपूर्व परिणामों को हासिल कर सकता है।

जीवन में आप क्या चाहते हैं, इसे तय करें; अपने आप में विश्वास रखें और उन आश्वस्तकारी कथनों का उपयोग करें, जो इन सिद्धांतों व आदतों को जीना शुरू करने के लिए हम आपको इस पुस्तक में बताएँगे।

इस पुस्तक से अधिक-से-अधिक परिणाम कैसे प्राप्त करें ?

अपने लक्ष्य प्राप्त करने पर ध्यान केंद्रित करने में आपकी सहायता करने के अतिरिक्त यह भी साबित हो चुका है कि सकारात्मक विचार उन अच्छी ऊर्जा तरंगों को बल प्रदान करते और बढ़ाते हैं, जो लाभकारी ऊर्जा को अपनी ओर आकर्षित करने के लिए आप इस जगत् में भेजते हैं। यह एक सार्वभौम नियम है कि सफलता, प्रचुरता, प्रसन्नता, सतर्कता और धन उस दौरान बेतहाशा बढ़ते हैं, जब हम स्वयं को सकारात्मकता की राह पर ले जाते हैं।

आश्वस्तकारी कथन उसी का एक बड़ा भाग है।

वे हमारे विचार पैटर्न और भावनात्मक प्रतिसादों को रीवायर करने में भी सहायक होते हैं और मन में नए मार्ग बनाते तथा उस पैटर्न को प्रतिस्थापित करते हैं, जो हमारे विकास में बाधक होते और हमें अनुत्पादक बनाते हैं। सकारात्मक आश्वस्तकारी कथनों का उपयोग आपके मन में सकारात्मक आत्म-वार्त्तालाप से भर देने का उपकरण भर नहीं है। वह एक ऐसा उपकरण भी है, जो आपके भयों को जीतने, बाधाओं और उन मार्ग के अवरोधों को दूर करने में आपकी सहायता करेगा, जो आपको अपने सपने साकार करने से रोकते हैं।

इस पुस्तक के प्रत्येक अध्याय में आपको तीन सकारात्मक आश्वस्तकारी कथन मिलेंगे, जिनका उपयोग आप अपने सशक्तीकरण के लिए कर सकते हैं। साथ ही, उनके पीछे छिपे सफलता के सिद्धांत भी दिए गए हैं, जिन्हें आप व्यवहार में ला सकते हैं। हम सिफारिश करते हैं कि आप इन आश्वस्तकारी कथनों में से वह कथन चुन लें, जो आपके लक्ष्य या उस आवश्यकता को संबोधित करता हो, जिसे आप इस समय अनुभव कर रहे हैं और उसे अपने दैनिक चिंतन का विषय बना लें। हर सुबह दस मिनट उसका इस तरह उच्चारण करें और उसे मन में साकार करें, मानो वह पूरा कर लिया गया हो! अपने मन की आँखों से स्वयं को इस तरह से देखें, मानो आप अपना लक्ष्य पूरा होने के बाद का जीवन जी रहे हैं। लक्ष्य-प्राप्ति के बाद मन में हिलोरें लेती खुशी, उत्तेजना, सुरक्षा का भाव या आत्मविश्वास जैसी भावनाओं को मन में लाएँ। इनके साथ ही उन संवेदी और स्वरात्मक अनुभवों को भी, जिन्हें आप लक्ष्य प्राप्त करने के बाद महसूस करेंगे—चाहे वह आपके चेहरे पर आई आभा हो या

लोगों से मिल रहा साधुवाद या वह निजी जेट विमान, जो आपको किसी दूर देश ले जाने के लिए उड़ान भर रहा हो! उस भावना को महसूस करें।

आप चाहें तो अपने पॉकेट साइज्ड फ्लैश कार्ड्स पर किसी इंडेक्स कार्ड या फेल्ट मार्कर द्वारा उस कथन को चित्रित कर सकते हैं, जिस पर आप अभी काम कर रहे हैं; परंतु आपको पृ. 56 पर दिए गए दिशा-निर्देशों का अनुसरण करते हुए उन नए आश्वस्तकारी कथनों को लिखना भी शुरू कर देना चाहिए, जो आपके कुछ निश्चित लक्ष्यों और आपकी परिस्थितियों से संगत हों। हर दिन की समाप्ति पर सोने से पहले दस मिनट तक उन कथनों को याद करें, आपका अवचेतन मन सारी रात उन्हीं लक्ष्यों पर ध्यान केंद्रित करता रहेगा। वर्तमान कथन पर काम पूरा होने के बाद इस पुस्तक के प्रत्येक अध्याय में दिए गए आश्वस्तकारी कथनों में से अगले कथन के पीछे छिपे सिद्धांत पर अमल करने के लिए आगे बढ़ जाएँ।

हफ्ते-दर-हफ्ते आपका जीवन बदलना शुरू कर देगा।

जैसा हमने उन अनगिनत लोगों, जिन्होंने ये सिद्धांत सीखे हैं, के साथ होते देखा है, समृद्धि और आनंद भरा पूरा जीवन आपकी प्रतीक्षा कर रहा है। इन कथनों का उपयोग करना शुरू करें और उस जीवन पर अपना दावा पेश करें।

अनुक्रम

अपने भविष्य की 100 प्रतिशत जिम्मेदारी लें

ध्यान और चिंतन के लिए आश्वस्तकारी कथन

मैं उस मुकाम, जहाँ मैं अभी हूँ, से उस मुकाम पर, जहाँ मैं पहुँचना चाहता हूँ, जाने का सफर आसानी से तय कर रहा हूँ। मैं अपने जीवन में आसानी से सुधार ला रहा हूँ।

समय-समय पर घटनेवाली घटनाओं का बुद्धिमानी से प्रतिसाद देते हुए मैं आत्मविश्वास से बेहतर परिस्थितियों का निर्माण और अपने लिए नए अवसरों का विस्तार कर रहा हूँ।

आनेवाली चुनौतियों का एक अलग तरीके से प्रतिसाद देने और बेहतर नतीजे हासिल करने के लिए मैं अपने विचारों, बिंबों और व्यवहार को बदलने का विकल्प चुन रहा हूँ।

"हम स्वभावतः अपने जीवन की जिम्मेदारियाँ उठाना नहीं चाहते। हम यह जिम्मेदारी किसी और को देना चाहते हैं। जब हमारा जीवन अच्छा नहीं होता, हम उन्हें दोष देते हैं।"

—डोनाल्ड मिलर
'ए मिलियन माइल्स इन ए थाउजेंड इयर्स : हाउ आइ लर्न्ड टु लिव ए बेटर स्टोरी' के लेखक

हम इस पुस्तक का आरंभ एक सचमुच अच्छी खबर से करते हैं : आपका अपने विचारों, बिंबों और कृत्यों पर पूरा नियंत्रण है। इन तीनों का आप कैसे उपयोग करते हैं, यही जीवन में आपको जो भी अनुभव होते हैं, उसे तय करता है। एक समृद्ध, परिपूर्ण और सफल जीवन की ओर यात्रा में अपने भविष्य की 100 प्रतिशत जिम्मेदारी लेना आरंभिक बिंदु है।

आप जिस मुकाम पर आज हैं, वह है 'यहाँ' और जिस मुकाम—आपकी उम्मीदों और सपनों का पूरा होना—पर पहुँचना चाहते हैं, वह 'वहाँ' है। वह आपके परम लक्ष्य और आपके जीवन का उद्‍देश्य प्राप्त करना है और मैं आपको वहाँ तक पहुँचने का मार्ग बताने जा रहा हूँ।

आप और मैं साथ-साथ उस शानदार यात्रा की शुरुआत करने जा रहे हैं, जो नियमित रूप से उन सकारात्मक कथनों के उपयोग पर आधारित है, जो इसकी पुष्टि करते हैं कि आप कौन हैं, किन चीजों में विश्वास रखते हैं और यह तथ्य कि आपके लक्ष्य प्राप्त करने के लिए जो कुछ आवश्यक है, वह सब आपके पास ही है। आप शायद नहीं सोचते कि आप जानते हैं; परंतु मैं आपको बताने जा रहा हूँ कि कैसे आप अपनी सोच को बदल सकते हैं और कैसे सफलता का ब्लूप्रिंट बनाना है।

**मैं इस मुकाम से, जहाँ मैं अभी हूँ,
उस मुकाम पर, जहाँ मैं पहुँचना चाहता हूँ,
जाने का सफर आसानी से तय कर रहा
हूँ। मैं अपने जीवन में आसानी से सुधार ला रहा हूँ।**

सकारात्मक ऊर्जा आपके दिन को एक शानदार शुरुआत देगी। हर सुबह दस मिनट उस दिन के कथन को प्रतिबद्धता और मजबूत इरादे के साथ बोलकर दोहराने के लिए नियत रखें। ऐसा ही रात को सोने से पहले भी करें, ताकि आपका अवचेतन मन आपके सोते समय सकारात्मक ऊर्जा संचारित करता रहे। जब आप अपने अवचेतन मन को रात के समय आपके विचारों और सपनों को बल प्रदान करने देते हैं, आप अपने मन को कुछ अलग तरह से सोचने का प्रशिक्षण दे रहे होते हैं, ताकि आपकी जाग्रत् अवस्था में आप स्वत: सकारात्मक अवसर और कर्म की ओर झुक जाएँ।

आश्वस्तकारी कथनों को दोहराना अपने भीतर सुधार लाने में आपकी सहायता करेगा, जब तक आप अपने जीवन की जिम्मेदारी लेते हैं। इसका अर्थ है, हर सफलता, हर असफलता या प्रत्येक दुविधापूर्ण विचार या कृत्य आपका होगा। परिस्थिति कैसी भी हो, किसी विशेष घटना या परिणाम को दोष देने से कोई फर्क नहीं पड़ेगा;, क्योंकि वह अमुक घटना या परिणाम के प्रति आपका प्रतिसाद है, जो गेम-चेंजर है—और आपका प्रतिसाद, चाहे वह आपके विचारों, बिंबों या व्यवहार के रूप में हो, पूरी तरह से आप पर निर्भर है। सच यह है कि आपके लिए जीवन की किसी भी स्थिति को स्वीकार कर लेने की कोई बाध्यता नहीं है, क्योंकि आप अपना लक्ष्य प्राप्त करने से पहले समय-समय पर अपने सामने आई परिस्थिति के अनुसार उसके प्रति अपना प्रतिसाद बदलते रह सकते हैं। यदि आप वर्तमान परिणामों से संतुष्ट नहीं हैं तो आप अपना प्रयास किसी अलग तरह से करना शुरू कर सकते हैं।

समय-समय पर घटनेवाली घटनाओं का
बुद्धिमानी से प्रतिसाद देते हुए मैं आत्मविश्वास से
बेहतर परिस्थितियों का निर्माण
और अपने लिए नए अवसरों का विस्तार कर रहा हूँ।

कभी-कभी यह सोचना आसान होता है कि आपके साथ कुछ चीजें 'बस, हो जातीं'—कि आप एक दर्शक या गैर-इरादतन प्रतिभागी बने रहते। आप इस खेल के धोखे में न आएँ। आपके साथ जो कुछ हुआ या हो रहा है, उसके जनक आप हैं या उसे घटित होने दे रहे हैं। उन पर ध्यान देना शुरू करें, जिन्हें मैं 'पीले सचेतक' कहता हूँ। हमेशा कुछ ऐसे संकेत होते हैं, जो आपको बताते हैं कि कहीं कुछ पक रहा है कि आपके साथ कुछ होने वाला है। यदि आप इन आंतरिक और बाह्य 'पीले सचेतकों' पर ध्यान न दें तो आप अनावश्यक रूप से दु:खी होंगे। बाहरी 'पीले सचेतकों' में इस आशय की खबरें कि आप जिस उद्योग में हैं, वह मंदी की ओर अग्रसर है या आपके किशोर वय के छोटे भाई या बेटे की साँसों से आती शराब की बू जैसी चीजें हो सकती हैं। आंतरिक सचेतक भीतरी एहसास, सहजानुभूत संदेश और तनाव या पीड़ा की अनुभूति जैसी चीजें हैं। अपने आंतरिक और बाह्य 'पीले सचेतकों' पर ध्यान देना उनके प्रति जागरूक होने के बाद आपको अपने क्रिया-कलाप या प्रतिसाद बदलने में समर्थ बना सकता है।

स्वयं को इस विचार से प्रोत्साहित होने दें : जिंदगी तब काफी आसान हो जाती है, जब आप अपनी नियति का नियंत्रण अपने हाथों में ले लेते हैं। इसे स्वीकार न करें कि आपके साथ चीजें 'बस, हो जाती हैं।' अपनी पसंद का जीवन सृजित करें।

आने वाली चुनौतियों का एक अलग तरीके से प्रतिसाद देने और बेहतर नतीजे हासिल करने के लिए मैं अपने विचारों, बिंबों एवं व्यवहार को बदलने का विकल्प चुन रहा हूँ।

□

इस बारे में स्पष्टता रखें कि आपके जीवन का उद्देश्य क्या है

ध्यान और चिंतन के लिए आश्वस्तकारी कथन

अपने जीवन के उद्देश्य के साथ पूर्ण सामंजस्य बनाए रखकर जीते हुए मैं प्रसन्न और परिपूर्ण हूँ।

मेरे मन में एक आदर्श जगत् की कल्पना है, जहाँ हर कोई समरसता के साथ जी रहा है और अधिकतम डिग्री तक अपने जीवन का लक्ष्य प्राप्त कर रहा है।

मैं बड़े उत्साह और प्रसन्नता से अपने जीवन के इस अनोखे आह्वान में निहित चुनौतियों का सामना कर रहा हूँ—हर रोज अपने लक्ष्य की प्राप्ति के निकट और निकटतर जा रहा हूँ।

"जीवन का प्रमुख व निश्चित उद्देश्य तय कर लें,
फिर अपनी सारी गतिविधियों को
उसी के इर्द-गिर्द संगठित करें।"

—ब्रेयान ट्रेसी
'चेंज योर थिंकिंग, चेंज योर लाइफ' के लेखक

हर व्यक्ति को अपने जीवन में एक अनोखा आह्वान मिलता है—कुछ ऐसा करने का, जो केवल आप कर सकते हैं; कुछ ऐसा, जिसे पूरा करने का कौशल और बुद्धिमत्ता केवल आप में है। जीवन के इस उद्देश्य की पहचान करना, उसे स्वीकार करना और उसे पूरा करने में जुट जाना एक सफल जीवन के निर्माण में संभवतः सबसे महत्त्वपूर्ण चरण है। निश्चित रूप से, वह सबसे अधिक परिपूर्णता प्रदान करने वाले तत्त्वों में से एक है; परंतु इसकी स्पष्ट समझ कि आप क्या करने के लिए इस धरती पर आए हैं और उस उद्देश्य को पूरा करने के लिए पूरी लगन व उत्साह से जुटे बिना आप लगभग निश्चित रूप से जीवन में तय किए किसी भी लक्ष्य तक नहीं पहुँच पाएँगे।

अधिकांश लोगों को इसका पता नहीं होता कि वे इस धरती पर क्यों हैं? शायद वे सोचते हैं, यह जानना महत्त्वपूर्ण नहीं है या वे व्यक्तिगत जागृति की प्रतीक्षा कर रहे होते हैं या उन्हें आशा है कि इस बात का जवाब किसी रहस्यमय तरीके से उन्हें खुद-ब-खुद मिल जाएगा। इस अज्ञान के साथ समस्या सिर्फ यही नहीं कि आपको जीवन में यू-टर्न लेने पड़ते हैं या आप कहीं फँस जाते हैं और बिना कहीं पहुँचे गलत मार्गों पर भटकते रह सकते हैं; बल्कि यह भी है कि आप गुमनामी में खो सकते हैं या किसी अनचाहे क्षेत्र में बिना तरक्की किए कुंठित जीवन जीते रह सकते हैं। जब आप जीवन में दिशा-बोध खो देते हैं तो वह अकथनीय मानसिक विक्षोभ को जन्म दे सकता है। आप स्वयं को निरुपयोगी समझकर निराशा और कुंठा की गर्त में समा सकते हैं।

अपने जीवन के उद्देश्य के साथ पूर्ण सामंजस्य
बनाए रखकर जीते हुए मैं प्रसन्न और परिपूर्ण हूँ।

जीवन के उद्देश्य की पहचान करने और जीवन में कुछ अर्थ व दिशा तलाशने में लोगों की सहायता करने के लिए मैंने कई कार्यशालाओं एवं पुस्तकों में कुछ अभ्यास प्रस्तावित किए हैं—

जीवनोद्देश्य अभ्यास

1. अपने दो विशिष्ट गुणों, जैसे नेतृत्व क्षमता और नवाचार की सूची बनाएँ।
2. उन दो तरीकों को सूचीबद्ध करें, जिनमें आप लोगों से मिलते हुए इन दो गुणों को अभिव्यक्त करना, जैसे लोगों की सहायता करना और प्रेरित करना, सबसे अधिक पसंद करते हैं।
3. मान लें कि यह दुनिया आदर्श है और हर व्यक्ति अपने लक्ष्य की ओर अग्रसर है या उसे प्राप्त कर चुका है। ऐसा जगत् कैसा दिखता और महसूस होता है ?

   उदाहरण : हर व्यक्ति किसी से टकराए और पृथ्वी को हानि पहुँचाए बिना परस्पर सौहार्द से रहते हुए अपने चुने हुए क्षेत्र में काम कर रहा है।
4. उपर्युक्त उत्तरों को मिलाकर एक एकल कथन, जो आपके जीवन के उद्देश्य को परिभाषित करता और बताता हो कि एक आदर्श जगत् में वह अपना योगदान कैसे दे सकता है, में व्यक्त करें।

   उदाहरण : उन नवाचारी उद्यमियों को प्रेरित और सहायता करने, जो नव-प्रवर्तनशील व्यवसाय स्थापित और पोषित कर रहे हैं, में नेतृत्व क्षमता के अपने गुण का उपयोग करना।

मेरे मन में एक आदर्श जगत् की कल्पना है,
जहाँ हर कोई समरसता के साथ जी रहा और अधिकतम
डिग्री तक अपने जीवन का लक्ष्य प्राप्त कर रहा है।

ये लघु अभ्यास यह उजागर करने कि आपका आंतरिक मार्गदर्शन–तंत्र आपकी सबसे बड़ी खुशियों से शक्ति प्राप्त करता है, जब वे आपके जीवनोद्देश्य के साथ तालमेल बनाए रखते हैं, में आपके सहायक होने चाहिए; परंतु हम एक कदम और आगे बढ़ाकर देखते हैं; पहले अभ्यास से हुए अपने सबसे अधिक खुशी वाले अनुभवों में कॉमन तत्त्वों को लिख लें, ताकि आप उन्हें याद रख सकें। फिर, दूसरे अभ्यास से अपना जीवनोद्देश्य कथन लिख लें और उसे एक ऐसी जगह लटका दें, जहाँ से आप उसे रोज देख सकें। हर सुबह और रात को सोने से पहले अपने जीवनोद्देश्य कथन को बोलकर पढ़ें। वे शब्द आपके लिए प्रेरणादायी होने चाहिए।

जब आप वह काम करते हैं, जिसे करना आपको बहुत सबसे अधिक अच्छा लगता है; आप वह कर रहे होते हैं, जिसमें आप कुशल हैं और जो आपके लिए महत्त्वपूर्ण है। आपका जीवन अधिक संतुलित और अवसरों, लोगों एवं संसाधनों के प्रति खुला बन जाएगा, जिससे आपको लाभ होगा। जैसे–जैसे आप अपने जीवनोद्देश्य को जीने लगते हैं, एक सहक्रिया (सिनर्जी) और सार्वभौमिक चुंबकत्व आपके भीतर और आपकी ओर काम करना शुरू कर देते हैं। आप जो कुछ करेंगे, वह स्वत: लोगों की सेवा करेगा और वे आपकी सकारात्मक ऊर्जा महसूस करेंगे।

किसी भी कीमत पर अपना जीवनोद्देश्य तय करने की प्रतिज्ञा लें। यह जाने बिना कि आपने इस धरती पर जन्म क्यों लिया है, आप समृद्धि और सफलता प्राप्त नहीं कर सकते।

मैं बड़े उत्साह और प्रसन्नता से अपने जीवन के
इस अनोखे आह्वान में निहित चुनौतियों का सामना कर रहा हूँ—
हर रोज अपने लक्ष्य की प्राप्ति के निकट
और निकटतर होता जा रहा हूँ।

□

तय करें कि आप क्या बनना, करना और पाना चाहते हैं

ध्यान और चिंतन के लिए आश्वस्तकारी कथन

मैं जीवन में क्या बनना, करना और पाना चाहता हूँ, इसे पूरे ब्योरे के साथ तय कर रहा हूँ।

मैं बचपन में बड़ों द्वारा तय की गई जीवन की दिशा और मार्ग, जो मुझे तेज गति से आगे बढ़ने से रोकते हैं, को त्यागकर उसे मेरे आकर्षक भविष्य के सकारात्मक विचारों और बिंबों से प्रतिस्थापित करना चाहता हूँ।

मेरा ध्यान इस पर केंद्रित है कि मैं अपने स्वयं के मूल्यों और अनुभवों पर आधारित अपने जीवन के लिए वास्तव में क्या चाहता हूँ?

"अपने जीवन से आप जो कुछ पाना चाहते हैं,
उसे पाने का अपरिहार्य पहला कदम यह है—
तय करें कि आप क्या चाहते हैं?"

—बेन स्टीन
अभिनेता और लेखक

यदि आपको बताना होता कि 'सफलता' क्या है तो आपके विवरण के अनुसार वह कैसी दिखाई देती? निस्संदेह, उसमें वे सब चीजें शामिल होंगी, जिन्हें आप अनुभव करना, पूरा करना और पाना चाहते हैं। दुर्भाग्यवश, बहुत से लोग सफलता प्राप्त करने की यात्रा उलटी दिशा में करते हैं—वे जो चीज पाना चाहते हैं, उससे शुरुआत करते हैं। फिर, एक अवधि के बाद वे स्वयं को एक ऐसे बिंदु पर पाते हैं, जहाँ वे महसूस करते हैं कि वे नहीं जानते कि वे वहाँ क्यों हैं और न यह कि उनके जीवन का उद्देश्य क्या है? वे पाते हैं कि आंतरिक रूप से उन्हें सफलता नहीं मिली है, जिसकी उन्होंने उम्मीद की थी—और न उनके मन में वैसी खुशी और उमंग है, जो अपना जीवनोद्देश्य प्राप्त करने पर महसूस होते हैं।

यह विचार आपको प्रोत्साहित करेगा—आपकी आयु या परिस्थिति कैसी भी हो, आप हमेशा चीजों को भिन्न तरीके से करने का निश्चय कर सकते हैं। आप क्या चाहते हैं, इसे तय करने की प्रक्रिया शुरू कर सकते हैं।

मैं जीवन में क्या बनना, करना और
पाना चाहता हूँ, इसे स्पष्ट और पूरे ब्योरे के
साथ तय कर रहा हूँ।

क्या आप जानते हैं कि जब आपने जन्म लिया था, आप क्या बनने के लिए जनमे हैं, इसके बीज आपके भीतर मौजूद थे? उस समय आप सर्वथा निर्भीक थे और मनमानी करते थे—जब आप भूखे होते थे और सब जगह लोट-पोट करते थे, बेतुकी आवाजों और चेहरों को देखकर हँसते थे। जैसे-जैसे आप बड़े हुए, आपसे रोना बंद करने, शिष्टाचार सीखने और स्वार्थी न बनने के लिए कहा जाने लगा। आपने उन चीजों की अनदेखी करना सीख लिया, जिन्हें आप चाहते थे और उस साँचे में ढलना भी, जिसे आपके माता-पिता, शिक्षक और अन्य लोग आपके लिए सर्वोत्तम बताते थे।

पुनर्जागरण काल के शिल्पकार और चित्रकार माइकल एंजेलो, जिन्होंने सिस्टिन चैपल की भीतरी छत पर पेंटिंग करने के लिए पीठ के बल लेटे-लेटे चार वर्ष बिताए थे, ने कहा था, "हममें से अधिकांश लोगों के लिए खतरा यह नहीं है कि हमने अपने लक्ष्य इतने ऊँचे तय किए हैं कि हम उन तक पहुँच ही नहीं पाते, बल्कि यह है कि वह बहुत नीचा होता है और हम उसे पा लेते हैं।" वाह!

जब हम अपनी इच्छाओं को दूसरों के कहे अनुसार ढालने लगते हैं या उन्हें तय करने देते हैं कि हमें अपने जीवन के साथ क्या करना है तो अंततः हमें उसी पर संतोष करना पड़ता है, जो हमारे पल्ले पड़ता है या इससे भी बुरा तो यह कि हम एक ऐसा काम करते हुए जिंदगी गुजार देते हैं, जो हमें जरा भी पसंद नहीं होता। वह हमें अवसाद, चिंता, तनाव और अन्य कई नकारात्मक परिणामों की ओर ले जा सकता है। आपका जीवन बस, आपका ही है। आपके सिवाय कोई और यह तय नहीं कर सकता कि आपके जीवन का अनुभव कैसा होना चाहिए।

मैं बचपन में बड़ों द्वारा तय की गई जीवन की दिशा और मार्ग, जो मुझे तेज गति से आगे बढ़ने से रोकते हैं, को त्यागकर उसे मेरे आकर्षक भविष्य के सकारात्मक विचारों एवं बिंबों से प्रतिस्थापित करना चाहता हूँ।

यह तय करने कि आप सचमुच क्या चाहते हैं, में आपकी सहायता के लिए इन दो अभ्यासों को आजमाएँ, जिन्हें मैं कई वर्षों से अपनी कार्यशालाओं में उपयोग करता आया हूँ—

1. **अपनी चाहतों की एक सूची बनाएँ**

   उन 30 कामों, जिन्हें आप करना चाहते हैं; उन 30 चीजों, जिन्हें आप पाना चाहते हैं और उन 30 पेशों या हॉबियों, जिनमें आप मरने से पहले कॅरियर बनाना चाहते हैं, को लिख डालिए। कारें और आलीशान घर संभवतः आपकी सूची में सबसे ऊपर होंगे; परंतु जैसे-जैसे आप आगे बढ़ेंगे, आपके बुनियादी मूल्य, जैसे लीक से हटकर काम करना सामने आने लगेंगे।

2. **10 ऐसे कामों, जिन्हें करना आपको बेहद पसंद है, की सूची बनाएँ**

   क्या आप सोचते हैं कि वही काम करने में कॅरियर नहीं बनाया जा सकता, जो आपको बहुत पसंद है? जब आप उन्हें लिख लेंगे और विचार करेंगे कि वही चीजें रोज करना कैसा लगेगा—और वही काम दूसरे लोग कैसे कर रहे हैं—आप पाएँगे कि आप वही काम करके कॅरियर बना सकते हैं, जो आपको बहुत पसंद है।

किसी ऐसे स्थान, जो आरामदायक होने के साथ-साथ जहाँ शांत वातावरण भी हो, पर बैठकर स्पष्ट और निश्चित ब्योरों के साथ भविष्य के एक आदर्श जीवन की रूपरेखा बनाएँ। अपने इस आदर्श जीवन में ये सात क्षेत्र शामिल करें—काम और कॅरियर, वित्त, मनोरंजन, मौज-मस्ती, स्वास्थ्य और फिटनेस, व्यक्तिगत लक्ष्य, आपसी संबंध और बृहत्तर समाज की खुशहाली में आपका योगदान।

मेरा ध्यान इस पर केंद्रित है,
मैं अपने स्वयं के मूल्यों और अनुभवों पर आधारित अपने
जीवन के लिए वास्तव में क्या चाहता हूँ?

□

विश्वास रखें, यह संभव है

ध्यान और चिंतन के लिए आश्वस्तकारी कथन

मैं उन मान्यताओं और नकारात्मक कथनों, जो मुझे सीमाबद्ध रखते हैं, को त्यागकर नए सकारात्मक कथनों, जो मुझे यह बताते हैं कि मेरा आदर्श भविष्य संभव है, को रच रहा हूँ।

भले ही मैं नहीं जानता कि मेरा आदर्श भविष्य कैसे आएगा, मैं इस पर विश्वास रखने का विकल्प चुनता हूँ कि वह संभव है। मैं अपने लक्ष्य पूरे करने के लिए हर रोज काम कर रहा हूँ और मैं वह समयावधि आसानी से व्यतीत कर रहा हूँ, जब तक मेरी अपेक्षाएँ पूरी नहीं होतीं।

"जब कोई मुझसे कहता है कि मैं कुछ नहीं कर सकता, मैं बस , सुनना बंद कर देता हूँ।"

—फ्लोरेंस 'फ्लो जो' ग्रिफिथ जॉयनर
सन् 1988 में ट्रैक एंड फील्ड में स्थापित विश्व रिकॉर्ड्स
पर आधारित दुनिया की सबसे तेज मानी गई महिला

व्यावहारिक रूप से दुनिया की हर मनोविज्ञान क्लास में 'अपेक्षा सिद्धांत' नामक अवधारणा के बारे में पढ़ाया जाता है। इससे आशय वह विचार है कि हम जीवन की घटनाओं पर जो प्रतिक्रिया व्यक्त करते हैं, वह हमारा दिमाग, जो कुछ घटित होने की अपेक्षा करता है, उस पर आधारित होता है। दिमाग ये अपेक्षाएँ जीवन के पूर्व अनुभवों से सीखता है। दूसरे शब्दों में, लोग आमतौर पर अमुक घटना पर उनके द्वारा अपेक्षित परिणाम के आधार पर अपना व्यवहार तय करते हैं।

हालाँकि, परेशानी तब होती है, जब हम अपने पूर्व अनुभवों और आत्मविश्वास की कमी को अपने फैसले नियंत्रित करने देते हैं; जब ऐसा होता है तो हम एक निश्चित तरह से आचरण करते और एक नकारात्मक परिणाम पाते हैं; परंतु इसके बजाय यदि आप अपने मन में इरादतन सकारात्मक अपेक्षाएँ पैदा करें तो कैसा रहेगा ? आप कहीं अधिक आसानी से ठीक वही हासिल कर सकते हैं, जो आप चाहते हैं।

जब कभी आपके मन में एक कठिन स्थिति या नकारात्मक विचार प्रवेश करे, आप उसे लिख लें। आप क्या सोच रहे हैं, वह एक समस्या क्यों है और उसका कारण क्या है, यह सब लिख डालें। फिर, इन विचारों को कुछ भागों में विभाजित कर लें और एक सकारात्मक तरीके से उन पर पुनर्विचार करें। अब इन भागों को पुन: एकत्रित कर लें और एक सकारात्मक बयान तैयार करें, जो आपको यह विश्वास दिलाने में आपकी सहायता करेगा कि जो कुछ आप चाहते हैं, वह संभव है।

मैं उन मान्यताओं और नकारात्मक कथनों, जो मुझे सीमाबद्ध रखते हैं, को त्यागकर नए सकारात्मक कथनों, जो मुझे यह बताते हैं कि मेरा आदर्श भविष्य संभव है, को रच रहा हूँ।

दो मार्ग अवरोध हैं, जो हमें अपने लक्ष्य प्राप्त करने और सही निर्णय लेने से रोकते हैं। पहला है, जो कुछ हम नहीं जानते, उसका डर; "यहाँ से वहाँ तक पहुँचने की मुझे क्या कीमत चुकानी होगी? उस दौरान मेरा गुजारा कैसे होगा?" ऐसे सवाल आपको हतोत्साहित करेंगे, यदि आप ऐसा होने दें; परंतु यदि आपको अपने लक्ष्यों में विश्वास है, स्वयं में विश्वास है तो आप ऐसे ब्योरों से निपट लेंगे।

दूसरा मार्ग अवरोध है। आप समझते हैं कि अमुक चीज के बारे में आप जानते हैं, वह सच नहीं भी हो सकता है। इस बारे में सोचिए। क्या जो कुछ आप समझते हैं कि आप जानते हैं, उसका एक बड़ा हिस्सा वास्तव में गलत हो सकता है? अपनी मान्यताओं पर सवाल उठाए बिना अपने ज्ञान और अनुभवों पर अत्यधिक निर्भर रहना फिसलन भरा उतार है। लक्ष्य-प्राप्ति संभव है, ऐसी सोच पैदा करने के लिए आपके लिए सही तथ्यों की जानकारी और उसका उपयोग जरूरी है।

आपका मन-मस्तिष्क एक अनोखा उपकरण है। आप उसे बुरी और हानिकारक चीजें जज्ब करने दे सकते हैं या आप सकारात्मक विचार पैदा करने के लिए उसे प्रशिक्षित कर सकते हैं (उदाहरण के लिए, आश्वस्तिकारक कथनों का उपयोग करके)। आप जानते हैं कि लक्ष्य-प्राप्ति करने के लिए जिम्मेदारियाँ लेना और अपने जीवन का नियंत्रण अपने हाथों में रखना अनिवार्य है और आप यह भी जानते हैं कि आप अपनी सोच के ढर्रे और प्रतिक्रियाओं को जब चाहे, बदलने की शक्ति रखते हैं। केवल आप यह तय कर सकते हैं कि आप कौन सी चीजें स्वीकार करेंगे और कौन सी चीजों के लिए मन के दरवाजे बंद कर देंगे? इसलिए यह आप पर है कि नकारात्मक और गलत डाटा से कैसे बचें?

भले ही मैं नहीं जानता कि
मेरा आदर्श भविष्य कैसे आएगा,
मैं इस पर विश्वास रखने का विकल्प चुनता हूँ कि वह संभव है।

'थिंक एंड ग्रो रिच' के लेखक नेपोलियन हिल ने एक बार कहा था, "आप जो चाहें, बन सकते हैं, बशर्ते आप में दृढ़ विश्वास हो और आप उसके लिए निष्ठापूर्वक प्रयास करें, क्योंकि मन जिस चीज की अवधारणा बना लेता है और विश्वास कर सकता है, उसे प्राप्त भी कर सकता है।"

यह सचमुच एक गहरा कथन है।

देखिए, सकारात्मक सोच पैदा करने और आत्म-प्रेरण के लिए प्रयास आदि अच्छी चीजें हैं; परंतु 'कुछ भी करना संभव है', इस पर विश्वास रखे बिना आप बहुत दूर नहीं जा पाएँगे। कहें कि आप पिछले एक-डेढ़ साल से अपनी कंपनी के एक उत्पाद के प्रचार पर काम कर रहे हैं और आप अपने भीतर इतना आत्मविश्वास पैदा कर लेते हैं कि कंपनी के उपाध्यक्ष से बात कर सकें। आपको अपनी काबिलीयत पर भरोसा है और आप एक सकारात्मक परिणाम की अपेक्षा रखते हैं; परंतु आपको ऐसी प्रतिक्रिया नहीं मिलती और आप हतोत्साहित हो जाते हैं। याद रखें, यद्यपि आपको स्वयं पर विश्वास था और आपको एक भिन्न परिणाम की आशा थी, आप उससे बदतर स्थिति में नहीं हैं, जितने आप कल थे। आपने वास्तव में कुछ भी नहीं खोया है। आत्म-विश्वस्त होना और सकारात्मक परिणाम की अपेक्षा करना और तत्काल पुरस्कृत होना एक ही चीज नहीं है। यदि आप स्वयं के द्वारा पूछे गए हर सवाल के उत्तर में सिर्फ 'हाँ' की अपेक्षा रखते हैं तो आप लक्ष्य से भटक रहे हैं। वास्तव में, यह नकारात्मक रवैया और विचारों को बदलने तथा वर्तमान को स्वीकार करने से संबंधित है। जब आप स्वयं में विश्वास रखते और इसमें भी कि 'कुछ भी संभव है', आपको उन लोगों व स्थानों से, जहाँ से आपको कोई उम्मीद न थी, अवसर प्राप्त होंगे और दुनिया एक अद्भुत तरीके से प्रतिसाद देगी।

मैं अपने लक्ष्य पूरे करने के लिए हर रोज काम कर रहा हूँ और मैं वह समयावधि आसानी से व्यतीत कर रहा हूँ, जब तक मेरी अपेक्षाएँ पूरी नहीं होती।

□

स्वयं में विश्वास रखें

ध्यान और चिंतन के लिए आश्वस्तकारी कथन

मैं एक सकारात्मक रवैए, जो मुझे वास्तव में इसमें विश्वास रखने की शक्ति देता है कि कुछ भी संभव है, से हर दिन का सामना कर रहा हूँ।

मैं हर समय सकारात्मक रूप से जी रहा हूँ और मैंने 'मैं यह नहीं कर सकता' जैसे नकारात्मक कथन त्याग दिए हैं, क्योंकि मैं जानता हूँ कि मैं कर सकता हूँ।

मैं हर रोज इसमें विश्वास रखने का विकल्प चुन रहा हूँ कि मेरी आयु कुछ भी हो या परिस्थितियाँ कैसी भी हों, मैं काबिल हूँ और सफलता का पात्र हूँ।

***"आप किसी दुर्घटनावश नहीं जनमे थे।
आप एक फैक्टरी-निर्मित उत्पाद नहीं हैं। आप 'उस' मास्टर शिल्पकार द्वारा बड़े यत्न से प्लान किए गए थे। आपको कुछ विशिष्ट गुणों की सौगात दी गई थी और 'उसके' के द्वारा आपको प्यार से इस धरती पर पोजीशन किया गया था।"***

—मैक्स लुकाडो
बेस्टसेलिंग लेखक

चूँकि आप सफल होने और अपने सपनों को साकार करने वाले हैं, आपके लिए इसमें विश्वास रखना अनिवार्य है कि आप ऐसा कर सकते हैं—भले ही वह ठीक-ठीक कैसे घटित होगा, इसका पूरा चित्र आप देख नहीं पा रहे हैं।

उन बंधनकारी धारणाओं और नकारात्मक सोच, जो शायद आपके व्यक्तित्व निर्माण की अवधि के दौरान मिले वातावरण की उपज है, के बावजूद एक आत्मविश्वासपूर्ण रवैया और अपने आप में विश्वास विकसित करना आपकी चॉइस है। आपको यह विश्वास करने का विकल्प चुनना ही होगा कि यदि आप अपना दिमाग लगाएँ तो आप कुछ भी कर सकते हैं, क्योंकि आप वह कर सकते हैं। मानव मस्तिष्क पर सैकड़ों अध्ययन और ढेरों शोध-सामग्री है, जो दरशाती है कि कैसे अपने आप से बात करना, मन की आँखों से अपने उज्ज्वल भविष्य की रूपरेखा देखना, प्रशिक्षण, शिक्षण और अभ्यास मस्तिष्क को पुन:प्रशिक्षित कर सकते हैं ताकि हम लगभग कोई भी लक्ष्य प्राप्त कर सकें।

जब तक आप सफलता का रवैया और आत्मविश्वास विकसित नहीं कर लेते, आप वह नहीं कर पाएँगे, जो आवश्यक है। चाहे आप विश्वास करें कि आप कर सकते हैं या यह विश्वास करें कि आप नहीं कर सकते, आपके विचार ही आपका भविष्य तय करते हैं। विश्वास करना या न करना आपका चयन है।

**मैं एक सकारात्मक रवैए,
जो मुझे वास्तव में इसमें विश्वास रखने की शक्ति देता है
कि कुछ भी संभव है, से हर दिन का सामना कर रहा हूँ।**

आपका मस्तिष्क समस्याओं को सुलझाने और लक्ष्य तक पहुँचने के लिए डिजाइन किया गया है और इसका अर्थ है—आपको 'मैं यह नहीं कर सकता', 'काश, मैं यह करने में सक्षम होता', 'अगर मैं यह काम कर पाता', जैसे वाक्यों का प्रयोग छोड़ना होगा। ये नकारात्मक शब्द आपको सचमुच और कमजोर बनाते हैं।

जब आप एक शिशु थे, जो कुछ आपके रास्ते में आता था, आप उस पर चढ़ जाते थे; परंतु धीरे-धीरे आपके परिवारजनों, शिक्षकों और मित्रों से मिली नकारात्मक प्रतिक्रियाओं से आपके मन से इस अपराजेयता का भाव क्षीण होता गया। अंतत: आप में यह विश्वास नहीं रहा कि आप अपने मार्ग में आनेवाली सभी बाधाओं पर विजय पा सकते हैं।

सफल होने के लिए हम अकसर अपने और अपने सपनों के बारे में दूसरों को कायल करते हैं; परंतु आपके फैसले आपके अपने लक्ष्यों और आकांक्षाओं पर आधारित होने चाहिए, न कि आपके माता-पिता, मित्रों, आपके जीवनसाथी, बच्चों और सहकर्मियों की सलाहों पर। यदि आप, दूसरे आपके बारे में क्या सोचते हैं, इसी की चिंता करते रहे तो आप कैसे अपने अंतर्मन के बताए मार्ग पर चल पाएँगे?

डॉ. डेनियल एमन का एक नियम है, 18/40/60 : जब आप 18 वर्ष के होते हैं, आप चिंतित रहते हैं कि हर कोई आपके बारे में क्या सोचता होगा; जब आप 40 के हो जाते हैं, आपके बारे में कोई क्या सोच रहा है, आप इसकी कोई परवाह नहीं करते; जब आप 60 के हो जाते हैं, हम समझ जाते हैं कि आपके बारे में कोई कुछ नहीं सोच रहा है। इस बारे में चिंता करने कि दूसरे लोग आपके बारे में क्या सोचते हैं, में अपना समय बेकार न करें और उस समय का उपयोग उन चीजों पर ध्यान केंद्रित करने में करें, जो आपके लक्ष्य प्राप्त करने में सहायक हों।

मैं हर समय सकारात्मक रूप से जी रहा हूँ और
मैंने 'मैं यह नहीं कर सकता' जैसे नकारात्मक कथन त्याग दिए हैं;
क्योंकि मैं जानता हूँ कि मैं कर सकता हूँ।

क्या आप जानते थे कि अमेरिका के 20 प्रतिशत करोड़पतियों ने अपने जीवन में कभी कॉलेज में कदम नहीं रखा? यहाँ तक कि पूर्व उपराष्ट्रपति डिक चेनी ने कॉलेज बीच में ही छोड़ दिया था! इनके अतिरिक्त ऐसे अनगिनत लोगों के उदाहरण हैं, जो स्कूल जाने, सही आयु, वित्त जैसी आवश्यक शर्तें पूरी किए बिना अपने क्षेत्र में सफल हुए या उन्होंने एक नया मार्ग बनाया; क्योंकि उन्हें विश्वास था कि वे जो कुछ चाहते थे, उसे हासिल कर लेंगे।

उदाहरण के लिए, छह वर्षीय रेयान रेल्जैक को लें। यह जानकर अत्यंत व्यथित होकर कि सिर्फ साफ पानी लाने के लिए अफ्रीका के बच्चों को हर रोज मीलों चलना पड़ता है, नन्हे रेयान ने आठ साल का होने तक उत्तरी युगांडा में एक कुआँ खुदवाने के लिए पर्याप्त धन जुटा लिया! आज 'रेयान वेल फाउंडेशन' सोलह देशों में 878 जल परियोजनाएँ पूरी कर चुका है और 1,120 शौचालयों का निर्माण करा चुका है।

- प्रसिद्ध शेफ जूलिया चाइल्ड ने 40 वर्ष की उम्र तक खाना बनाना नहीं सीखा था। जब उसने अपना शो 'द फ्रेंच शेफ', जिससे वह घर-घर जानी जाने लगी, शुरू किया, वह 51 वर्ष की थी।
- जब 48 वर्षीय सुसान बॉयले सीधे अंतरराष्ट्रीय मंच पर पहुँच गईं, जब उन्होंने 'ब्रिटेन्स गॉट टैलेंट' नामक शो में गाना गाया, तब से उन्होंने पाँच एलबम रेकॉर्ड करवाए हैं, जिनकी 1 करोड़ 90 लाख प्रतियाँ बिक चुकी हैं और उन्हें दो बार 'ग्रैमी अवार्ड्स' के लिए नामांकित किया गया है।

मैं हर रोज इसमें विश्वास रखने का विकल्प चुन रहा हूँ कि मेरी आयु कुछ भी हो या परिस्थितियाँ कैसी भी हों, मैं काबिल हूँ और सफलता का पात्र हूँ।

□

आकर्षण का नियम

ध्यान और चिंतन के लिए आश्वस्तकारी कथन

मैं इसके प्रति जागरूक हूँ कि सकारात्मक कार्य और भावनाएँ सकारात्मक परिणामों को आकर्षित करती हैं। मैं सकारात्मक ऊर्जा ब्रह्मांड में प्रसारित करने और उसके द्वारा परावर्तित ऊर्जा वापस ग्रहण कर प्रकृति के वरदान का लाभ उठाने का विकल्प चुन रहा हूँ।

मैं सकारात्मक सोच की शक्ति के प्रति सतत रूप से जागरूक हूँ और उसमें ब्रह्मांड भी मेरी सहायता कर रहा है, क्योंकि वह मेरे लिए विकास के अनंत अवसर लेकर आता है।

इस विश्वास के साथ कि मुझे वह प्राप्त होगा, मैं दिन में कई बार उसकी याचना करता हूँ, जो मैं चाहता हूँ।

"अपने विचारों, भावनाओं, मानसिक चित्रों और शब्दों में आप जो कुछ बाहर की ओर प्रसारित करते हैं, अपने जीवन में आप वही आकर्षित करते हैं।"

—कैथरीन पॉण्डर
'द डायनॅमिक लॉज ऑफ प्रॉस्पैरिटी'
की लेखिका

क्या आपने कभी गुरुत्वाकर्षण को 'ऑफ' या 'ऑन' करने की कोशिश की है? संभवत: नहीं, क्योंकि आप जानते हैं कि आप ऐसा नहीं कर सकते। ब्रह्मांड में हमारे चारों ओर एक और शक्तिशाली बल है, जो—ठीक गुरुत्वाकर्षण की तरह—हमें प्रभावित करता है। उसे 'आकर्षण का नियम' कहते हैं और शायद हम उसे भी 'ऑफ' और 'ऑन' नहीं कर सकते; परंतु हम उसके अद्भुत लाभों का फायदा उठा सकते हैं।

सफल होने के लिए आपको 'आकर्षण के नियम' का कैसे उपयोग करना है, यह सीखना होगा, ताकि आप एक ऐसे जीवन का निर्माण कर सकें, जैसा आप चाहते हैं। यदि आप अपने जीवन में पहले ही कुछ सिद्धांतों का पालन कर रहे हैं तो अपने कौशल को तराशने और अपनी प्रगति की पड़ताल करने के लिए आप इस नए अवसर के बारे में सोचिए। केवल सकारात्मक तरीके से व्यवहार करने, सोचने और बोलने में स्वयं को प्रशिक्षित करने में समय और सतत प्रयास लगते हैं; परंतु समृद्धि, प्रसन्नता और असीमित लाभों के रूप में ब्रह्मांड हमें कल्पनातीत पुरस्कार देता है। बुनियादी रूप से हम जो कुछ बोते हैं, वैसी ही फसल काटते हैं और हम सकारात्मकता के बीज मुक्त रूप से बो सकते हैं।

मैं इसके प्रति जागरूक हूँ कि सकारात्मक कार्य और भावनाएँ सकारात्मक परिणामों को आकर्षित करती हैं। मैं सकारात्मक ऊर्जा ब्रह्मांड में प्रसारित करने और उसके द्वारा परावर्तित ऊर्जा वापस ग्रहण कर प्रकृति के वरदान का लाभ उठाने का विकल्प चुन रहा हूँ।

बुनियादी रसायन-शास्त्र हमें बताता है कि कोई भी भौतिक वस्तु, जैसे एक घर या एक कुत्ता या यह पुस्तक, अरबों अलग-अलग अणुओं—ऊर्जा के लघु भंडार—जो एक-दूसरे से जुड़कर पानी, धातु और प्लास्टिक जैसे विभिन्न स्वरूप ले लेते हैं, से मिलकर बनी होती है। उसी प्रकार, हमारे विचार भी ऊर्जा का एक स्वरूप हैं—स्टैंडर्ड मेडिकल उपकरणों की सहायता से जिनका ब्रेन वेटज के रूप में आसानी से पता लगाया जा सकता है—जो हमारे भौतिक जगत् से उसी तरह परस्पर क्रिया कर सकते हैं, जैसा ऊर्जा का कोई अन्य स्वरूप करता है। जब हम इस मूलभूत वैज्ञानिक नियम को समझ लेते हैं, हम जान जाते हैं कि हमारे विचार वास्तव में इस भौतिक जगत् से परस्पर क्रिया कर सकते हैं और हमारे मनचाहे लक्ष्य प्राप्त करने में सहायक हो सकते हैं।

'आकर्षण के नियम' का मुख्य संदेश यह है—**आप जिस बारे में सोचते, जिसके बारे में बात करते, जिसमें दृढ़ता से विश्वास रखते और जिसे गहराई से महसूस करते हैं, उसे प्राप्त कर लेंगे।** जब आप जान लेते हैं कि अपने विचारों का उपयोग करके आप अवसरों, संसाधनों और ऐसे लोगों को अपने साथ ला सकते हैं, जो आपके लक्ष्य प्राप्त करने में आपकी सहायता कर सकते हैं, आप अपने विचारों की दिशा और आज आपको क्या-क्या करना है, इस पर अधिक ध्यान केंद्रित करना शुरू कर देंगे।

मैं सकारात्मक सोच की शक्ति के प्रति सतत रूप से जागरूक हूँ और इसमें ब्रह्मांड भी मेरी सहायता कर रहा है, क्योंकि वह मेरे लिए विकास के अनंत अवसर लेकर आता है।

दुनिया की हर चीज—आप भी—एक निश्चित और विशिष्ट फ्रीक्वेंसी पर तरंगित हो रही है। इसका अर्थ है, हाई फ्रीक्वेंसी पर बने रहने और उसे आकर्षित करने, जो आप जीवन से चाहते हैं, के लिए आप सायास लाए गए विचारों की शक्ति का उपयोग करना सीख सकते हैं। कैसे?

हम बताते हैं—

पहला कदम : जो कुछ आप चाहते हैं, उसे माँगें। आप जीवन में जो कुछ चाहते हैं, उसे तय करें और उस लक्ष्य पर ध्यान केंद्रित कराने वाले शब्दों का उपयोग करें। नकारात्मक कल्पनाओं और विचारों को सकारात्मक कल्पनाओं और विचारों से प्रतिस्थापित करें। आप जो कुछ चाहते हैं, उसे सतत रूप से माँगते रहें। आप उसे कैसे प्राप्त करेंगे, इसकी चिंता ब्रह्मांड को करने दें।

दूसरा कदम : इसमें विश्वास रखें कि आप अपना लक्ष्य प्राप्त कर लेंगे, फिर ठोस काररवाई करें। विश्वास रखने का अर्थ है—इस बारे में आत्मविश्वस्त होना कि आपका भविष्य एक उच्चतर शक्ति के हाथों में है और आपके लक्ष्य प्राप्त किए जा सकते हैं। ठोस काररवाई भी इसी विश्वास का एक स्वरूप है—आखिरकार, हम उन्हीं लक्ष्यों को पाने के लिए काररवाई करेंगे, जिन्हें पाना संभव प्रतीत होगा।

तीसरा कदम : जो कुछ आप चाहते हैं, उसे प्राप्त करें—स्वयं को तरंगों की उसी फ्रीक्वेंसी पर लाने, जिस पर आप जीवन में कुछ पाना चाहते हैं, के सर्वोत्तम उपायों में से एक है, उन आश्वस्तकारी कथनों का उपयोग, जिनके अंतर्गत हाल ही में आपने कुछ लक्ष्य प्राप्त किए और आपकी कुछ इच्छाएँ पूरी हुई हैं। उन्हें नियमित रूप से दोहराएँ, ताकि आपका अवचेतन मन तरंगों की वही फ्रीक्वेंसी बनाए रख सके, जिस पर आपकी चाहत है।

**इस विश्वास के साथ कि मुझे वह प्राप्त होगा,
मैं दिन में कई बार उसकी याचना करता हूँ,
जो मैं चाहता हूँ।**

□

सप्ताह 7

ऐसे लक्ष्य निर्धारित करें, जो आपको प्रेरित करें

ध्यान और चिंतन के लिए आश्वस्तकारी कथन

मेरे लक्ष्य क्या हैं, इस बारे में मेरे मन में स्पष्टता है और मैं जानता हूँ कि मैं उन्हें प्राप्त कर लूँगा।

मैं अपने प्रमुख लक्ष्य को मन में इस तरह देख रहा हूँ, मानो वह पहले ही प्राप्त कर लिया गया हो और मैं अपने सपनों का जीवन जीने का खुशनुमा एहसास महसूस कर रहा हूँ।

मैं इस पर चकित हूँ कि जब मैं अपने लक्ष्य तय कर लेता हूँ और लगन व आत्मविश्वास से उसे प्राप्त करने में जुट जाता हूँ तो मैं कितनी दूर तक जा पाता हूँ!

"यदि आप एक खुशहाल जीवन चाहते हैं तो इस तरह का लक्ष्य निर्धारित करें, जो आपके विचारों को निर्देशित, आपकी ऊर्जा को मुक्त और आपकी आशाओं को प्रेरित कर सके।"

—एंड्रयू कार्नेगी

अमेरिकी स्टील उद्योगपति एवं इतिहास के सबसे धनवान् लोगों में से एक

सफलता न केवल एक प्रवृत्ति और विश्वास तंत्र है, यह एक विज्ञान भी है। सफलता के विज्ञान के विशेषज्ञ जानते हैं कि दिमाग एक लक्ष्य-साधक अवयव संस्थान (ऑर्गेनिज्म) है और जब आप उसे एक निश्चित लक्ष्य देते हैं, उसे प्राप्त करने के लिए यह डटकर काम करेगा।

यह साबित करने के लिए कि जो लोग अपने लक्ष्यों को लिख लेते हैं और फिर उन्हें प्राप्त करने की कार्य-योजना पर अमल करना शुरू कर देते हैं और प्रगति के बारे में नियमित रूप से अपने एक मित्र को बताते रहते हैं—लगभग दोगुनी दर से इच्छित लक्ष्यों को प्राप्त करने में सफल होते हैं। डोमिनिकैन यूनिवर्सिटी के डॉ. गेल मैथ्यूज ने एक अध्ययन किया। इस बारे में सोचें। कुछ अतिरिक्त कदम उठाकर आप उन लोगों की अपेक्षा दोगुना अधिक सफल हो सकते हैं, जो अपने लक्ष्यों के बारे में केवल सोचते हैं।

यह जानकर आपको आश्चर्य हो सकता है कि अमेरिकियों का एक छोटा सा प्रतिशत, जो अपने लक्ष्यों को लिख लेता है और नियमित रूप से उनकी समीक्षा करता है, अपने जीवनकाल में उन लोगों, जो ऐसा नहीं करते, की तुलना में नौ गुना अधिक कमाता है।* अपने लक्ष्यों को लिख लेने हेतु आपको प्रेरित करने के लिए यही पर्याप्त होना चाहिए।

मेरे लक्ष्य क्या हैं, इस बारे में मेरे मन में स्पष्टता है, और मैं जानता हूँ कि मैं उन्हें प्राप्त कर लूँगा।

---

* *आँकड़े वर्जीनिया पॉलिटेक्निक इंस्टिट्यूट एंड स्टेट यूनिवर्सिटी के प्रोफेसर एमेरिटस डेविड कोल द्वारा किए गए अध्ययन से लिये गए हैं।*

यदि आपके पास अपने लक्ष्यों के सफलतापूर्वक पूरे होने को मापने के कोई मापदंड नहीं हैं तो आपके पास कोई यथार्थ लक्ष्य नहीं है—आपके पास बस, एक अच्छा आइडिया है। एक वास्तविक लक्ष्य, जो उस पर काम करने के लिए आपको प्रेरित करता हो और आपके अवचेतन मन की शक्ति को मुक्त करता हो, में 'कितना' (एक मापनीय मात्रा) और 'कब तक' (उसे पूरा करने की एक निश्चित तारीख व समय) को शामिल करना अनिवार्य है।

अपने लक्ष्यों के बारे में मन में स्पष्टता लाने के सर्वोत्तम उपायों में से एक है उन्हें ब्योरेवार लिख लेना। जब आप उन्हें लिख लेते हैं, आपका अवचेतन मन उन अवसरों सहित सफलता पाने के लिए जिन पर आपको ध्यान केंद्रित करना है, आपको निश्चित तौर पर किन कार्यों पर काम करना है, यह जान लेगा। दिन में तीन बार आप उन्हें दोबारा पढ़ें—अपनी आँखें बंद करके अपने मन में उनमें से प्रत्येक की कल्पना इस तरह से करें, मानो उन्हें पूरा कर लिया गया हो और यह भी कल्पना करें कि इस उपलब्धि के साथ वास्तव में जीना कैसा लगता है।

हमारे अधिकांश लक्ष्य धीरे-धीरे सुधारों, जैसे—अपनी कार के लिए नया इंश्योरेंस प्लान लेना, कोई आलमारी साफ करना और बिक्री बढ़ाने का इस हफ्ते का लक्ष्य पूरा करना—से संबंधित होते हैं; परंतु यदि आप किसी बड़े और महत्त्वपूर्ण लक्ष्य—कुछ ऐसा, जो आपके जीवन में स्थायी महत्त्व का कोई बड़ा सुधार लाए, जैसे आपका पहला घर खरीदना या कोई बड़ा बिजनेस शुरू करना या अपनी सेवानिवृत्ति के वर्षों के लिए धन की व्यवस्था करना—पर काम करें तो कैसा रहे? ये उस प्रकार के लक्ष्य हैं, जिन्हें शिद्दत से पूरा करने में जुट जाना श्रेयस्कर है। अपने उज्ज्वल भविष्य की कल्पनाओं को हरा-भरा रखने के लिए स्थायी महत्त्व के कुछ ऐसे लक्ष्यों—उन्हें पूरा करने की लक्षित तारीख सहित—को लिख लें और फिर उन लंबी छलाँगों, जो आपका जीवन बदल देंगी, पर अपना ध्यान केंद्रित करें।

**मैं अपने प्रमुख लक्ष्यों को मन में इस तरह से देख रहा हूँ,
मानो वह पहले से ही प्राप्त कर लिया गया हो और
मैं अपने सपनों का जीवन जीने का
खुशनुमा एहसास महसूस कर रहा हूँ।**

कोई लक्ष्य निर्धारित होने के बाद तीन चीजें उभरकर आती हैं, जो अधिकांश लोगों को रोक देती हैं; परंतु वे आपको रोकने वाली नहीं हैं। वे हैं सोच-विचार, डर और मार्ग में बाधाएँ।

मान लीजिए, आपने इस वर्ष के अंत तक अपनी आमदनी दोगुनी करने का निश्चय किया है। आपको पता भी नहीं चलेगा और आपके मन में 'फिर अपने परिवार के लिए मुझे समय नहीं मिलेगा,' या 'मुझे अब की अपेक्षा दोगुने समय तक काम करना होगा' जैसे विचार आने लगेंगे। यही सोच-विचार है। आपके अवचेतन मन में ऐसे विचार एक लंबे समय से रहे हैं; परंतु अब, जबकि वे प्रकाश में आ गए हैं, आप उनसे पार पाकर आगे बढ़ सकते हैं। दूसरी ओर, डर इस प्रकार की भावनाएँ हैं—आपको किसी अधिकारी द्वारा इच्छित काम या नौकरी के लिए की गई प्रार्थना को ठुकरा दिए जाने का, आपका उपहास किए जाने का या असफलता का डर हो सकता है; परंतु डर भी अपने लक्ष्य की ओर बढ़ने की प्रक्रिया का भाग है। यह बात पहले से जान लेना उन, पर विजय पाने में आपकी सहायता करता है।

मार्ग अवरोध शुद्धत: बाहरी परिस्थितियाँ हैं, जिनका सामना किया जा सकता है, जैसे एक नया बिजनेस शुरू करने के लिए पास में धन न होना या नौकरी में तरक्की पाने के लिए अतिरिक्त प्रशिक्षण की जरूरत। इस तरह की बाधाएँ आपके मार्ग में आती हैं; परंतु ये ऐसी चीजें हैं, जिनसे आपको निपटना होगा।

जब आपको पता है कि आपके मन में सोच-विचार एवं डर के भाव और मार्ग में बाधाएँ भी आएँगी, आपको महसूस होगा कि उन पर विजय पाना उतना कठिन नहीं है, जितना आपने सोचा था। उन्हें स्वीकार करके उनका सामना करना सीखें, क्योंकि अकसर ये ही वे चीजें हैं, जो आपको जीवन में पीछे रखे हुई थीं।

मैं इस पर चकित हूँ कि
जब मैं अपने लक्ष्य तय कर लेता हूँ और लगन व
आत्मविश्वास से उसे प्राप्त करने में जुट जाता हूँ
तो मैं कितनी दूर तक जा पाता हूँ!

□

एक लक्ष्य तय करें और उसे खंडों में विभाजित कर लें

ध्यान और चिंतन के लिए आश्वस्तकारी कथन

मैं उन लोगों से मार्गदर्शन और सलाह लेने में सहज हूँ, जो वह काम पहले ही कर चुके हैं, जो मैं करना चाहता हूँ।

अपने बड़े लक्ष्यों को छोटे और व्यावहारिक कार्यों में विभाजित करने के लिए मैं माइंड-मैपिंग कौशल का उपयोग कर रहा हूँ और एक समय में एक कार्य पूरा करके अपने बृहत्तर लक्ष्यों को साध रहा हूँ।

मैं अपने दिन की कार्य-योजना उससे पिछली रात को बना लेता हूँ, जो मेरे अवचेतन मन को उस लक्ष्य की पूर्ति पर सारी रात काम करने में सक्षम बनाती है।

***"आगे बढ़ने का राज है काम शुरू कर देना।
काम शुरू करने का राज है अपने जटिल दुष्कर कार्यों को छोटे
व्यावहारिक खंडों में विभाजित करना और
फिर पहले कार्य पर काम शुरू कर देना।"***

—सैम्युअल लैंघोर्न क्लेमेंस
अमेरिकी लेखक, हास्य लेखक एवं
उद्यमी मार्क ट्वेन के नाम से सुविख्यात

जब आप अपने बड़े लक्ष्यों को छोटे-छोटे कार्यों में विभाजित कर देते हैं और फिर एक बार में एक काम निपटाकर अगला काम हाथ में लेते हैं तो आप कहीं अधिक सुगमता से आगे बढ़ते हैं। इसे बड़े लक्ष्य को 'विभाजित करना' कहा जाता है। इसी तरह से बड़े लक्ष्य हासिल किए जाते हैं।

विभाजित किए गए कार्यों की प्राथमिकताओं का पता लगाने का एक उत्तम तरीका उन लोगों से सलाह लेना है, जो आपके इच्छित लक्ष्य को पहले ही प्राप्त कर चुके हैं। अपने व्यक्तिगत अनुभव से वे जरूरी कदम उठाने में आपका मार्गदर्शन कर और आमतौर पर रास्ते में आनेवाले गड्ढों से कैसे बचा जा सकता है, इसकी सलाह दे सकते हैं। आप कार्य-प्रबंधन के इस पहलू पर पुस्तकें और मार्गदर्शिकाएँ खरीद सकते या कोई ऑनलाइन कोर्स ले या अपने अंतिम लक्ष्य से शुरुआत करके पिछले कदमों को भी हाथ में ले सकते हैं। कल्पना करें कि आपने अपना लक्ष्य प्राप्त कर लिया है और याद करें कि अपनी वर्तमान हैसियत पर पहुँचने के लिए आपने क्या-क्या किया था? आपने आखिरी और उससे पूर्व का कदम क्या उठाया था? जब आप अपने तब के पहले कदम का पता लगा लेते हैं, वही आपका शुरुआती बिंदु होता है।

**मैं उन लोगों से मार्गदर्शन और
सलाह लेने में सहज हूँ, जो वह काम
पहले ही कर चुके हैं, जो मैं करना चाहता हूँ।**

आपका लक्ष्य प्राप्त करने के उद्देश्य से एक कार्य-सूची बनाने के लिए माइंड मैपिंग एक सरल और शक्तिशाली प्रक्रिया है। वह आपको किस व्यक्ति से बात करनी है, कौन-कौन सी जानकारियाँ जुटानी हैं, अमुक कार्य पूरा करने की अंतिम तारीख क्या है और ऐसी कई बातें तय करने में आपको सक्षम बनाती है। यदि आपने हमेशा से एक लेखक बनने के सपने देखे हैं और अपनी पहली पुस्तक प्रकाशित करवाना—जीवन में एक अहम मोड़ लानेवाला एक लक्ष्य, जो आपको एक रोमांचक नए कॅरियर की ओर ले जाएगा—चाहते हैं तो आपके इस बड़े लक्ष्य को अधिक छोटे कदमों में विभाजित करने में आपकी सहायता के लिए आप माइंड मैपिंग का उपयोग कर सकते हैं।

माइंड मैपिंग* किस तरह से काम करती है, यह आगे बताया गया है—

1. एक पृष्ठ के केंद्र में एक वृत्त बनाएँ। इस वृत्त के भीतर आपके प्रमुख लक्ष्य (एक पुस्तक लिखना) का नाम लिखिए।
2. अपने लक्ष्य को उन कार्यों की उप-श्रेणियों में विभाजित कर लें, जिन्हें लक्ष्य-प्राप्ति के लिए आपको पूरे करने हैं और उनमें से प्रत्येक कार्य (विशेषज्ञों से साक्षात्कार, किसी एजेंट की तलाश) को एक लघु वृत्त में लिख लें।
3. प्रत्येक मिनी सर्कल से बाहर की ओर निकलनेवाली कई लाइनें खींचें और उनमें से प्रत्येक पर मिनी सर्कल में बताई गई उप-श्रेणी से जुड़े लघुत्तर कार्य (विशेषज्ञ से मिलने का समय लेने के लिए एक इ-मेल भेजना, पांडुलिपि को अंतिम रूप देने के लिए एक ट्रांस्क्राइबर नियुक्त करना) को लिख लें।
4. प्रत्येक लघु कार्य के लिए ब्योरेवार आवश्यक काररवाई को नोट करें, ताकि जो काम करने हैं, उनकी एक पूर्ण सूची तैयार हो सके।

अपने बड़े लक्ष्यों को छोटे और व्यावहारिक कार्यों में विभाजित करने के लिए मैं माइंड-मैपिंग कौशल का उपयोग कर रहा हूँ और एक समय में एक कार्य पूरा करके अपने बृहत्तर लक्ष्यों को साध रहा हूँ।

---

* *स्वयं अपना माइंड मैप तैयार करने के लिए मेरी वेबसाइट www.successprinciples.com पर जानकारी हासिल करें या यू-ट्यूब पर मेरा वीडियो 'कैनफील्ड कोचिंग माइंड मैपिंग' देखें।*

अपने लक्ष्य के लिए एक माइंड मैप तैयार करने के बाद आपको करणीय कार्यों की सभी मदों को ठोस काररवाई का रूप देना होगा। हर एक मद को उनके पूरा होने की तारीख सहित अपनी दैनिक कार्य-सूची में शामिल करें। उन्हें अपने कैलेंडर में हस्तांतरित करें और उन्हें उचित क्रम में रखें। फिर पटरी पर बने रहने के लिए आवश्यक काररवाई करते रहें।

हम सलाह देते हैं कि आप अगले दिन की कार्य-योजना रात को ही बना लें—आज दिन में पूरे किए गए कार्यों या उनके परिणामों के आधार पर करणीय कार्यों की एक ताजा सूची बना लें। सोने से पहले मन में अगला दिन आप ठीक-ठीक किस तरह से बिताना चाहते हैं, उसकी सजीव कल्पना करें और आपका अवचेतन मन आपके लक्ष्यों की प्राप्ति के रचनात्मक तरीके रात भर सोचता रहेगा।

हर सुबह आपकी योजना आज के लिए निर्धारित सबसे महत्त्वपूर्ण कार्य को पूरा करने की होनी चाहिए। इसे सफल बनाने की एक तरकीब है—जैसे ही आप आज की कार्य-सूची निकालें, उसमें से उन पाँच कार्यों की पहचान कर लें, जिन्हें आपको हर हाल में आज ही पूरे करने हैं। फिर उन्हें उनके महत्त्व के क्रम से रख दें। ध्यान रहे, इन पाँच कार्यों में एक वह होना चाहिए, जिसे करना आपको बिल्कुल पसंद न हो और शेष चार आपके पसंदीदा कार्य हों। जिस काम को आप सबसे ज्यादा नापसंद करते हैं, उसे सूची में प्रथम स्थान देने से वह आज का पहला कार्य बन जाता है। इससे न केवल आपके मन पर दिन भर उस काम का बोझ रहेगा, बल्कि उसे सबसे पहले निपटाने से आगे के कार्यों में गति आएगी और आपका आत्मविश्वास भी बढ़ेगा।

मैं अपने दिन की कार्य-योजना उससे पिछली रात को बना लेता हूँ, जो मेरे अवचेतन मन को उस लक्ष्य की पूर्ति पर सारी रात काम करने में सक्षम बनाता है।

□

सफलता के सूत्र पकड़ें

ध्यान और चिंतन के लिए आश्वस्तकारी कथन

मैं सफलता के उन सूत्रों, जो मेरे लक्ष्यों की प्राप्ति में सहायक हैं, की तलाश में रहता हूँ और उन्हें खोज लेता हूँ, जो दूसरे सफल व्यक्तियों द्वारा छोड़े गए हैं।

मैं उन मार्गदर्शकों, जो मुझे उसकी शिक्षा दे सकते हैं, जो सफलता के लिए आवश्यक हैं, की तलाश में रहता और उनके साथ काम करता हूँ।

मैं सतर्क रहता हूँ, जब लोग उन विषयों पर बात करते हैं, जो प्रत्यक्ष या अप्रत्यक्ष रूप से मेरे लक्ष्यों से जुड़े हुए हैं, क्योंकि उनमें वे महत्त्वपूर्ण सूत्र होते हैं, जिन्हें मैं जानना चाहता हूँ।

"मैं बहुत पहले समझ गया था कि सफलता कुछ सूत्र छोड़ जाती है और यह भी कि जो लोग अपने प्रयासों से असाधारण परिणाम हासिल करते हैं, वे उसके लिए कुछ निश्चित चीजें करते हैं। मुझे इसमें विश्वास रहा है कि यदि मैंने उन सफल व्यक्तियों के प्रयासों को दोहराया तो मैं भी उसी गुणवत्ता के परिणाम प्राप्त कर सकता हूँ, जैसे उन्होंने किए हैं।"

—एंथनी रॉबिंस

'अनलिमिटेड पावर' के लेखक

सफलता के सूत्र खोजना आसान है, यदि आप उन्हें देखना चाहते हैं। लगभग हर काम, जिसके बारे में आप सोच सकते हैं, किसी-न-किसी व्यक्ति द्वारा पूरा किया जा चुका है—चाहे वह वजन कम करना हो या परिवार चलाना या कोई बिजनेस शुरू करना और यह एक अच्छी खबर है, क्योंकि इसका अर्थ है कि उन्हें सफलतापूर्वक पूरा करने वाले लोग कुछ सूत्र छोड़ गए हैं। आप इन सूत्रों को पहचानकर उन्हीं प्रमुख लक्ष्यों तक पहुँचने के लिए अपने मार्ग में उनका अनुसरण कर सकते हैं। उदाहरण के लिए, यदि आपके ऑफिस में आपकी अभी-अभी पदोन्नति हुई है और यदि अंततः आप वरिष्ठ कार्यकारी के स्तर तक पहुँचना चाहते हैं तो नेतृत्व, व्यक्तिगत सफलता, लक्ष्य-निर्धारण, मानव मनोविज्ञान और अन्य कई विषयों पर पढ़ने के लिए सैकड़ों पुस्तकें हैं। आप मेरी अन्य पुस्तकें 'द सक्सेस प्रिंसिपल्स' और 'द पॉवर ऑफ फोकस' भी पढ़ सकते हैं या मेरे 'ब्रेकथ्रू टु सक्सेस' सेमिनार में भाग ले सकते हैं। यही नहीं, शिक्षकों, सलाहकारों और कंसल्टेंट्स जैसे लोग आपसे बस, एक फोन कॉल दूर उपलब्ध हैं।

मैं सफलता के उन सूत्रों,
जो मेरे लक्ष्यों की प्राप्ति में सहायक हैं, की तलाश में रहता
और उन्हें खोज लेता हूँ, जो दूसरे सफल व्यक्तियों
द्वारा छोड़े गए हैं।

दो साल पहले मैं डलास में एक मॉर्निंग न्यूज शो में जाने की तैयारी कर रहा था, जब मैंने मेकअप आर्टिस्ट से पूछा कि उसके दीर्घकालिक लक्ष्य क्या थे? उसने कहा कि वह हमेशा से अपना खुद का ब्यूटी पार्लर खोलना चाहती थी, इसलिए मैंने उससे पूछा कि ऐसा होने के लिए वह क्या कर रही थी? "कुछ नहीं।" उसने जवाब दिया, "क्योंकि मैं नहीं जानती कि उसके लिए मुझे क्या-क्या करना होगा?"

मैंने उसे सलाह दी कि वह किसी पार्लर मालिक के सामने लंच पर उससे मिलने और ब्यूटी पार्लर खोलने के उसके अनुभव के बारे में उससे बात करने का प्रस्ताव रखे।

"क्या मैं ऐसा कर सकती हूँ?" वह उत्साहित होकर बोली।

निश्चित रूप से आप ऐसा कर सकते हैं—और आपकी पहुँच के भीतर ऐसे कई लोग होंगे, जो इस बारे में बताने के लिए खुशी से राजी हो जाएँगे कि वे क्या करते हैं और कैसे उन्होंने वह बिजनेस स्थापित किया और चलाया। आपका सपना कुछ भी हो, आपको कोई-न-कोई ऐसा व्यक्ति मिल जाएगा, जिसने उसी तरह का सपना साकार किया हो और अपनी यात्रा के अनुभव को शेयर करना चाहता हो; परंतु पहल आपको करनी होगी और उससे पूछना होगा। आप उनमें से किसी को अपनी सेवाएँ देने का प्रस्ताव भी कर सकते हैं, ताकि आपको सफलता के सूत्र ही नहीं, सीखने का प्रत्यक्ष अनुभव भी मिल सके!

मैं उन मार्गदर्शकों, जो मुझे उसकी शिक्षा दे सकते हैं और जो सफलता के लिए आवश्यक है, की तलाश में रहता हूँ और उनके साथ काम करता हूँ।

शायद किसी समय आपने किसी विशेषज्ञ से सलाह लेने के बारे में सोचा हो, परंतु आपके मन में 'मुझे सलाह देने के लिए कोई विशेषज्ञ अपना कीमती समय क्यों बेकार करेगा' या 'कोई क्यों अपने संभावित प्रतिस्पर्धी को स्वयं खड़ा करना चाहेगा?' इस तरह के विचार आने पर विशेषज्ञ से सलाह लेने का विचार आपने त्याग दिया हो! रुकिए, आप अपने मन में ऐसे मार्ग अवरोध पैदा कर रहे हैं, जिनका अस्तित्व ही नहीं है। अधिकांश लोग, उन्होंने कैसे अपना बिजनेस खड़ा किया या अपने लक्ष्यों को पूरा किया, इस बारे में बड़े उत्साह से बात करते हैं। यहाँ कुछ कारण दिए जा रहे हैं, जिनकी वजह से हम सुगमता से उपलब्ध इस स्रोत का लाभ नहीं उठाते हैं—

- हम ऐसे काम करने में बहुत हिचकिचाते हैं, जो हमारे परिचित लोगों में से कोई न कर रहा हो।
- ऐसा करने के लिए हमें दोस्तों के साथ गप्पें लड़ाने या अपने शौक पूरे करने से अलग हटकर या उनसे समय निकालकर कुछ करना होता है।
- अपना प्रस्ताव ठुकरा दिए जाने का भय दूसरों से सलाह या जानकारी लेने की इच्छा पर भारी पड़ जाता है।
- अनुभवी लोगों से सलाह लेने के लिए हमें लीक से हटकर कुछ करना होता है और इसके बावजूद कि ऐसा करना हमारे लिए बहुत लाभदायक होगा, बदलाव हमें असहज बना देता है।
- हमें उसके लिए कुछ प्रयास करना होगा और स्पष्ट कहें तो अधिकांश लोग इतनी कड़ी मेहनत नहीं करना चाहते।

मैं सतर्क रहता हूँ, जब लोग उन विषयों पर बात करते हैं, जो प्रत्यक्ष या अप्रत्यक्ष रूप से मेरे लक्ष्यों से जुड़े हुए हैं, क्योंकि उनमें वे महत्त्वपूर्ण सूत्र होते हैं, जिन्हें मैं जानना चाहता हूँ।

□

ब्रेक्स को शिथिल करने के लिए आश्वस्तकारी कथनों का प्रयोग करें

ध्यान और चिंतन के लिए आश्वस्तकारी कथन

मैं बंधनकारी मान्यताओं द्वारा लगाए गए 'ब्रेक्स को शिथिल' कर अपनी सफलता की निश्चितता पर ध्यान केंद्रित कर रहा हूँ।

मैं आश्वस्तकारी कथनों, जो मेरे अवचेतन मन को सकारात्मक विचारों व कल्पनाओं से भर देते हैं, का प्रयोग कर के हर रोज जीवन और जगत् के बारे में अपनी सीमित सोच का विस्तार कर रहा हूँ।

मैं जीवन में जिस वास्तविक मुकाम तक पहुँचना चाहता हूँ, उसके बारे में लगातार सोच रहा हूँ, लोगों से बातें कर रहा हूँ और लिख रहा हूँ।

"हर वह चीज, जिसे आप हासिल करना चाहते हैं, वह जिस ढर्रे पर आप अब तक चलते आए हैं और जिसे लेकर आप सहज हैं, उसके क्षेत्र से बाहर है।"

—रॉबर्ट एलन
सर्वाधिक बिकनेवाली पुस्तक
'मल्टीपल स्ट्रीम्स ऑफ इन्कम' के लेखक

क्या आपने कार चलाते हुए कभी महसूस किया है कि उसका इमरजेंसी ब्रेक ऑन है? ब्रेक की पकड़ को शिथिल करने के लिए आपने क्या किया? क्या आपने गैस को कसकर दबाया? नहीं, आपने ब्रेक को बस, शिथिल किया होगा और बिना किसी अतिरिक्त प्रयास के कार ने रफ्तार पकड़ ली होगी।

अपने जीवन में भी हम यही करते हैं। हम अतीत के नकारात्मक विचारों, कड़वे अनुभवों और असफल संबंधों—जिनसे हम ऊपर नहीं उठ पाए हैं—को पकड़े रहते हैं। कभी-कभी वास्तविकता के बारे में हमारी मान्यताएँ गलत होती हैं और हम अपराध-बोध एवं आत्मविश्वास की कमी से ग्रस्त रहते हैं; क्योंकि या तो हम उन नकारात्मक विचारों को अपने मन से हटाना नहीं चाहते या जानते नहीं कि उनसे कैसे छुटकारा पाया जाए? जब हम अपने लक्ष्यों की प्राप्ति में प्रयासरत होते हैं, हम कितना भी प्रयास क्यों न करें, उन कड़वे अनुभवों एवं नकारात्मक भावनाओं का बोझ हमारी प्रगति को खारिज कर देता है, परंतु हम अपने इच्छित लक्ष्य तब तक कभी प्राप्त नहीं कर सकते, जब तक हम इन ब्रेक्स को शिथिल न कर दें और इसका अर्थ है—अपनी बंधनकारी मान्यताओं, विचारों और अपराध-बोध, डर, क्रोध एवं गिले-शिकवों जैसी नकारात्मक भावनाओं को भूलकर उनसे ऊपर न उठ जाएँ।

मैं बंधनकारी मान्यताओं द्वारा लगाए गए ब्रेक्स को शिथिल कर अपनी सफलता की निश्चितता पर ध्यान केंद्रित कर रहा हूँ।

वह दायरा, जिसमें आप बिना किसी परेशानी के रहते हैं, बुनियादी रूप से आपका स्व-निर्मित जहर है, जिसे आपने 'मैं यह नहीं कर सकता', 'यह मुझे करना ही होगा', 'यह मुझे नहीं करना चाहिए' और अन्य निराधार मान्यताओं—जिन्हें आपने अपने जीवनकाल में अपने अवचेतन मन में घर करने दिया है—के समुच्चय से पैदा किया है।

हम अपनी प्रतिक्रियाओं का एक ऐसा जाल बुन लेते हैं, जो हमारे नकारात्मक या गलत व्यवहार—जो हमारे स्व-निर्मित 'कंफर्ट जोन' को जन्म देता है—को बल देता है। जिंदगी को लेकर हमेशा शिकायतें करते रहना (जिस पर हम पहले चर्चा कर चुके हैं) हमारा ध्यान वर्तमान परिस्थितियों पर केंद्रित कर देता है और हमें एक बार फिर नकारात्मक विचारों—वही 'मैं यह नहीं कर सकता', 'मुझे यह नहीं करना चाहिए' आदि के जाल में फँसा लेता है।

परंतु हम इस जाल को तोड़ सकते हैं। इसके बजाय हम विशेष रूप से आश्वस्तकारी कथनों का प्रयोग करके अपने मन को सकारात्मक विचारों, शब्दों और कल्पनाओं से भर सकते हैं। ये आश्वस्तकारी कथन—और जिस सकारात्मकता से वे हमारे मस्तिष्क को ओत-प्रोत कर देते हैं—वास्तव में हमारे अवचेतन मन में नए मार्ग बना लेते हैं और हमारे मन में जड़ें जमा चुकी नकारात्मक और पीछे ले जाने वाली स्व-निर्मित मान्यताओं से हमें बचा ले जाते हैं। उसके बाद हम किसी दलदल में नहीं फँसते। हम बदल सकते हैं—और आश्वस्तकारी कथनों की नियमित खुराक के प्रति हमारी प्रतिबद्धता यह संभव बनाएगी।

मैं आश्वस्तकारी कथनों,
जो मेरे अवचेतन मन को सकारात्मक विचारों और
कल्पनाओं से भर देते हैं, का प्रयोग करके हर रोज जीवन और
जगत् के बारे में अपनी सीमित सोच का विस्तार कर रहा हूँ।

यद्यपि हमने इस पुस्तक के प्रत्येक अध्याय के आरंभ में आश्वस्तकारी कथनों का एक आरंभन सेट दिया है, किंतु यह आप पर है कि आप अपनी विशिष्ट परिस्थितियों और लक्ष्यों के अनुसार अपने आश्वस्तकारी कथनों को सशक्त रूप से प्रभावी बनाने के लिए निम्नलिखित दिशा-निर्देशों का उपयोग करें—

1. अपना कथन 'मैं' से आरंभ करें। आपका अवचेतन मन इस शक्तिशाली शब्द को एक आदेश की तरह ग्रहण करता है। यह हमारी भाषा में सबसे शक्तिशाली शब्द है।
2. वर्तमान काल का प्रयोग करें। आप जो कुछ चाहते हैं, उसे इस प्रकार वर्णित करें, मानो वह पहले ही प्राप्त कर लिया गया है।
3. उसे सकारात्मक तरीके से व्यक्त करें। आप जो नहीं चाहते, उसके बारे में न सोचें। जो कुछ आप चाहते हैं, उसे जड़ता से व्यक्त करें।
4. उसे संक्षिप्त रखें। उसे इतना संक्षिप्त रखें कि वह आसानी से याद रखा जा सके।
5. कथन का सुनिश्चित अर्थ निकलना चाहिए। अनिश्चित कथन अनिश्चित परिणाम देते हैं।
6. कथन में उस उद्देश्य को पूरा करने वाले कदम का समावेश करें। वह उसे और सशक्त बनाएगा।
7. कम-से-कम एक सुखद एहसास को शामिल करें। यदि आपने उस उद्देश्य को पूरा कर लिया तो आप कैसा अनुभव करेंगे?
8. आश्वस्तकारी कथन दूसरों के लिए नहीं, सिर्फ अपने लिए बनाएँ। दूसरों की कारगुजारियों को शामिल न करें। केवल 'आप' क्या कर रहे होंगे!
9. अपनी इच्छाओं में यह जोड़ दें, "या कुछ बेहतर।" हमारा अनुभव अकसर हमारी इच्छाओं को सीमित कर देता है। हमेशा अधिक की कामना करें।

मैं जीवन में जिस वास्तविक मुकाम तक पहुँचना चाहता हूँ, उसके बारे में लगातार सोच रहा हूँ, लोगों से बातें कर रहा हूँ और लिख रहा हूँ।

□

अपनी इच्छाओं को शक्ल दें, उसे देखकर उसे पाने में जुट जाएँ

ध्यान और चिंतन के लिए आश्वस्तकारी कथन

रात में सोने से पहले मैं आत्मविश्वास के साथ अपने लक्ष्यों की सूची को बोलकर पढ़ रहा हूँ और मन में पूरे कर लिये गए लक्ष्यों को सचित्र देख रहा हूँ।

उन मानसिक चित्रों में आवाज, गंध और एहसासों को शामिल कर मैं उनके लाभों को कई गुना बढ़ा रहा हूँ।

उन चित्रों को स्पष्ट रूप से देखकर और उन पर पूरा ध्यान केंद्रित कर मैं आश्वस्तकारी कथनों के प्रभाव को बढ़ा रहा हूँ।

“कल्पना ही सबकुछ है।
वह जीवन में आनेवाले आकर्षणों का पूर्वावलोकन है।”

—अल्बर्ट आइंस्टीन
भौतिक-शास्त्र के लिए नोबेल पुरस्कार विजेता

मानस-दर्शन या कल्पना अपनी आँखें बंद कर और यह मानकर कि आपके लक्ष्य पूरे हो गए हैं, स्वयं को जीवन का आनंद लेते हुए—पूर्ण, स्पष्ट और रंगारंग ब्योरों में—देखने की तकनीक है। यह मन की आँखों से जिन स्थानों पर आप जाएँगे, जो ध्वनियाँ आप सुनेंगे, जैसा आप महसूस करेंगे और जैसे अधिकार से आप अपना कार्य पूरा करेंगे—यह सब देखना है।

कल्पना आपके लक्ष्यों तक पहुँचने के सबसे प्रभावी साधनों में से एक है, जिसका आप उपयोग कर सकते हैं; क्योंकि वह सफलता प्राप्त करने की आपकी गति को तत्काल बढ़ा देती है।

- वह आपके मस्तिष्क की जालीदार क्रिया-प्रणाली, जो आपके लिए हर रोज करोड़ों बिंबों को प्रसंस्करित करती है, को उन विचारों, अवलोकनों, लोगों और अवसरों को प्रसंस्कृत करने में सक्षम बनाती है।
- ‘आकर्षण के नियम’ के जरिए कल्पना उन लोगों और अवसरों को आकर्षित करती है, जो आपको लाभ पहुचाएँगे।

अपने आश्वस्तकारी कथनों पर विचार करते समय उन्हें बोलकर दोहराएँ और उनके परिणामों की सजीव व सचित्र कल्पना करें, ताकि वे आपके मन में स्पष्ट बिंब पैदा करें। ये बिंब निश्चित और ब्योरेवार होने चाहिए, ताकि आपके आश्वस्तकारी कथन आपकी रचनात्मक शक्ति, जो सफलता को गति देती है, को मुक्त कर सकें।

हर रात सोने से पहले मैं आत्मविश्वास के साथ
अपने लक्ष्यों की सूची को बोलकर पढ़ रहा हूँ
और मन में पूरे कर लिये गए लक्ष्यों को सचित्र देख रहा हूँ।

इससे पहले कि (इस लेखक की पुस्तक) 'चिकन सूप फॉर द सोल' 10 करोड़ प्रतियों की बिक्री के शिखर को छूती, विक्टर हेंसन और मैंने इस पुस्तक के कवर को 10 करोड़ प्रतियों की बिक्री दरशाते हुए 'न्यूयॉर्क टाइम्स' की बेस्टसेलर्स सूची का एक काल्पनिक चित्र तैयार किया था। 15 महीनों के भीतर वह सपना एक हकीकत बन चुका था।

उन्हीं सिद्धांतों को लागू करते हुए अपने आश्वस्तकारी कथनों के अमल के सुपरिणामों की कल्पना से अधिकतम लाभ उठाएँ—

- अपने काल्पनिक चित्रों में ध्वनियों, गंधों, स्वादों और भावनाओं का समावेश करें। सागर किनारे बसे आपके घर में सागर की लहरों की अठखेलियों की आवाजें कैसी लगती हैं? समुद्र से कैसी गंध आती रहती है? उन सब अनुभवों से आप कैसा महसूस कर रहे होंगे?
- अपनी कल्पनाओं को बल देने के लिए उनमें भावनाओं का समावेश करें। कभी-कभी अभिभूत करनेवाली भावनाओं से जुड़ी कोई कल्पना स्मृति में हमेशा के लिए बस जाती है। अपनी कल्पनाओं को भावना और ऊर्जा से अनुप्राणित करके उनका भरपूर लाभ उठाएँ।

जब हम अपनी आँखें बंद करते हैं तो हममें से अधिकांश लोग त्रि-आयामी रंगारंग चित्र नहीं देखते। वास्तव में, हम उस काल्पनिक चित्र को 'देखते' कम और उस पर 'सोचते' अधिक हैं। उन्हें सचमुच देखने में आपकी मदद करने और अपने लक्ष्यों पर ध्यान केंद्रित करने के लिए अपने पसंदीदा पर्यटन-स्थल, आपकी चुस्त-दुरुस्त काया और महँगी गाड़ियों के चित्र तलाशकर उन्हें एक छोटे पोस्टर पैड पर चिपका दें। फिर उसे ऐसी जगह रख दें, जहाँ से आप रोज उन्हें देख सकें। आप एक कार्ड पर कलर मार्कर्स से अपना स्वयं का आश्वस्तकारी कथन लिखकर उसके पास अपने सपनों के घर या किसी अन्य प्रिय वस्तु का चित्र भी ड्रॉ कर सकते हैं।

उन मानसिक चित्रों में अनाज, गंध और एहसासों को शामिल कर मैं उनके लाभों को कई गुना बढ़ा रहा हूँ।

आपका मन अपने शरीर की अपेक्षा बहुत अलग तरीके से काम करता है। आपके मन के लिए किसी चीज की सजीव कल्पना करने और वास्तव में करने में कोई अंतर नहीं है। अभिनेता, बॉडी बिल्डर, फिल्म निर्माता और कैलिफोर्निया के पूर्व गवर्नर अर्नोल्ड श्वार्जनेगर ने एक बार कहा था, "अपने मन में आप जो कुछ बनना चाहते हैं, उसका एक चित्र बनाएँ और फिर उस चित्र को इस तरह से जिएँ, मानो वह एक चित्र नहीं, एक वास्तविकता हो।" मैं कहूँगा कि उनके लिए इस रणनीति ने अच्छी तरह से काम किया। भले ही आपको पता न चले, परंतु जब आप कल्पना करते हैं कि आपने अपना लक्ष्य पहले ही प्राप्त कर लिया है, आपका अवचेतन मन इसका कोई मार्ग तलाश कर लेगा, जिससे आपकी वर्तमान स्थिति उसमें परिवर्तित हो जाए, जिसकी खुराक आप उसे देते रहे हैं। यदि आप अपने मन को एक सुंदर घर, एक प्रेमपूर्ण संबंध और एक रोमांचक कॅरियर के चित्रों की खुराक देते रहें तो वह उन चीजों को प्राप्त करने के काम में जुट जाएगा। दूसरी ओर, यदि आप उसे लगातार एक तनावपूर्ण नौकरी, एक अजेय डर या एक असफल संबंध जैसी नकारात्मक चीजों के चित्रों की खुराक देते रहें तो क्या होगा, अनुमान लगाइए! वह उन्हें भी प्राप्त करने में जुट जाएगा।

अपने सभी लक्ष्यों की इस रूप में कल्पना करने के लिए कुछ समय निकालें, मानो उन्हें पूरा कर लिया गया है। यह आपके सपनों को सच करने के सबसे सशक्त उपायों में से एक है। कुछ मनोवैज्ञानिक कहते हैं कि अपने लक्ष्यों के पूरे होने की एक घंटे की कल्पना उनके लिए किए गए सात घंटे के शारीरिक श्रम के बराबर है। यह एक बहुत बड़ा दावा है; परंतु फिर भी कल्पना करें कि आपके जीवन का क्या बनेगा, यदि आप हर रोज ऐसा करते हैं!

उन मानसिक चित्रों को स्पष्ट रूप से देखकर
और उन पर पूरा ध्यान केंद्रित कर
मैं आश्वस्तकारी कथनों के प्रभाव को बढ़ा रहा हूँ।

□

एक सफल व्यक्ति की तरह आचरण करें

ध्यान और चिंतन के लिए आश्वस्तकारी कथन

मैं ऐसे विश्वास के साथ आचरण कर रहा हूँ, मानो मैं वहाँ पहुँच चुका हूँ, जहाँ मैं जाना चाहता हूँ।

आत्मविश्वास से भरपूर इस पूर्ण विश्वास के साथ कि मैं सफलता प्राप्त करूँगा, मैं अपने लक्ष्य की प्राप्ति में लोगों का सहयोग लेता हूँ।

अपने सपनों को सच करने के लिए मैं अपने अवचेतन मन को सशक्त ब्लूप्रिंट का आधार दे रहा हूँ।

"इसमें विश्वास रखते हुए आचरण करें
कि आपका असफल होना असंभव है।"

—चार्ल्स एफ. केटरिंग
इंजीनियर, व्यवसायी और आविष्कारक,
जिनके नाम 186 से अधिक पैटेंट्स हैं

सफलता की सबसे उत्तम रणनीतियों में से एक इस तरह से आचरण करना है, मानो आप उस गंतव्य तक पहुँच चुके हैं, जहाँ आप जाना चाहते हैं। उसके लिए आपको इस तरह से सोचना, बोलना, काम करना और कपड़े पहनना होगा, मानो आपने अपने लक्ष्य प्राप्त कर लिये हैं। एक सफल व्यक्ति की तरह आचरण करना दुनिया को आपका आत्मविश्वास और उपलब्धि दरशाता है; साथ ही आपके अवचेतन मन, जो इस तरह से बना है कि वह समस्याओं के समाधान के अनोखे उपाय खोज लेता है, को सशक्त संदेश भी भेजता है। यह आपके दिमाग के जालीदार संचालन तंत्र को सक्रिय कर देता है, ताकि वह आपके दिमाग तक पहुँचनेवाली करोड़ों सूचनाओं, जिन्हें वह हर रोज प्रसंस्कृत करता है, में से ऐसी सूचनाओं को छाँट सके, जो आपको आपके भीतर छिपे संसाधनों का पता लगाने में आपकी मदद कर सकें। यही नहीं, जब आप एक सफल व्यक्ति की तरह आचरण करते हैं, 'आकर्षण का नियम' काम करने लगता है; क्योंकि एक सफल व्यक्ति की तरह किया गया आचरण ब्रह्मांड में इस आशय की सशक्त तरंगें प्रसारित करता है कि आप लक्ष्य प्राप्त करने के लिए समर्पित और उसके द्वारा वापस भेजे गए किसी भी संदेश को स्वीकार करने और उसे अमल में लाने के लिए तैयार हैं।

रिचर्ड बाच द्वारा लिखित 'जोनाथन लिविंगस्टोन सीगल' मेरी पसंदीदा पुस्तकों में से एक है। वह लिखते हैं—"विचारों की गति से उड़ने का, जहाँ चाहें, वहाँ होने का प्रयास करें; आपको बस, इस जानकारी से शुरुआत करनी है कि आप वहाँ पहुँच चुके हैं।" बहुत ठोस सलाह और जीवन की महान् शिक्षाओं में से एक।

मैं ऐसे विश्वास के साथ आचरण कर रहा हूँ,
मानो मैं वहाँ पहुँच चुका हूँ, जहाँ मैं जाना चाहता हूँ।

आप इसी वक्त से इस तरह का आचरण शुरू कर सकते हैं, मानो आपने वे लक्ष्य प्राप्त कर लिये हैं, जिन्हें आपने स्वयं के लिए निर्धारित किया था। एक बार आप एक सफल व्यक्ति की तरह आचरण शुरू कर दें तो उससे उपजा बाहरी अनुभव आपको उस आंतरिक अनुभव—वे भावनाएँ, आत्मविश्वास और सोचने का तरीका—तक ले जाएगा, जो आपका लक्ष्य पूरा करने में आपकी सहायता करेगा।

यदि आप एक यूनिवर्सिटी टॉपर, एक बेस्टसेलिंग लेखक, एक ओलंपिक पदक विजेता एथलीट, एक टॉप सेल्स पर्सन, एक प्रतिष्ठित संगीतकार या एक सफल उद्यमी बन जाएँ तो आप किस तरह का आचरण करेंगे? आप किस तरह से सोचेंगे, लोगों से पेश आएँगे, बात करेंगे, किस तरह की ड्रेसेज पहनेंगे या धन खर्च करेंगे?

कुछ महत्त्वपूर्ण सबक हैं, जो हम सफल लोगों के व्यवहार से सीख सकते हैं। वे आत्मविश्वास से भरे होते हैं। उनके पास लोगों से सहयोग प्राप्त करने की कला है। वे अपनी नापसंदगी जाहिर करते हैं। वे जोखिम उठाते हैं और अपनी कामयाबी का जश्न मनाते हैं। वे अपनी आमदनी का एक हिस्सा बचाते हैं और एक हिस्सा दूसरों से शेयर करते हैं। ये सब वे चीजें हैं, जिन्हें आप अभी से करना शुरू कर सकते हैं। उन्हें करने के लिए अधिक धन की नहीं, मंशा की जरूरत है। जैसे ही आप एक सफल व्यक्ति की तरह आचरण करने लगते हैं, वे चीजें और लोग, जो वास्तविक जीवन में आपकी लक्ष्य-प्राप्ति में सहयोग करेंगे, आपकी ओर आकर्षित होने लगेंगे।

आत्मविश्वास से भरपूर

इस पूर्ण विश्वास के साथ कि मैं सफलता प्राप्त करूँगा, मैं अपने लक्ष्य की प्राप्ति में लोगों का सहयोग लेता हूँ।

यह अनिवार्य है कि आप जो कुछ बनना चाहते हैं, वैसा होने की शुरुआत अभी से कर दें—इस पर सोचने में अपना और अधिक समय बेकार न करें। क्यों? इसलिए, जल्दी कदम न उठाना और कभी कदम न उठाना एक समान है। वह होने की शुरुआत अभी कर दें, जो आप बनना चाहते हैं और फिर वे चीजें करना शुरू कर दें, जो एक सफल व्यक्ति करता है—और आप जल्द ही देखेंगे कि आप जीवन में जो कुछ चाहते हैं—स्वास्थ्य, धन-संपत्ति, मधुर संबंध और सामाजिक प्रभाव—वह आसानी से आपको मिल रहा है।

'माइंड योर रियलिटी' की लेखक तानिया कॉटसोज कहती हैं, "वह आपका अवचेतन मन है, जो आपके भीतर गहरे उतरी हुई मान्यताओं और कार्यक्रमों का भंडार-गृह है। अपनी परिस्थितियों को बदलने और उन चीजों व व्यक्तियों को आकर्षित करने के लिए, जिन्हें आपने चुना है, आपको अपने अवचेतन मन को प्रोग्राम और री-प्रोग्राम करना सीखना होगा।"

हजारों वर्षों से यह सिद्धांत हमारे साथ है और फिर भी बहुत कम लोग इसका उपयोग करते हैं। उपर्युक्त लेखिका के इन शब्दों से आपके क्रिया-कलाप प्रेरणा लेते रहें।

अपने सपनों को सच करने के लिए
मैं अपने अवचेतन मन को
सशक्त ब्लूप्रिंट का आधार दे रहा हूँ।

□

सप्ताह 13

पूरा मार्ग ज्ञात न होने पर भी काम करना शुरू कर दें

ध्यान और चिंतन के लिए आश्वस्तकारी कथन

जैसे-जैसे मैं अपनी लक्ष्य-प्राप्ति पर काम करता जाता हूँ, मेरे लिए सभी चीजें स्पष्टतर और आसान हो रही हैं; क्योंकि मैं लगातार ऐसे लोगों को आकर्षित कर रहा हूँ, जो मुझे प्रोत्साहित कर रहे हैं और सहयोग दे रहे हैं।

जब मैं गलतियाँ करता हूँ, मैं जानता हूँ कि कुछ महत्त्वपूर्ण हुआ है, जो अपने हर अनुभव से मैं सीख रहा हूँ।

मैं अपनी लक्ष्य-प्राप्ति की यात्रा पर लोगों की टिप्पणियों का आनंद ले रहा हूँ। वे मुझे अपने काम में सफलता के लिए जरूरी सुधार करने में मदद करती हैं।

"जो लोग इंतजार करते हैं, उन्हें भी कुछ मिल सकता है; परंतु वही चीजें, जो कड़ी मेहनत करनेवालों द्वारा छोड़ी गई हैं।"

—अब्राहम लिंकन
अमेरिका के सोलहवें राष्ट्रपति

सफल लोगों को एक लंबे समय से ज्ञात है कि दुनिया महज आपके ज्ञान के लिए आपको पुरस्कृत नहीं करती। वह आपके कर्म के लिए आपको पुरस्कृत करती है। फिर भी, यह कथन कितना भी स्पष्ट और व्यावहारिक क्यों न हो, आज भी करोड़ों लोग सीधे-सीधे काम शुरू कर देने के बजाय विश्लेषण, प्लानिंग और चीजों को संगठित करने में उलझे रहते हैं। वे इस उम्मीद में रहते प्रतीत होते हैं कि जब तक वे योजनाएँ बना रहे हैं, शायद नियम उनके पक्ष में बदल जाएँ!

परंतु अंत में, हम जो कुछ भी जानते और मानते हों, उससे हासिल कुछ नहीं होता। केवल आपका काम मायने रखता है।

उस दिन क्या होता है, जिस दिन आप काम शुरू करना तय करते हैं? लोग सोकर उठेंगे और आपकी ओर ध्यान देना शुरू करेंगे। आपके जैसे लक्ष्य लेकर चलनेवाले लोग आपके साथ जुड़ जाएँगे। आप अपने अनुभव से सीखना शुरू करेंगे। जो चीजें पहले भ्रमित करनेवाली लगती थीं, वे स्पष्ट हो जाएँगी और जो चीजें पहले कठिन लगती थीं, वे आसान हो जाएँगी। जैसे ही आप काम करना शुरू करते हैं, आप ऐसे लोगों को आकर्षित करने लगेंगे, जो आपको सहयोग देंगे और प्रोत्साहित करेंगे और अद्‍भुत चीजें आपकी ओर बहना शुरू कर देंगी।

जैसे-जैसे मैं अपनी लक्ष्य-प्राप्ति पर काम करता जाता हूँ, मेरे लिए सभी चीजें स्पष्टतर और आसान हो रही हैं, क्योंकि मैं लगातार ऐसे लोगों को आकर्षित कर रहा हूँ, जो मुझे प्रोत्साहित कर रहे हैं और सहयोग दे रहे हैं।

एक अभ्यास है, जिसका काररवाई करने की शक्ति दरशाने के लिए मैं अपने सेमिनारों में उपयोग करता हूँ। मैं 100 डॉलर का एक करेंसी नोट शिक्षार्थियों को दिखाता हूँ और उनसे पूछता हूँ कि "इस 100 डॉलर के नोट को कौन लेना चाहेगा?" बहुत से लोग सहमति में हाथ उठाते हैं। कई चिल्लाकर कहते हैं, "यह मुझे चाहिए।" या "मुझे दे दीजिए।" परंतु मैं अपना हाथ उठाए 100 डॉलर के उस नोट को पकड़े रहता हूँ, जब तक कि उनमें से कोई वास्तव में अपनी सीट से उठकर मेरे पास आता और मेरे हाथ से वह नोट ले नहीं लेता। फिर मैं उस समूह से पूछता हूँ कि उनमें से उठकर मेरे पास आने और वह नोट मुझसे ले लेने के बारे में सोचा था, परंतु अपने आप को रोक लिया था, तो उस कमरे के आधे लोगों ने अपने हाथ उठा दिए। उन्होंने स्वयं से क्या कहा था?

"मैं कमरे में बहुत पीछे बैठा हूँ।"

"मैं खुद को ऐसा नहीं दिखाना चाहता था, मानो मुझे उस राशि की बेहद जरूरत थी!"

"मैं पक्के तौर पर नहीं समझता था कि आप मुझे वास्तव में वह नोट दे देंगे!"

"मैं अपने आप को लालची नहीं दरशाना चाहता था।"

"मुझे डर था कि वह नोट लेकर मैं गलत कर रहा हूँगा या लोग मेरे बारे में क्या सोचेंगे या मुझ पर हँसेंगे!"

"मैं आपके आनेवाले निर्देशों का इंतजार कर रहा था।"

तो उस व्यक्ति, जिसने वह राशि पाई थी, ने क्या किया था, जो वहाँ बैठे किसी भी व्यक्ति ने नहीं किया? उसने अपनी आरामदायक सीट छोड़ी और कुछ काम किया। उसने वह किया, जो वह राशि पाने के लिए आवश्यक था—और ठीक यही आपको करना चाहिए, यदि आप सफल होना चाहते हैं।

जब मैं गलतियाँ करता हूँ, मैं जानता हूँ कि कुछ महत्त्वपूर्ण हुआ है, जो अपने हर अनुभव से मैं सीख रहा हूँ

सफलता प्राप्त करने के लिए आपको वह करना होगा, जो सफल व्यक्ति करते हैं; और सफल व्यक्ति अत्यधिक कर्मठ होते हैं। यदि आप एक परिस्थिति में मूर्ख दिखाई देने के डर से स्वयं को पीछे रखते हैं तो आप संभवतः दूसरी परिस्थितियों में भी मूर्ख दिखाई देने के डर से खुद को पीछे रखते होंगे। आप कब-कब ऐसा करते हैं, आपको इसकी पहचान करनी होगी, फिर उन अवरोधों को तोड़कर आप स्वयं को पीछे रखने से रोक सकते हैं।

अधिकांश लोग अपनी लक्ष्य-प्राप्ति के लिए इसलिए कदम नहीं उठाते कि वे असफल हो जाने से डरते हैं। दूसरी ओर, सफल लोग यह समझते हैं कि असफलता सीखने की प्रक्रिया का एक अनिवार्य और स्वाभाविक भाग है। वे जानते हैं कि असफलता महज एक उपाय है परीक्षण करके सीखने का।

आप एक बार असफलता को सफलता की दिशा में की जानेवाली यात्रा का एक भाग मानकर उसे स्वीकार कर लेते हैं; उस सफर को शुरू करने, मार्ग में गलतियाँ करने, अपने कामकाज पर लोगों की टिप्पणियों पर ध्यान देने, उसमें जरूरी सुधार कर अपने लक्ष्य की ओर बढ़ जाने के अधिक इच्छुक हो जाते हैं। आपका हर अनुभव अत्यधिक महत्त्वपूर्ण जानकारियों को जन्म देगा, जिन्हें आप अगली काररवाइयों में लागू कर पाएँगे।

इस तरह अब तक आप सफलता के लिए आवश्यक बुनियादी कदमों—लक्ष्य-प्राप्ति का रोड-मैप तैयार करना, निश्चित और मापनीय उप-लक्ष्य निर्धारित करना, उन्हें छोटे-छोटे कदमों में विभाजित करना, अपनी सफलता को निश्चित मानकर उसकी कल्पना करना और अपने आप में तथा अपने सपनों में विश्वास रखना—को समझ गए होंगे।

मैं अपनी लक्ष्य-प्राप्ति की यात्रा पर
लोगों की टिप्पणियों का आनंद ले रहा हूँ।
वे मुझे अपने काम में सफलता के लिए
जरूरी सुधार करने में मदद करती हैं।

□

अपनी कार्य-योजना को ध्यान से देखकर पता लगाएँ कि क्या वह आपको सही लगती है

ध्यान और चिंतन के लिए आश्वस्तकारी कथन

मैं अपनी कार्य-योजना को ध्यान से देखकर उसमें पाए गए मार्ग-अवरोधों को नए कौशल सीखने, आत्मविश्वास बढ़ाने और काम में जुट जाने के अवसरों के रूप में देख रहा हूँ।

नई गतिविधियाँ शुरू करके मैं ईश्वर को बता दूँ कि अपने आसपास की दुनिया को एक बेहतर स्थान बनाने के लिए मैं अपनी प्रतिभा का उपयोग करना चाहता हूँ।

मुझे अपने लक्ष्य की ओर ले जानेवाले पूरे मार्ग की जानकारी न होने के बावजूद मैं उस पर काम शुरू कर देना चाहता हूँ; क्योंकि मैं जानता हूँ कि वह मुझे वहाँ—या उससे भी बेहतर स्थान पर ले जाएगा, जहाँ मैं जाना चाहता हूँ।

"1,000 मील लंबी यात्रा एक कदम से शुरू होती है।"

—चीन की एक प्राचीन कहावत

जब कोई व्यक्ति कोई महत्त्वपूर्ण बात कहता है, जो आपके लिए उपयोगी हो या जब कोई आपके सामने आपकी कार्य-योजना से संबंधित कोई प्रस्ताव रखता है तो आपका काम है—उस पर गहराई से विचार करना। तभी आप प्रस्ताव में छिपे अवसर को जान पाएँगे।

दुनिया के सफलतम लोगों में से कई इसलिए सफल हुए कि उन्होंने अपने सामने खुलनेवाले किसी दरवाजे पर ध्यान दिया। उनमें उस दरवाजे के भीतर जाकर उस अवसर का लाभ उठाने का साहस और बुद्धिमत्ता थी। उन्होंने अपनी नवजात कंपनी पर महीनों तक कड़ा परिश्रम किया। नई प्रौद्योगिकी, संसाधनों और मार्केट्स की तलाश में उन्होंने दूसरे देशों की ओर रुख किया। नए संपर्क बनाने के लिए उन्होंने सैकड़ों डॉलर्स खर्च कर विदेश यात्राएँ कीं। उन्होंने अवसर तलाशे, कुछ नई बातें सीखीं और इस पर विचार किया कि क्या यह नया मार्ग वह मार्ग है, जो उन्हें उनके लक्ष्य तक ले जाएगा?

अकसर बड़ी सफलता आपको तब वरण करती है, जब आप किसी लक्ष्य की प्राप्ति में जी-जान से जुटे होते हैं। यही वह समय है, जब आप नए अवसरों के लिए खुले और सफल होने के लिए कुछ भी कर गुजरने के लिए तैयार रहते हैं—बिना किसी प्रत्याशा के। सोचने का समय बीत गया और अपनी योजनाओं पर काम करने का समय आ गया है।

मैं अपनी कार्य-योजना को ध्यान से देखकर उसमें पाए गए मार्ग-अवरोधों को नए कौशल सीखने, आत्मविश्वास बढ़ाने और काम में जुट जाने के अवसरों के रूप में देख रहा हूँ।

रफ्तार किसी काम में जी-जान से जुट जाने का एक अद्भुत परिणाम है। रफ्तार पकड़ना तभी शुरू हो जाता है, जब अपने सपनों को हकीकत में बदलने के लिए आप अपना पहला कदम बढ़ाते हैं। यह एक चुंबकीय बल है—एक ऊर्जा, जो लोगों, संसाधनों और अवसरों को आपके जीवन में आकर्षित करती है। ठीक उस समय, जब आपको उनकी जरूरत है—एक आदर्श समय पर, जब आप उनका अधिकतम लाभ उठा सकते हैं—वे आपको उपलब्ध हो जाएँगे और उस ओर से दरवाजे खुल जाएँगे, जहाँ से आपने उम्मीद भी नहीं की होगी। अकसर महान् कार्य इसी तरह घटित होते हैं, परंतु पहले आपको जमीन तैयार करनी होगी, जहाँ वे जड़ें पकड़ सकें और विकसित हो सकें।

महान् नागरिक अधिकार नेता और नोबेल शांति पुरस्कार विजेता मार्टिन लूथर किंग जूनियर ने कहा था, "पहला कदम निष्ठा से उठाएँ। आपके लिए पूरी सीढ़ियों को देखना अनिवार्य नहीं है। बस, पहला कदम उठाएँ।"

उन्होंने समझ लिया था कि कभी-कभी ठीक वह चीज आपको आगे ले जाने, आपका विशिष्ट लक्ष्य प्राप्त करने में आपकी सहायता करने के लिए जिसकी आपको जरूरत है, नजदीक ही होती है, परंतु आप उसे देख नहीं सकते। जब तक आप पहला कदम नहीं उठाएँगे, आप नहीं जान पाएँगे कि वह कितना नजदीक है। स्वयं में विश्वास रखें, कदम उठाने के लिए तत्पर रहें और फिर उसे पूरा करने में जी-जान से जुट जाएँ।

नई गतिविधियाँ शुरू करके
मैं ईश्वर को बता रहा हूँ कि अपने आसपास की दुनिया को
एक बेहतर स्थान बनाने के लिए
मैं अपनी प्रतिभा का उपयोग करना चाहता हूँ।

"पहले आप किसी ऊँची पहाड़ी के कगार से छलाँग लगाते हैं और जमीन पर आते-आते आप पंख उगा लेते हैं।" साइंस-फिक्शन लेखक रे ब्रॉडबरी ने कहा था और यह मेरे पसंदीदा उद्धरणों में से एक बन गया है। आपके लिए ऐसा कोई आदर्श समय या स्थिति नहीं है, जहाँ से आप अपने लक्ष्य की प्राप्ति की यात्रा शुरू कर सकें। किसी विशेष संकेत, एक दोहरा इंद्रधनुष या आपके उन पर से एक क्रॉस जैसे आकार के बादलों के नीचे बारह कबूतरों को एक साथ उड़ते देखने की प्रतीक्षा में निर्धारित कार्यों को स्थगित न करते रहें।

जब मार्क विक्टर हैंसन और मैंने अपनी पुस्तक 'चिकन सूप फॉर द सोल' बाजार में उतारी तो मैंने सोचा कि यदि इस पुस्तक को बड़ी नेटवर्क कंपनियों को बल्क में बेचा जाए तो यह एक अच्छा विचार हो सकता है। मैं जानता था कि ये पुस्तकें उनके सेल्स फोर्स को अपने सपनों में विश्वास रखने, अधिक जोखिम लेने और अधिक सफलता पाने के लिए प्रेरित करेंगी। इसलिए मैंने उन कंपनियों से संपर्क करना शुरू कर दिया—एक ऐसा काम, जो मैंने पहले कभी नहीं किया था। कभी-कभी मुझे बताया गया कि उन्हें इसमें कोई दिलचस्पी नहीं थी और कभी-कभी किसी कंपनी एक्जिक्यूटिव ने मेरा पेशा जानकर फोन रख दिया, परंतु अंततः मैंने न केवल एक बड़ी संख्या में पुस्तकें बेचीं, कुछ कंपनियों ने तो उस पुस्तक को इतना पसंद किया कि उन्होंने मुझे उनके राष्ट्रीय अधिवेशन में भाषण देने के लिए आमंत्रित किया।

हमें सबसे महत्त्वपूर्ण शिक्षा नौकरी या काम के दौरान मिलती है और हमें अधिकांश बहुमूल्य शिक्षा काम करने की प्रक्रिया के दौरान मिलती है। अपने लक्ष्य तक पहुँचने के लिए आप जहाँ कहीं भी हैं, बस, आपको शुरुआत करनी होगी।

मुझे अपने लक्ष्य की ओर ले जानेवाले पूरे मार्ग की जानकारी
न होने के बावजूद मैं उस पर काम शुरू कर देना चाहता हूँ,
क्योंकि मैं जानता हूँ कि वह मुझे वहाँ—
या उससे भी बेहतर स्थान पर—
ले जाएगा, जहाँ मैं जाना चाहता हूँ।

□

अपने डर का अनुभव लें और उससे निपटने के लिए कारवाई करें, कैसे भी

ध्यान और चिंतन के लिए आश्वस्तकारी कथन

मैं आत्मविश्वास और साहस से अपने डरों का सामना कर आगे बढ़ रहा हूँ।

मैं ठीक वे ही काम, जिन्हें करने से मैं डरता था, करके विकसित हो रहा हूँ और खुद को आजाद महसूस कर रहा हूँ।

मैं भय के स्व-निर्मित काल्पनिक बिंबों और संवेदनों को अपने इच्छित परिणामों के सकारात्मक बिंबों और संवेदनों को प्रतिस्थापित कर रहा हूं।

"हम इस धरती पर सिर्फ एक बार आते हैं।
हम पूरे जीवन दबे पाँव चलकर यह उम्मीद कर सकते हैं कि
हम मृत्यु तक की अपनी यात्रा बहुत घायल हुए बिना पूरी कर लेंगे
या अपने लक्ष्य प्राप्त करके और अपने सबसे दुष्कर सपनों को पूरे
करके एक संपूर्ण और शानदार जीवन जी सकते हैं।"

—बॉब प्रॉक्टर

सेल्फ-मेड करोड़पति और 'द सीक्रेट' नामक
पुस्तक एवं फिल्म में टीचर की भूमिका में प्रस्तुत

जैसे-जैसे आप अभी जहाँ हैं, वहाँ से जहाँ आप जाना चाहते हैं, तक की यात्रा पर आगे बढ़ते हैं, आपको अपने डरों का सामना करना होगा। डर स्वाभाविक है और वह आपको सतर्क बनाए रखता है।

यदि आप उन लोगों में से एक हैं, जो डर की आहट सुनते ही दूसरी तरफ दौड़ने लगते हैं तो ध्यान रखें कि एक और चीज है, जो उस डर से कहीं अधिक डरावनी है—वह जीवन कभी न जी पाना, जैसा आप चाहते हैं। सच यह है कि काल्पनिक या वास्तविक डर से लोगों के होश उड़ जाते हैं, काम ठीक से न कर पाने के कारण नौकरी गँवा देते हैं, अभिनय के दौरान अपनी लाइनें भूल जाते हैं। विलियम जी.टी. शेड ने एक बार कहा था, "एक जहाज बंदरगाह में सुरक्षित रहता है, परंतु वह वहाँ रहने के लिए नहीं बना है।"

आपने यह पहले ही स्पष्ट कर दिया है कि आप इस धरती पर क्यों आए हैं और आप अपने लक्ष्य तक पहुँचने के लिए प्रतिबद्ध हैं। आपके सफल होने और अंतत: वह बन जाने, जिसके लिए आपने जन्म लिया है, का एकमात्र उपाय है—अपने सुरक्षित क्षेत्र से बाहर निकलना और आप सफल होंगे, इसमें विश्वास रखना।

मैं आत्मविश्वास और साहस से अपने डरों का
सामना कर आगे बढ़ रहा हूँ।

अपनी पुस्तक 'द सक्सेस प्रिंसिपल्स : हाउ टु गेट फ्रॉम वेअर यू आर टु वेअर यू वांट टु बी' में मैं एफ.ई.ए.आर. के बारे में बात करता हूँ, जो 'फैंटेसाइज्ड एक्सपीरिएंसेज अपीअरिंग रीयल' (काल्पनिक अनुभव, जो वास्तविक जान पड़ते हैं) का संक्षिप्त रूप है। यह अपना लक्ष्य प्राप्त करने में असफल होने और जीवन का सच्चा सुख पाने से वंचित रह जाने के प्रमुख कारणों में से एक है। सफलता के लिए क्या-क्या जरूरी है, हम इस बारे में गलत धारणाएँ बना लेते हैं और फिर हम उन धारणाओं में सचमुच विश्वास करने लगते हैं। दुःख की बात यह है कि अब गलत मान्यताओं के कारण हम स्वयं को जिन सीमाओं में बाँध लेते हैं, वे हमें उतना सुखी होने से, जितना हम हो सकते थे या भारी सफलता पाने से रोक देती हैं।

यह याद रखना महत्त्वपूर्ण है कि आपके लगभग सभी डर आप ही के द्वारा पैदा हुए हैं। जब आप एक बार तय कर लेते हैं कि अमुक विचार सही है, वह आपके मन में घर कर लेता है, यद्यपि उसमें कोई अर्थ नहीं होता। उन गलत मान्यताओं से स्वयं को मुक्त करना कठिन हो सकता है। फिर भी, चूँकि कोई डर आपकी कल्पनाओं और गलत मान्यताओं से उपजा है, वास्तविक तथ्यों का सामना करके उस डर को दूर करने की योग्यता आप में ही है।

यहाँ एक छोटा सा अभ्यास दिया जा रहा है, जो डर को जीतने में आपकी मदद कर सकता है—ऐसे किसी काम, जैसे अपने बॉस से वेतन बढ़ाने के बारे में बात करना—जिसे करने से आप डरते हैं, वह लिख लें। फिर यह लिखें कि आप क्यों उसे करने से डरते हैं! उदाहरण के लिए, "मैं अपने बॉस से वेतन बढ़ाने के बारे में बात करना चाहता हूँ; परंतु मैं सोचता हूँ कि वह 'न' कह देंगे और गुस्सा करेंगे।" देखिए? उस तरह का डर वास्तविक तक नहीं है। आप अपने बॉस की प्रतिक्रिया की कल्पना कर रहे हैं, जो संभव है कि कभी घटित न हो; और जब तक आप इस स्व-निर्मित डर को काबू में नहीं करते, आपका वेतन कभी नहीं बढ़ेगा। इसलिए, आज ही बॉस से बात करें।

ठीक वे ही काम, जिन्हें करने से मैं डरता था,
करके मैं विकसित हो रहा हूँ और
खुद को आजाद महसूस कर रहा हूँ।

प्रतिष्ठित अमेरिकी लेखक और हास्य लेखक मार्क ट्वेन ने एक बार कहा था, "मैंने एक लंबा जीवन जिया है और बहुत परेशानियाँ झेली हैं, जिनमें से अधिकांश कभी हुईं ही नहीं।"

उस पर सोचिए। क्या आप अपना जीवन काल्पनिक परेशानियों, जिनमें से कई वास्तव में कभी नहीं होतीं, की चिंता और उनसे बचने में गुजर रहे हैं? हम सब, समय-समय पर, यही करते हैं—कुछ लोग दूसरों से अधिक। इस समस्या का हल है, अपनी आंतरिक आँखों को इस तरह से प्रशिक्षित करना कि वे उन सीमाओं की पहचान कर सकें, जो चिंता और नकारात्मक विचारों को मन में जगह देने के कारण हम स्वयं लगाते हैं।

यहाँ अपने आधारहीन डरों को दूर करने के चार प्रभावी उपाय दिए जा रहे हैं—

1. इसकी पहचान करें कि जो चीज आपको डराती है, वह आपकी किस कल्पना की उपज है? फिर उस बिंब को उसके विपरीत सकारात्मक बिंब से प्रतिस्थापित कर दें। उसे एक आश्वस्तकारी कथन के रूप में लिख लें।
2. उस डर से होनेवाली घबराहट के शारीरिक लक्षणों पर ध्यान केंद्रित करें; फिर उन एहसासों पर ध्यान केंद्रित करें, जो आप उनके स्थान पर अनुभव करना पसंद करेंगे।
3. कम-से-कम एक ऐसे अवसर को याद करें, जब आपने अपने डर पर विजय प्राप्त की थी, जैसे—कोई भाषण देना या कोई महत्त्वपूर्ण परीक्षा पास करना।
4. यदि आपका डर इतना बड़ा है कि आपका दिमाग काम नहीं कर पाता तो उसमें निहित जोखिम को कम कर दें। पहले छोटे-छोटे कदम उठाएँ, फिर बाद में किसी समय बड़ी चुनौतियों का सामना करें।

मैं भय के स्व-निर्मित काल्पनिक बिंबों और संवेदनों को अपने इच्छित परिणामों के सकारात्मक बिंबों और संवेदनों से प्रतिस्थापित कर रहा हूँ।

□

सफलता की कीमत चुकाने के लिए तैयार रहें

ध्यान और चिंतन के लिए आश्वस्तकारी कथन

मैं अपनी शर्तों पर अपने लक्ष्यों की प्राप्ति और अपने सपनों को सच करने की कीमत चुकाने के लिए तैयार हूँ।

मैं वह सब कर रहा हूँ, जो सफल होने और अपने लक्ष्यों तक पहुँचने के लिए आवश्यक है।

मैं अपने सबसे महत्त्वपूर्ण लक्ष्यों को प्राप्त करने के लिए आवश्यक समय, धन और प्रयास निवेश करने के लिए प्रतिबद्ध हूँ।

"कर्म ऐसी चीज नहीं है, जो आप तब करते हैं,
जब आप हर तरह से दुरुस्त हों।
यह वह चीज है, जो आपको दुरुस्त बनाती है।"

—मैल्कम ग्लैडवेल
'आउटएलिर्स : द स्टोरी ऑफ सक्सेस'
एवं अन्य बेस्टसेलर्स के लेखक

सफलता की हर कहानी के पीछे अध्यवसाय और समर्पण भाव की कहानी होती है। महान् बनने के लिए बहुत सारी शिक्षा, प्रशिक्षण, अभ्यास, अनुशासन और बलिदान की आवश्यकता होती है। सफलता प्राप्त करने के लिए जो काम जरूरी हैं, उन्हें करने के लिए आपको अपना समय देने और अथक प्रयास करने के लिए तैयार होना होगा। अकसर इसका अर्थ होता है—करो और परखो तथा लगातार अभ्यास—आमतौर पर एक से अधिक क्षेत्रों में। परंतु वह आवश्यक काम करने की मंशा है, जो उसे एक अतिरिक्त आयाम देती है और जो आपको मध्यवर्ती कार्यों में असफलता, चुनौतियों, मार्ग अवरोधों, यहाँ तक कि भावनात्मक व शारीरिक पीड़ाओं से आगे ले जाती है। मेरे पास धुरंधर बेयर ब्रायंट (जो कॉलेज फुटबॉल के अब तक के सबसे ज्यादा मैच जीतनेवाले कोच हैं) का एक उद्धरण है—"आप जीतना चाहते हैं, इसका महत्त्व नहीं है—सभी जीतना चाहते हैं। महत्त्वपूर्ण है जीतने की तैयारी करने की इच्छा।"

जीतने की तैयारी करने का अर्थ है—वह सबकुछ करना, जो उस तैयारी का अंग है—तड़के सुबह उठकर काम शुरू कर देना, अतिरिक्त कोर्सेज में प्रवेश लेना, पियानो बजाने का अभ्यास रोज एक घंटा ज्यादा करना। यही टॉपर्स और ठीक-ठाक प्रदर्शन करनेवालों के बीच अंतर पैदा करता है।

लगन से काम करते रहें, आप दूसरों से अलग दिखाई देंगे।

मैं अपनी शर्तों पर अपने लक्ष्यों की प्राप्ति और अपने सपनों को सच करने की कीमत चुकाने के लिए तैयार हूँ।

यद्यपि बहुमुखी प्रतिभा की धनी एवं करोड़पति ओप्रा विनफ्रे को बचपन में बहुत संघर्ष करना पड़ा था, पर वह कृतसंकल्प थीं। उन्होंने स्वयं में विश्वास बनाए रखा और अपने हुनर को तराशती रहीं। आज वे दुनिया की सफलतम महिलाओं में से एक हैं।

जब उनसे पूछा गया कि उनकी सफलता का राज क्या था, तो उन्होंने कहा, "मेरे जीवन में बड़ा राज यह है कि कोई राज नहीं है। आपका लक्ष्य कुछ भी हो, यदि आप उस पर काम करें तो उसे पा सकते हैं।"

क्या आप अपने लक्ष्यों को पाने और अपने सपनों को साकार करने के लिए जो कुछ जरूरी है, वह करने के लिए तैयार हैं? अपने लक्ष्यों को पाने की कीमत चुकाने का एक भाग वह सब करने के लिए तैयार होना है, जो उसके लिए आवश्यक है—कोई बहाना नहीं चलेगा। जब एम. स्कॉट पेक ने अपनी पुस्तक 'द रोड लेस ट्रैवल्ड' प्रकाशित की, अपनी पुस्तक को 694 हफ्तों तक 'न्यूयॉर्क टाइम्स' बेस्टसेलर्स की सूची में बनाए रखने के लिए उन्होंने हजारों रेडियो साक्षात्कारों में भाग लिया और अगले तेरह वर्षों तक हर रोज एक इंटरव्यू करते हुए उसे जारी रखा। पुलित्जर और नोबेल पुरस्कार विजेता अर्नेस्ट हेमिंग्वे ने 'ए फेयरवेल टू आर्म्स' को 39 बार संशोधित किया।

यही नहीं, बहुत से अध्ययन दरशाते हैं कि निश्चित लक्ष्यों को पाने के लिए निरंतर अभ्यास ही वह चीज है, जो श्रेष्ठ प्रदर्शन करने वाले लोगों को उनकी प्रतिभा में कमी या अन्य किसी कमी को पूरा करने में उनकी मदद करती है। कल्पना कीजिए कि आप क्या-क्या उपलब्धियाँ प्राप्त कर सकते हैं? यदि आप एक लक्ष्य निर्धारित करें और फिर वे काम करने का सचमुच प्रयास करें, जो सफल होने में आपकी मदद करेंगी।

**मैं वह सब कर रहा हूँ,
जो सफल होने और अपने लक्ष्यों तक
पहुँचने के लिए आवश्यक है।**

जब एक स्पेस X रॉकेट केप कैनेवरल से उड़ान भरता है, केवल पृथ्वी की गुरुत्वाकर्षी खिंचाव पर विजय प्राप्त करने के लिए वह अपने कुल ईंधन का एक बड़ा भाग खर्च कर देता है। गुरुत्वाकर्षण से मुक्त होने के बाद वह अपने अभियान की शेष यात्रा अंतरिक्ष में सुगमता से ग्लाइड करते हुए पूरी कर लेता है। यह गति पकड़ लेने का परिणाम है। बिजनेस और कॅरियर के क्षेत्र में भी ऐसा ही होता है; आपको उस पोजीशन तक पहुँचने के लिए जो कुछ जरूरी है, वह करना है, जहाँ आपको लोग एक विशेषज्ञ और ईमानदार व्यक्ति के रूप में देखें। और जब तक आप व्यावसायिकता का उच्च स्तर बनाए रखते हैं, आप एक लंबे समय तक उसके लाभ उठाते रहेंगे।

एक मुख्य सलाह, जो मैं अपने प्रशिक्षण सत्रों और भाषणों में लोगों को लगातार देता रहता हूँ, वह है (अपने लक्ष्य प्राप्त करने के लिए), आपको क्या कीमत चुकानी है, इसका पता लगाएँ। आप कहेंगे कि जब आपको उसकी लागत का कोई अंदाजा ही नहीं है तो आज उसकी कीमत कैसे तय करेंगे?

यह पता लगाने के लिए कि सफलता प्राप्त करने (या कम-से-कम कुछ आरंभिक कदम उठाने) के लिए मोटे तौर पर कितना खर्च आएगा, आपको कुछ तहकीकात—कुछ शोध, कुछ अनुभवी लोगों से सलाह, कुछ नोट्स तैयार करना आदि—करनी पड़ सकती है। यह ध्यान में रखें कि 'लागत' न केवल धन से, बल्कि दूसरे कारकों, जैसे—स्वास्थ्य, समय, श्रम, परिवार से दूर बिताया गया समय और ऐसी ही अन्य चीजों से भी संबंधित हो सकती है। जब आपको इसकी जानकारी हो जाए कि आपका लक्ष्य प्राप्त करने की लागत क्या होगी, आप यह तय कर सकते हैं कि क्या वह आपके लिए अब भी सही है या उसके कोई विकल्प भी हैं? सचेत रहें, खुलापन रखें, तैयार रहें। हो सकता है, ईश्वर ने आपके लिए इससे बेहतर कुछ सोच रखा हो।

मैं अपने सबसे महत्त्वपूर्ण लक्ष्यों को प्राप्त करने के लिए आवश्यक समय, धन और श्रम निवेश करने के लिए प्रतिबद्ध हूँ।

☐

आपको संकोच त्यागना होगा

ध्यान और चिंतन के लिए आश्वस्तकारी कथन

इस सकारात्मक आशा से कि मुझे जवाब 'हाँ' में मिलेगा, मैं अपनी चाहतें और जरूरतें पूरी करने में लोगों से सहयोग देने के लिए कहता हूँ।

लोगों से सहयोग देने के लिए मैं जो कुछ कहता हूँ, उसे स्पष्ट और निश्चित शब्दों में व्यक्त कर रहा हूँ और ठीक वही—या उससे भी बेहतर कुछ—प्राप्त करने के लिए सतत रूप से काम करने की क्षमता है।

इसलिए जब तक मुझे सफलता मिल नहीं जाती, मैं लोगों से सहयोग लेता रहता हूँ।

"आपको संकोच त्यागकर लोगों से सवाल पूछने चाहिए और सहयोग लेना चाहिए। ऐसा करना, मेरी राय में, सफलता और सुख के सबसे बड़े रहस्यों में से एक है।"

—पर्सी रॉस

अपने बल पर बनी करोड़पति एवं समाज–कल्याण कार्यकर्ता

यदि आप में लोगों से सवाल पूछने और आप जो कुछ चाहते हैं, उसमें सहयोग देने के लिए लोगों से कहने का साहस और आत्मविश्वास नहीं है तो बुरे–से–बुरा क्या हो सकता हैं? एक, आपको कभी कुछ नहीं मिलेगा और दूसरा, आप ठीक उसी चीज का मार्ग अवरुद्ध कर रहे होंगे, जो आपको अपने लक्ष्य की ओर ले जा सकती है। और यदि आप लोगों से बात करें तो क्या होगा? आपको 'हाँ' या 'न' में जवाब मिलेगा। एक 'न' का इतना ही मतलब होगा कि वह सही दरवाजा नहीं था और आपको तब तक लोगों के दरवाजों पर दस्तक देते रहना चाहिए, जब तक कि सही दरवाजा खुल नहीं जाता। दूसरी ओर, जवाब 'हाँ' में है तो? जब आप सही व्यक्तियों और कई बार ये सवाल पूछेंगे तो वही तो होगा। अपने लक्ष्य और प्रयासों के बारे में लोगों से सफलता प्राप्त करने के बारे में बात करना सबसे सशक्त सिद्धांतों में से एक है और फिर भी, यह एक ऐसी चुनौती है, जो अधिकांश लोगों को आगे नहीं बढ़ने देती।

जब आप किसी व्यक्ति से सहयोग देने के लिए कहते हैं, आपको एक महत्त्वपूर्ण बात याद रखनी है। कभी–कभी हम जो चीज चाहते हैं, वह हमारे लिए सर्वोत्तम चीज नहीं होती। कभी–कभी हम जिस चीज के लिए किसी का सहयोग माँगते हैं और जिस कारण माँगते हैं, उसके पुनर्मूल्यांकन की जरूरत होती है। और कभी–कभी हम किसी व्यक्ति पर विश्वास रखते हैं कि वह आपको सही सलाह देगा और सहयोग करेगा, आपको वास्तव में उससे भी अधिक सहयोग मिल जाता है, जितना आपने माँगा था।

इस सकारात्मक आशा से कि मुझे जवाब 'हाँ' में मिलेगा, मैं अपनी चाहतें और जरूरतें पूरी करने में लोगों से सहयोग देने के लिए कहता हूँ।

जीवन में अपनी चाहतों और जरूरतों के लिए लोगों से सलाह व सहयोग माँगने का एक विज्ञान है। मार्क विक्टर हैंसन और मैंने उसके बारे में 'दि अलादीन फैक्टर' नामक एक पूरी पुस्तक लिखी है। आपके लाभ के लिए उस पुस्तक से कुछ महत्त्वपूर्ण टिप्स यहाँ दिए जा रहे हैं—

- इस अंदाज से सहयोग माँगिए, जैसे आपको वह मिलने की पूरी उम्मीद है। इस सकारात्मक प्रत्याशा के साथ सहयोग माँगें, मानो वह आपको पहले ही मिल चुका हो, जैसे आपके बीच डील हो चुकी हो।
- यह मानकर चलें कि आप कर सकते हैं। कभी भी अपने खिलाफ धारणा न बनाएँ।
- अपनी माँग स्पष्ट और निश्चित शब्दों में रखें। जब आर्थिक सहयोग का मामला हो, एक निश्चित राशि की माँग करें। जब सामनेवाले व्यक्ति से किसी खास तरह के व्यवहार का अनुरोध करना हो, उससे आप ठीक किस तरह का व्यवहार चाहते हैं, यह व्यक्त करें।
- एक बार सहयोग माँगने से न मिलने पर दोबारा प्रयास करें। सफलता के सबसे महत्त्वपूर्ण सिद्धांतों में से एक है—निरंतर प्रयास। जब आप अपने लक्ष्यों की प्राप्ति में दूसरों से सहयोग माँग रहे हैं तो कुछ तो 'न' कहेंगे ही। अधिक संभावना इस बात की है कि उनके पास आपको मना करने के ठोस कारण हैं। वे आपकी क्षमता पर संदेह नहीं कर रहे हैं।
- जब आपने किसी व्यक्ति से सहयोग माँगा ही न हो, यह मानकर न चलें कि वह 'न' कहेगा। यह किसी अन्य व्यक्ति द्वारा आपको खारिज किए जाने से पहले खुद को खारिज कर लेना है। इतना जोखिम उठा लीजिए—यदि आपको जवाब 'न' में मिलता है तो भी बदला कुछ नहीं है और जहाँ आप पहले थे, उससे बदतर स्थिति में नहीं हैं। और आपको जवाब 'हाँ' में तो मिल ही सकता है।

लोगों से सहयोग लेने के लिए मैं जो कुछ कहता हूँ, उसे स्पष्ट और निश्चित शब्दों में व्यक्त कर रहा हूँ और ठीक वही—या उससे भी बेहतर कुछ—प्राप्त कर रहा हूँ।

यहाँ एक छोटा सा अभ्यास दिया जा रहा है, जो किसी से सहयोग माँगते समय सहज महसूस करने में आपकी मदद करेगा। आप जिन-जिन चीजों में लोगों का सहयोग चाहते हैं, परंतु उनसे कह नहीं पाए हैं, उनकी एक सूची बना लें। प्रत्येक के सामने आपने अब तक क्यों नहीं कहा है? कौन सी बात आपको रोके हुए है, यह लिखें। उसके नीचे लिखें कि दूसरों से सहयोग के लिए 'न' कहकर आप क्या खो रहे हैं (रात को चैन की नींद, परिवार के साथ अतिरिक्त समय, पदोन्नति)? फिर लिखिए कि अगर आपने 'हाँ' कह दिया तो आपको क्या लाभ होगा (भावनात्मक सहायता, वित्तीय लाभ, घरेलू कार्यों में मदद)? अब यह अभ्यास सप्ताह 3 में दी गई निम्नलिखित श्रेणियों में दरशाई गई हर चीज के लिए करें—

- आपका वित्त प्रबंधन
- आपका जॉब और कॅरियर
- आपका समय और मनोरंजन
- आपका स्वास्थ्य और फिटनेस
- आपके भावनात्मक संबंध
- हॉबीज और व्यक्तिगत समय
- समुदाय के लिए आपका योगदान।

मुझे कभी-कभी ऐसे लोग मिलते हैं, जो खुद को जरूरतमंद या मूर्ख समझे जाने से डरते हैं; परंतु अधिकांश मामलों में वे बस, इनकार सुनने से डरते हैं। इनकार को इतने व्यक्तिगत रूप से न लें। आप में क्षमता ही नहीं, दृढ़ निश्चय भी होना चाहिए। सफल होने के लिए आपको मुँह खोलना होगा।

मुझमें अपने लक्ष्य की प्राप्ति के लिए सतत रूप से काम करने की क्षमता है। इसलिए जब तक मुझे सफलता नहीं मिल जाती, मैं लोगों से सहायता लेता रहता हूँ।

□

सहयोग से इनकार मिलने पर रुकें नहीं

ध्यान और चिंतन के लिए आश्वस्तकारी कथन

यह जानते हुए कि अस्वीकृति एक मिथक है और वह केवल मेरे मन में है, मैं आत्मविश्वास से लोगों से सहयोग माँगता हूँ।

जब तक मुझे अपना लक्ष्य या उससे भी बेहतर कुछ प्राप्त नहीं हो जाता, मैं उसे पूरा करने में जुटा हुआ हूँ; क्योंकि मैं जानता हूँ कि जो कुछ मैं चाहता हूँ, वह भी मुझे चाहता है।

जब कोई व्यक्ति सहयोग के मेरे अनुरोध को ठुकरा देता है, यह जानते हुए कि कोई है, जो 'हाँ' कहने का इंतजार कर रहा है, हतोत्साहित होने के बजाय मैं आगे बढ़ जाता हूँ।

"अस्वीकृति के कारण हम कमजोर होकर नहीं, अधिक शक्तिशाली बनकर अपने अभियान में जुट जाते हैं; क्योंकि हम अस्वीकृतियों को अपने हौसले कम करने नहीं देंगे। वह हमारे संकल्प को केवल शक्ति प्रदान करती है। सफल होने का और कोई मार्ग नहीं है।"

—अर्ल जी. ग्रेव्स

'ब्लैक एंटरप्राइज' मैगजीन के संस्थापक एवं प्रकाशक

सफल बनने के अपने सफर में आपको कहीं-न-कहीं अस्वीकृति का सामना करना पड़ेगा—यह जीवन का एक स्वाभाविक हिस्सा है। आपके काम को नकारात्मक टिप्पणियाँ मिल सकती हैं। आप किसी टीम में शामिल किए जाने से वंचित रखे जा सकते हैं। किसी नौकरी के लिए आपकी अर्जी को ठुकराया जा सकता है। अस्वीकृति के दंश से ऊपर उठकर आगे बढ़ जाने के लिए आपको अस्वीकृति को उसके वास्तविक रूप—कि वह एक मिथक मात्र होता है—में देखना होगा। जब किसी टीम में आपका चयन नहीं होता है या किसी नौकरी के लिए दी गई अर्जी ठुकरा दी जाती है तो भी आप उससे बदतर स्थिति में नहीं होते, जिसमें आप पहले थे। कुछ भी बदला नहीं है, न आपका कुछ छिना है। आपने बैंक से जो 5 लाख रुपए माँगे थे, वे पहले भी आपके पास नहीं थे, अब भी नहीं हैं।

इसलिए दुःखी और असफल महसूस करने के बजाय सोचें कि आपका प्रस्ताव क्यों अस्वीकार कर दिया गया? अपने प्रस्ताव में सुधार करें और अन्य वित्तीय संस्थाओं में प्रयास करें। हकीकत यह है कि मुँह खोलने से आप खोते कुछ नहीं हैं; हाँ, लाभ उठाने की संभावना बढ़ जाती है।

यह जानते हुए कि अस्वीकृति एक मिथक है और वह केवल मेरे मन में है, मैं आत्मविश्वास से लोगों से सहयोग माँगता हूँ।

आज ही इस विचार को स्वीकार करने का मन बना लीजिए कि सफलता पाने के मार्ग में आपको कई रुकावटों और कुंठाओं का सामना करना होगा। अपने मन को 'नहीं' शब्द का अनुवाद 'अगला' करने का प्रशिक्षण दीजिए। जब कर्नल हार्लैंड सैंडर्स अपने प्रेशर कुकर और अपनी विशेष डिश सदर्न फ्राइड चिकन बनाने की विधि के साथ घर से निकले, इससे पहले कि उन्हें उनके सपने में विश्वास करनेवाला कोई व्यक्ति मिलता, उन्होंने 1,009 बार अस्वीकृति का सामना किया था; क्योंकि उन्होंने 1,000 से अधिक बार अस्वीकृति को अस्वीकार कर दिया था। आज दुनिया भर के 100 से अधिक देशों और क्षेत्रों में 19,000 से अधिक के.एफ.सी. रेस्तराँ हैं।

संभवत: यह कहानी छोटे पैमाने पर अस्वीकृतियों के बारे में विचार करने में आपकी मदद करेगी। आप जो कुछ चाहते हैं, उसे हासिल करने में कुछ ज्यादा समय लग सकता है; परंतु कभी-कभी ब्रह्मांड ने आपके लिए कोई दूसरी (और बेहतर) योजना बना रखी होती है। अंतिम विश्लेषण में, यह तो स्पष्ट है कि दूसरों से सहयोग माँगने से पहले आप जिस स्थिति में थे, माँगने के बाद उससे बदतर स्थिति में तो नहीं होंगे। न हार मानें और न अपना मूड खराब करें। बस, दूसरा अवसर खोजें।

मेरी पुस्तक 'चिकन सूप फॉर द सोल' के सह-लेखक मार्क विक्टर हैंसन को यह कथन बहुत पसंद है, "आप जो कुछ चाहते हैं, वह आपको चाहता है।" अस्वीकृति को अस्वीकार करें और उसे स्वीकृति में बदलने में जुट जाएँ।

जब तक मुझे अपना लक्ष्य—या उससे भी बेहतर कुछ प्राप्त नहीं हो जाता, मैं उसे पूरा करने में जुटा हुआ हूँ; क्योंकि मैं जानता हूँ कि जो कुछ मैं चाहता हूँ, वह भी मुझे चाहता है।

वर्ष 1991 की शरद् ऋतु में मार्क विक्टर हैंसन और मैंने हमारी 'चिकन सूप फॉर द सोल' पुस्तक को किसी प्रकाशक को बेचना शुरू किया। हम विमान से न्यूयॉर्क गए और वहाँ हर उस प्रमुख प्रकाशक से मिले, जो हमसे मिलने के लिए राजी था। उनमें से किसी ने भी उस पुस्तक में दिलचस्पी नहीं दिखाई। "कथा-संग्रह बिकते नहीं।" या "पुस्तक का शीर्षक अटपटा है।" इस तरह की टिप्पणियों के साथ हमारी पुस्तक को खारिज कर दिया गया। उसके बाद हमें 20 और प्रकाशकों, जिन्हें पुस्तक की पांडुलिपि मेल के जरिए मिली थी, द्वारा हमें अस्वीकार कर दिया गया। 30 से अधिक अस्वीकृतियों के बाद वह पुस्तक हमें वापस कर दी गई, क्योंकि वह बेच नहीं पा रहा था। इसलिए हमने कहा, "अगला प्रकाशक देखो।"

अगले वसंत में मार्क और मैं एनहेम, कैलिफोर्निया में आयोजित अमेरिकन बुकसेलर्स एसोसिएशन के कन्वेंशन में शामिल हुए और बूथ से बूथ घूमकर उनसे बात की, जो हमें सुनने के लिए राजी हुए। हमने बार-बार उनसे बात की, जो हमें सुनने के लिए राजी हुए। हमें बार-बार खारिज कर दिया गया। फिर भी, हमने कहा, "अगला दरवाजा देखें।"

दूसरे लंबे दिन की समाप्ति पर हेल्थ कम्युनिकेशंस इन्कॉर्पोरेटेड, नशे और उनकी लत छुड़ाकर नशेड़ियों को सामान्य बनाने से संबंधित पुस्तकों के प्रकाशन संस्थान के स्वामी पीटर वेग्सो और गैरी सीडलर पुस्तक को देखने के लिए राजी हो गए। उन्हें पुस्तक बहुत पसंद आई। उन सैकड़ों 'अगले' ने अंततः सफलता दिलाई। 140 से अधिक अस्वीकृतियों के बाद उस पहली पुस्तक की 1 करोड़ प्रतियाँ बिकीं और उन्होंने 250 अन्य अनोखी पुस्तकों को जन्म दिया।

उन पुस्तकों का 43 भाषाओं में अनुवाद हुआ और दुनिया भर में उनकी 50 करोड़ से अधिक प्रतियाँ बिकीं। मेरी आपको क्या सलाह है ? विश्वास रखें कि आप सफल होंगे, 'अगला' कहना सीखिए।

**जब कोई व्यक्ति सहयोग के मेरे अनुरोध को ठुकरा देता है,
यह जानते हुए कि कोई है, जो 'हाँ' कहने का इंतजार कर रहा है,
मैं हतोत्साहित होने की बजाय आगे बढ़ जाता हूँ।**

□

लोगों की प्रतिक्रियाओं को सुनें और अपने लाभ के लिए उनका उपयोग करें

ध्यान और चिंतन के लिए आश्वस्तकारी कथन

मैं अपनी तैयारी और प्रगति पर लोगों की प्रतिक्रियाओं का स्वागत महत्त्वपूर्ण उपहार के रूप में कर उनका उपयोग कर रहा हूँ।

मैं लोगों की प्रतिक्रियाओं को खुले दिल से सुन रहा हूँ और साथ ही वह भी सुन रहा हूँ, जो मेरा शरीर, मेरी भावनाएँ और मेरी सहज बुद्धि मुझसे कह रही है।

मैं अपनी तैयारी और प्रगति पर दूसरों की प्रतिक्रियाओं के अनुसार खुशी से अपने व्यवहार को समायोजित करते हुए आगे बढ़ रहा हूँ।

"दूसरों की प्रतिक्रियाएँ चैंपियंस का नाश्ता हैं।"

—केन ब्लैंचर्ड एवं स्पेंसर जॉनसन
'द वन मिनट मैनेजर' के सह-लेखक

अपने कामकाज के बारे में केवल सकारात्मक टिप्पणियाँ सुनने की चाह मानव स्वभाव है; परंतु रचनात्मक नकारात्मक टिप्पणियाँ भी बहुत मूल्यवान् होती हैं और वे आपकी सफलता में महत्त्वपूर्ण भूमिका निभाती हैं। सकारात्मक प्रतिक्रियाएँ ऐसी चीजों के रूप में आती हैं, जो आपको खुश कर देती हैं—वेतन में बढ़ोतरी या पदोन्नति, अपने सेल्स कोटे से अधिक बिक्री कर लेना, जीवन में संतुलन और मानसिक शांति अनुभव करना, एक प्रिय व्यक्ति का प्यार भरा स्पर्श या अपनी पुस्तक को बेस्टसेलर की सूची में देखना। ये चीजें न केवल आपको खुश कर देती हैं, बल्कि वे दरशाती हैं कि आप सही मार्ग पर हैं और प्रगति कर रहे हैं।

दूसरी ओर, नकारात्मक प्रतिक्रियाएँ इस रूप में आती हैं, जो आपको दुःखी कर देती हैं—जेब खाली होना, घर में कलह, प्रेम संबंध अचानक टूट जाना, नौकरी छूट जाना और मानसिक अशांति। ये चीजें भी आपके लिए मूल्यवान् हो सकती हैं, बशर्ते आप सावधान हो जाएँ और अपनी सोच व व्यवहार समायोजित करने के इच्छुक हैं। हो सकता है, आपने जीवन में कोई महत्त्वपूर्ण अवसर गँवा दिया हो या मार्ग में भटककर किसी दूसरी दिशा में निकल गए हों। सफलता प्राप्त करने के लिए आपको मिलनेवाली सकारात्मक व नकारात्मक—दोनों तरह की प्रतिक्रियाओं पर ध्यान देना और उन पर उचित काररवाई करना सीखना होगा, क्योंकि वही आपको सिखाएँगी कि आप क्या सही और क्या गलत कर रहे हैं और आपको किन बदलावों की जरूरत है?

मैं अपनी तैयारी और प्रगति पर लोगों की प्रतिक्रियाओं का स्वागत कर रहा हूँ, महत्त्व दे रहा हूँ और उनका उपयोग कर रहा हूँ।

सकारात्मक और नकारात्मक आलोचना के बारे में हम अब तक जो कुछ सीख चुके हैं, उसे ध्यान में रखते हुए आज हम मौखिक व अमौखिक आलोचना के महत्त्व के बारे में बात करेंगे।

अमौखिक आलोचना लोगों की बॉडी लैंग्वेज, उनके कार्यों और रवैए के जरिए आती है। क्या आप कभी बेसबॉल गेम देखने गए हैं? वहाँ आपका ध्यान इस ओर गया होगा कि सातवीं पारी शुरू होने के बाद स्टेडियम लगभग खाली हो जाता है। यही क्रिया के जरिए की गई दर्शकों की प्रतिक्रिया है। वे कह रहे हैं कि उनकी प्रिय घरेलू टीम को हारते हुए देखने के बजाय वे ट्रैफिक जाम से बचना पसंद करेंगे। एक और उदाहरण है, जो उतनी प्रकट प्रतिक्रिया नहीं दरशाता है। क्या आपने कभी ध्यान दिया है कि आज की सेल बंद करने से पहले ही आपके नए ग्राहक ने अपना ऑर्डर आपके प्रतिस्पर्द्धी को प्लेस कर दिया है? यह अमौखिक आलोचना है, जो आपसे कह रही है कि कुछ गलत हुआ है (इससे आपको यह संदेश भी जाना चाहिए कि आप फोन उठाकर उस नाराज ग्राहक से पूछें कि क्या हुआ है और भविष्य के लिए उसे आश्वस्त करें)।

मौखिक आलोचना लोगों के आपसे बात करने के रूप में आती है। जैसे एक जरूरी मीटिंग में आप आज फिर देरी से आए हैं और आपके बॉस ने आपके सहकर्मियों के सामने ही आपको झिड़का है। यह एक गंभीर आलोचना है, जो मुखर और स्पष्ट रूप से आ रही है।

परंतु सर्वोत्तम प्रकार का हस्तक्षेप वह होता है, जिसकी आप स्वयं पहल करते हैं—जब आप अपने बॉस से अपने काम की गुणवत्ता के बारे में पूछते हैं; जब आप अपने ग्राहक से पूछते हैं कि आप उसके लिए क्या करें, जिससे उसका काम आसानी से हो जाए; जब आप अपनी पत्नी से पूछते हैं कि घर के कामकाज में आप किस तरह से उसकी मदद कर सकते हैं? आपको यह विचार बुद्धिमानी नहीं लगता? लोगों की बात सुनने और सभी प्रकार की आलोचनाओं—सकारात्मक, नकारात्मक, आंतरिक, बाहरी—पर उचित कारवाई करने के लिए प्रतिबद्ध हो जाएँ।

मैं लोगों की प्रतिक्रियाओं को खुले दिल से सुन रहा हूँ और साथ ही वह भी सुन रहा हूँ, जो मेरा शरीर, मेरी भावनाएँ और मेरी सहज बुद्धि मुझसे कह रही है।

अब हम आलोचनाओं के प्रति हमारी कुछ अनुत्पादक प्रतिक्रियाओं की ओर नजर डालेंगे—

- **लक्ष्य प्राप्त करने का प्रयास ही छोड़ देना** : आलोचना केवल एक सूचना है। उसका मूल्यांकन करें और उसे अपने काम में सुधार के एक अवसर के रूप में देखें और बहुत व्यक्तिगत रूप से न लें। उसे एक सचेतक मानें, न कि रुकने का संकेत।
- **उत्तेजित हो जाना** : निश्चित रूप से आप उन अवसरों को याद कर सकते हैं, जब आप किसी व्यक्ति की अप्रिय टिप्पणियाँ सुनकर उससे नाराज हो गए थे। यदि कोई व्यक्ति कोई अप्रिय टिप्पणी करता है तो भी एक भावनात्मक संबंध और संभावित उपयोगी जानकारी से हाथ न धोएँ।
- **लोगों की टिप्पणियों को अनसुना कर देना** : क्या आप ऐसे लोगों को जानते हैं, जो उनके अपने दृष्टिकोण से इतर किसी दृष्टिकोण के बारे में सुनना नहीं चाहते? उनके जैसा न बनें। यदि आप अपने कामकाज पर लोगों की टिप्पणियाँ सुनकर उनके मूल्यांकन के बाद अपने काम करने के तरीके में सुधार कर लें तो वह आपके जीवन को रूपांतरित कर सकता है।

अंत में, दो बातों को ध्यान में रखें, विशेष रूप से यदि आप सफलता की संभावना वाले किसी उत्पाद के संबंध में या सेवा पर काम कर रहे हों—

- **कुछ टिप्पणियाँ सरासर गलत होती हैं** : क्या टिप्पणी करनेवाला व्यक्ति आपसे नाराज, विद्वेषी, अहंकारी या बदले की भावना से ग्रस्त है? उसे अनसुना कर दें।
- **क्या लोगों की टिप्पणियों में कोई पैटर्न है?** : यदि कई लोग किसी विशेष पॉइंट पर एक जैसी टिप्पणियाँ कर रहे हैं तो उन्हें अनसुना न करें। हमेशा सही होने के गुमान में न रहें और वैध आलोचनाओं का स्वागत करें।

मैं अपनी तैयारी और प्रगति पर दूसरों की प्रतिक्रियाओं के अनुसार खुशी से अपने व्यवहार को समायोजित करते हुए आगे बढ़ रहा हूँ।

□

अपने कामकाज में सतत और अनंत सुधार करते रहें

ध्यान और चिंतन के लिए आश्वस्तकारी कथन

नियमित रूप से समय-समय पर स्वयं से यह पूछते हुए कि कैसे मैं अपनी तैयारी को बेहतर कर सकता हूँ, मैं अपने प्रयासों में सतत सुधार ला रहा हूँ।

मैं हर रोज कुछ नया सीख रहा हूँ और अपने काम में कुशलता ला रहा हूँ, जो मुझे भविष्य में इससे भी बड़े लक्ष्यों का पीछा करने में सक्षम बनाता है।

अपने सर्वोच्च लक्ष्य को प्राप्त करने के लिए मैं छोटे व सुगम कदम बढ़ाते हुए आगे बढ़ रहा हूँ।

"हममें लगातार कुछ सीखते रहने और आगे बढ़ने की सहज आकांक्षा होती है।" हम एक बार अपने कामकाज में सतत और अनंत सुधार लाने की ओर प्रवृत्त हो जाएँ तो नित नई उपलब्धियाँ प्राप्त कर एक संतुष्ट जीवन की ओर अग्रसर हो जाते हैं।"

—चक गैलोजी

'द 3 थीव्स एंड 4 पिलर्स ऑफ हैपिनेस' के लेखक

यदि आप अधिक सफलता पाना चाहते हैं तो स्वयं से यह पूछते रहिए—मैं इससे बेहतर कैसे कर सकता हूँ? मैं इसे और अधिक कुशलता से कैसे कर सकता हूँ? मैं इसे और अधिक लाभदायक कैसे बना सकता हूँ? मैं अपने उत्पाद को उपभोक्ताओं के लिए और अधिक मूल्यवान् कैसे बना सकता हूँ? और उतना ही महत्त्वपूर्ण सवाल—मैं अपने काम को और अधिक रुचिकर कैसे बना सकता हूँ?

अधिकांश उद्योग—शायद आपका भी—बिजली की तेजी से बदल रहे हैं। प्रौद्योगिकी और ज्ञान भी—हाई स्कूल के विद्यार्थियों को यह पता ही नहीं है कि एक समय था, जब कोई स्मार्टफोन या इंटरनेट नहीं था। आपको सूचना प्रौद्योगिकी में पारंगत होने की जरूरत नहीं है; परंतु आपको समय के साथ कदम मिलाकर चलना होगा।

आपके पेशे और व्यक्तिगत वित्त प्रबंधन के मामले में भी यही लागू होता है। क्या आप अपने कौशल में निरंतर सुधार कर रहे हैं? यदि आप बच्चों के पिता या माँ हैं तो उनके त्वरित विकास के लिए क्या नए तरीके आ गए हैं, इसकी जानकारी हासिल करें। आनेवाली चुनौतियों से निपटने का एकमात्र बुद्धिमत्तापूर्ण तरीका है—अपने कॅरियर, स्वास्थ्य, वित्त प्रबंधन, सभी चीजों में निरंतर सुधार लाने के लिए प्रतिबद्ध होना।

नियमित रूप से समय-समय पर स्वयं से यह पूछते हुए कि कैसे मैं अपनी तैयारी को बेहतर बना सकता हूँ और अधिक रोचक तरीके से कर सकता हूँ, मैं अपने प्रयासों में सतत सुधार ला रहा हूँ।

अब, जबकि हम स्थापित कर चुके हैं कि सतत शिक्षा सफल होने का एक महत्त्वपूर्ण उपाय है, अपनी शिक्षा को केवल प्रौद्योगिकी और पाठ्यक्रम में निर्धारित पुस्तकों तक सीमित न रखें। सतत शिक्षा आपके व्यक्तित्व के विकास में भी योगदान दे सकती है; जैसे पत्नी और बच्चों के साथ बेहतर संबंध, बेहतर स्वास्थ्य या कोई हॉबी विकसित करना।

पेशे की दृष्टि से, अनंत सुधार का अर्थ हो सकता है—आपके ग्राहक सेवा कार्यक्रम, आपके उत्पाद की गुणवत्ता, आपकी ऑनलाइन मार्केटिंग की रणनीति, आपके विक्रय कौशल या टीम बनाने के आपके कौशल को उन्नत करना। आप अपने स्वास्थ्य व फिटनेस में सुधार लाने, वित्त-प्रबंधन की आपकी क्षमता या लोगों से संवाद करने के आपके कौशल पर भी अपना ध्यान केंद्रित कर सकते हैं। ध्यान, योग और ईश्वर की प्रार्थना के जरिए मानसिक शांति प्राप्त करने के लिए आप उन लाखों संसाधनों का भी लाभ उठा सकते हैं, जो ऑनलाइन उपलब्ध हैं।

आशय यह है कि आप सीखना, विकसित होना और अपने कामकाज में निरंतर सुधार जारी रखें। यह आपके आत्मसम्मान के लिए अच्छा है, आपकी आत्मा के लिए अच्छा है, जिसका अर्थ है—वह आपके पेशेवराना और व्यक्तिगत, दोनों प्रकार के संबंधों के लिए भी अच्छा है।

मैं हर रोज कुछ नया सीख रहा है और
अपने काम में कुशलता ला रहा हूँ, जो मुझे भविष्य में
इससे भी बड़े लक्ष्यों का पीछा करने में सक्षम बनाता है।

आज जब आप अपने कौशल में सुधार करने, अपना व्यवहार बदलने या अपने पारिवारिक व व्यावसायिक जीवन को बेहतर बनाना शुरू कर रहे हैं, आप छोटे-छोटे व्यावहारिक कदम उठाने पर विचार करें, ताकि आपकी दीर्घकालिक सफलता की संभावना प्रबल हो जाए। बहुत तेजी से बहुत सारे काम करने का प्रयास आपको न केवल अस्थिर कर सकता है, बल्कि असफलता की ओर धकेल सकता है। इसके बजाय छोटे-छोटे कदम उठाएँ उनमें प्रवीणता प्राप्त करें, फिर बड़ी चुनौतियों की ओर बढ़ें। यह आपके आत्मविश्वास में वृद्धि करेगा और सफलता के लिए आपकी प्रतिबद्धता को पुष्ट करेगा। यहाँ दो बातों का ध्यान रखना जरूरी है—

1. आप किसी कदम पर काम किए बिना आगे नहीं बढ़ सकते : कार्यक्षेत्र में आपके बॉस आपसे शुरू में ही अपने काम में दक्षता की अपेक्षा रखते हैं; परंतु किसी काम में दक्षता प्राप्त करने के लिए अभ्यास और अनुभव की जरूरत होती है, जिसमें समय लगता है।
2. दूसरों से थोड़ा बेहतर होने की शक्ति का लाभ उठाएँ : अपनी पुस्तक 'द स्लाइट एज (edge)' में जेफ हर रोज किसी काम में थोड़ा सा अधिक या कम करने—थोड़ा सा अधिक व्यायाम करके, थोड़ा सा अधिक सोचकर, थोड़ी सी अधिक नींद लेकर, एक पेग कम शराब पीकर या एक घंटा कम टी.वी. देखकर अपनी दिनचर्या में थोड़े से परिवर्तन के कुल जमा प्रभाव की बात करते हैं। क्या आप इस तरह से बचाए समय का उपयोग अपनी पुस्तक लिखने, ऑर्डर प्राप्त करने के लिए कुछ अधिक संभावित ग्राहकों से मिलने, पढ़ने, व्यायाम करने, योग करने या अपने संबंधों को प्रगाढ़ करने में कर सकते हैं?

अपने सर्वोच्च लक्ष्य प्राप्त करने के लिए
मैं छोटे तथा सुगम कदम बढ़ाते हुए आगे बढ़ रहा हूँ।

□

अपने काम की प्रगति का हिसाब रखें

ध्यान और चिंतन के लिए आश्वस्तकारी कथन

मैं अपने लक्ष्यों को प्राप्त करने के लिए किए गए काम का अद्यतन हिसाब रखकर उसे ऐसी जगह रखता हूँ, जहाँ से मैं उसे देख सकूँ। यह मुझे सही पटरी पर बने रहने के लिए प्रेरित करता है।

मैं उत्साहपूर्वक अपने काम में की गई प्रगति, अपने आचरण में सकारात्मक बदलावों, आर्थिक लाभ और ऐसी ही अन्य चीजों, जिन्हें मैं और अधिक मात्रा में चाहता हूँ, का हिसाब रख रहा हूँ।

मैं अपने काम, परिवार, स्वास्थ्य, मनोरंजन, समाज और अपने आध्यात्मिक लक्ष्यों पर जो समय व्यतीत करता हूँ, उसका हिसाब रखकर अपने जीवन को संतुलित बना रहा हूँ।

"जिस गतिविधि को आप माप नहीं सकते,
उसमें सुधार नहीं कर सकते।"

—पीटर ड्रकर
प्रबंधन सलाहकार, शिक्षक एवं लेखक

आपको याद है कि जब आप पहली कक्षा में थे और आपकी शिक्षक अच्छे होम वर्क या समय पर क्लास में आने के लिए आपको अच्छे मार्क्स देती? क्या आपको यह याद है कि यह दिखाने के लिए कि आप कितने अच्छे से पढ़ाई कर रहे हैं, आप अपने मम्मी-पापा को दिखाने के लिए अपना रिपोर्ट कार्ड लाते थे? घर के फ्रिज पर रखने के लिए आप अपना सर्वोत्तम प्रोजेक्ट भी घर लाते थे?

जब हम छोटे थे, तब से अब तक कुछ बदला नहीं है—अपनी प्रगति और सफलताओं का हिसाब रखना हम अब भी पसंद करते हैं। सकारात्मक व्यवहार आपके फ्रिज पर रखी हुई ड्रॉइंग की तरह दृश्य नहीं होता; फिर भी दूसरों के व्यवहार से आप अंदाजा लगा सकते हैं कि अपने अतीत की अपेक्षा आपके व्यवहार में कितना सुधार आया है! ठीक उसी तरह, जैसे आप बचपन में किया करते थे, अपनी प्रगति और सफलताओं का हिसाब रखकर आप उत्साहपूर्वक बेहतर करने का प्रयास करते हैं।

आज ही उन चीजों पर स्वयं को कुछ पॉइंट्स देने का नियम बना लीजिए, जो आपके व्यक्तिगत और पेशागत लक्ष्यों को आगे ले जाने में सबसे अधिक महत्त्वपूर्ण हैं, जब आप उनमें सफलता दर्ज करें। अर्जित पॉइंट्स को ऐसी जगह रखें, जहाँ से आप उन्हें आसानी से देख सकें। वह आपको जवाबदेह बनाए रखेगा और प्रेरित करता रहेगा।

मैं अपने लक्ष्यों को प्राप्त करने के लिए किए गए काम का अद्यतन हिसाब रखकर उसे ऐसी जगह रखता हूँ, जहाँ से मैं उसे देख सकूँ। यह मुझे सही पटरी पर बने रहने के लिए प्रेरित करता रहेगा।

एक बच्चे के रूप में आप संभवतः उन चीजों में मिली सफलताओं का हिसाब रखते होंगे, जो आपके लिए महत्त्वपूर्ण थीं—संगृहीत किए गए कंचों (मार्बल्स) की संख्या, पानी के भीतर आप कितने समय तक साँस लिये बिना रह सकते थे या फुटबॉल मैचों में आपके द्वारा बनाए गए गोल्स की संख्या। आप उन चीजों का हिसाब रखते थे, जिनमें आप प्रवीण थे—ऐसी चीजें, जिन पर आप गर्व करते थे या वे चीजें, जिन्हें आप और अधिक मात्रा में पाना चाहते थे।

बिजनेस या आपके पेशे में भी यह बहुत भिन्न नहीं है। आप अल्पकालिक लक्ष्य तय करना और उनसे भी अधिक सफलता प्राप्त कर लेना चाहते हैं, क्योंकि वे आपके लाभ में वृद्धि या बाजार में आपकी हिस्सेदारी या आपकी पेशागत क्षमता में वृद्धि दरशाते हैं। ऐसे अल्पकालिक लक्ष्यों की पूर्ति में हुई प्रगति का हिसाब रखने के लिए आपको ऐसे लक्ष्यों की एक सूची बनानी होगी और सूची में दर्ज मदों को पूरा करने के बाद उन्हें चिह्नित करना होगा।

उदाहरण के लिए—यदि आप प्रॉपर्टी बिजनेस में हैं तो आपके लिए यह जानना उत्साहजनक या अन्यथा सिद्ध होगा कि आपने अपने सौदों में कितना मुनाफा कमाया है? एक हेल्थ स्पा के लिए सफलता का सूचक हो सकता है प्रति ग्राहक आपकी आमदनी। यदि आप हरफनमौला हैं तो यह होगा कि एक या अधिक ग्राहक आपको कितनी बार बुलाते हैं? अपने अल्पकालिक लक्ष्य या प्रगति के सूचक को शत-प्रतिशत सुनिश्चित कर लें, क्योंकि वे ही आपको निरंतर प्रेरित, उत्साही और सशक्त बनाए रखेंगे, जिससे आपके लिए अपने लक्ष्यों तक पहुँचना या उससे भी आगे निकल जाना आसान हो जाएगा।

मैं उत्साहपूर्वक अपने काम में की गई प्रगति,
अपने आचरण में सकारात्मक बदलावों, आर्थिक लाभ और
ऐसी ही अन्य चीजों, जिन्हें मैं और अधिक मात्रा में चाहता हूँ,
का हिसाब रख रहा हूँ।

निश्चित रूप से, अपने काम की प्रगति का हिसाब रखना केवल बिजनेस या कॅरियर के लिए ही नहीं, वह आपके व्यक्तिगत जीवन के लिए भी है।

यदि आप हफ्ते में 60 घंटे काम करते हैं और सप्ताहांत में भी तो आप शायद अपने पारिवारिक संबंधों, अपने स्वास्थ्य और एक संतुलित व संपूर्ण जीवन जीने के लिए आपके पास उपलब्ध समय पर इसका प्रभाव देखना चाहते होंगे। इन क्षेत्रों में सुधार सुनिश्चित करने के लिए क्या आप इनका भी हिसाब रख सकते हैं? निश्चित रूप से, आप ऐसा कर सकते हैं। 'सन माइक्रोसिस्टम्स' के संस्थापक सी.ई.ओ. और सिलिकॉन वैली के विख्यात निवेशक विनोद खोसला ने यह स्वीकार किया है कि जब उनके बच्चे छोटे थे, उन्होंने इसका हिसाब रखा था कि कितनी बार उन्होंने शाम को समय पर घर पहुँचकर अपने परिवार के साथ डिनर किया था! सिर्फ यह कहना काफी नहीं है कि आप अपने परिवार के साथ अधिक समय बिताना चाहते हैं—वास्तव में, ऐसा करने के लिए आपको प्रयास करने होंगे। हिसाब रखने से आप पटरी पर रहेंगे। वास्तव में, यदि आप सफलता की ऊँचाइयों को छूना और हर क्षेत्र में सफल होना चाहते हैं तो आपको अपने व्यक्तिगत जीवन, परिवार के साथ बिताया समय, आध्यात्मिक गतिविधि, स्वास्थ्य—और समुदाय, समाज एवं मानवता के प्रति आपके दायित्वों के निर्वहन के लिए भी लक्ष्य तय करने होंगे। लक्ष्य निर्धारित करें, उन तक पहुँचने की योजना बनाएँ और इन अन्य क्षेत्रों में हुई प्रगति का हिसाब रखें। यह इतना आवश्यक है।

मैं अपने काम, परिवार, स्वास्थ्य, मनोरंजन, समाज और अपने आध्यात्मिक लक्ष्यों पर जो समय व्यतीत करता हूँ, उसका हिसाब रखकर अपने जीवन को संतुलित बना रहा हूँ।

□

लगनशील रहें

ध्यान और चिंतन के लिए आश्वस्तकारी कथन

अपने लक्ष्यों का पीछा करने के लिए मैं हर रोज लगन से जुटा हुआ हूँ, क्योंकि मैं यह समझता हूँ कि यह सफल लोगों का एक प्रमुख गुण है।

मैं नियमित रूप से अनुशासित बने रहकर तथा अपनी आशाओं व सपनों पर ध्यान केंद्रित किए हुए अपने दिल का कहा मानने के जरिए अपने लक्ष्य प्राप्त कर रहा हूँ।

यह जानते हुए कि अपने लक्ष्यों के मार्ग में आनेवाली बाधाओं और अवरोधों से आसानी से निपटा जा सकता है, जरूरत पड़ने पर मैं आत्मविश्वास से वैकल्पिक मार्ग खोज रहा हूँ।

"इतिहास ने दरशाया है कि अधिकांश विख्यात विजेताओं ने प्रायः सफल होने से पहले हृदय-विदारक बाधाओं का सामना किया है। वे जीते, क्योंकि उन्होंने अपनी पराजयों से हतोत्साहित होने से इनकार कर दिया।"

—बी.सी. फोर्ब्स
'फोर्ब्स' मैगजीन के संस्थापक

इतिहास लगनशीलता के गुणों के उदाहरणों से भरा पड़ा है। सभी युगों के विख्यात विजेताओं ने सफल होने से पहले अकथनीय चुनौतियों का सामना किया है, फिर भी उन्होंने हार मानने से इनकार कर दिया।

निम्नलिखित सफल व्यक्तियों से हमेशा लगनशील बने रहने की प्रेरणा लें—

- फोर्ड मोटर कंपनी की स्थापना से पहले हेनरी फोर्ड के पाँच व्यवसाय असफल हो जाने के कारण वे दिवालिया हो गए थे।
- कई व्यवसायों में असफल होने के बाद वॉल्ट डिज्नी दिवालिया हो गए थे। यहाँ तक कि कल्पनाशीलता और नए विचारों की कमी के कारण उन्हें एक समाचार-पत्र ने नौकरी से निकाल दिया था।
- चार बार एमी पुरस्कार और केनेडी सेंटर ऑनर्स लाइफटाइम अचीवमेंट अवार्ड जीतने से पहले तक लुसिले बॉल एक असफल अभिनेत्री मानी जाती थीं।

बाधाओं और मार्ग अवरोधों का सामना होने पर भी धैर्यपूर्वक अपने काम में जुटे रहना सफलता के लिए अत्यावश्यक तथा विकास एवं समृद्धि का एक महत्त्वपूर्ण स्रोत है।

अपने लक्ष्यों का पीछा करने के लिए
मैं हर रोज लगन से जुटा हुआ हूँ, क्योंकि मैं यह समझता हूँ कि
यह सफलता का एक प्रमुख गुण है।

लगनशील होने और सिर्फ व्यस्त रहने के बीच एक बड़ा अंतर है और आप इसे जितना जल्दी जान सकें, आपके लिए उतना ही बेहतर होगा। अपने प्रत्येक लक्ष्य के लिए आप पहले ही एक योजना बना चुके हैं, जिसमें सफल होने के लिए जो कदम उठाने जरूरी हैं, उनकी रूपरेखा दी हुई है। कभी-कभी आप अपने लक्ष्य के प्रति समर्पित होकर अपनी दैनिक गतिविधियों में इतना डूब जाते हैं कि आपका बृहत्तर लक्ष्य इन छोटे कदमों से उपजी दैनिक गतिविधियों के अंबार के नीचे दब जाता है। अपनी व्यस्तता में उस बड़े चित्र—आपका अंतिम लक्ष्य—को अपनी चेतना से ओझल न होने दें।

यदि आप अपने सपनों को साकार करने के बजाय केवल टाइम पास कर रहे हैं तो आप अपनी संभावनाओं को क्षीण कर रहे हैं। याद रखें कि 'आकर्षण का नियम' सकारात्मक रचनात्मक ऊर्जा से पुरस्कृत करता है। समृद्धि, स्वास्थ्य, अवसर, खुशियाँ और संतोष प्राप्त करने की अपनी संभावनाओं को सीमित न करें। आपके मार्ग में आनेवाले अवरोधों और अप्रत्याशित चुनौतियों का सामना करने में आपको इन चीजों की जरूरत होगी।

'हाउ टु सक्सीड' पुस्तक के लेखक ब्रेयान एडम्स ने लिखा है—

"कठिनाइयाँ बेहतर चीजें प्राप्त करने के अवसर हैं; वे गहन अनुभव प्राप्त करने के आरंभिक सोपान हैं।...जब एक दरवाजा बंद होता है, दूसरा अवश्य खुलता है; एक प्राकृतिक नियम के अनुसार संतुलन स्थापित करने के लिए ऐसा होना निश्चित है।"

मैं नियमित रूप से अनुशासित बने रहकर तथा अपनी आशाओं व सपनों पर ध्यान केंद्रित किए हुए अपने दिल का कहा मानने के जरिए अपने लक्ष्य प्राप्त कर रहा हूँ।

कुछ और लोगों पर विचार करें, जो सतत प्रयासों के जरिए सफलता प्राप्त करने के लिए पूरी तरह समर्पित थे—

- **एडमिरल रॉबर्ट पियरे :** सात बार उत्तरी ध्रुव पहुँचने के असफल प्रयासों के बाद आठवें प्रयास में पियरे सफल हुए थे।
- **थॉमस एडिसन :** बिजली बल्ब के आविष्कार से पहले थॉमस एडिसन के 1,000 प्रयास असफल रहे थे।
- **ऑस्कर हैमरस्टीन :** ब्रॉडवे के इस जीनियस के नाटक 'ओकलाहोमा', जो 269 हफ्ते चला था और जिसने 70 लाख डॉलर कमाए थे, से पहले उन्होंने पाँच नाटक लिखे थे, जो असफल रहे थे।

यदि आपकी सोच समाधानोन्मुख है तो आप अपने मार्ग में आनेवाली किसी भी बाधा को पार कर लेंगे। यहाँ एक युक्ति दी जा रही है, जो आपकी मदद करेगी—जब आप किसी बाधा का सामना करें, उस समस्या के कम-से-कम तीन समाधान खोजें, फिर एक के बाद एक उनका मूल्यांकन करें। सर्वोत्तम विकल्प चुनें और उसी पर कायम रहें।

यह जानते हुए कि अपने लक्ष्यों के मार्ग में आनेवाली बाधाओं और अवरोधों से आसानी से निपटा जा सकता है, जरूरत पड़ने पर मैं आत्मविश्वास से वैकल्पिक मार्ग खोज रहा हूँ।

□

5 का नियम सीखें

ध्यान और चिंतन के लिए आश्वस्तकारी कथन

मैं हर रोज उत्साहपूर्वक अपने अंतिम लक्ष्य की समीक्षा कर रहा हूँ और पाँच निश्चित कार्य, जो मुझे तेजी से उस लक्ष्य की ओर ले जा रहे हैं, पूरे कर रहा हूँ।

मैं हर रोज सतत रूप और लगन से '5 के नियम' पर अमल कर रहा हूँ। जैसे-जैसे मैं हर रोज 5 निश्चित कार्य पूरे करने की प्रतिबद्धता निभाता जाता हूँ, मैं उपलब्धि और संकल्प के एहसास से पुरस्कृत किया जा रहा हूँ।

"सफलता दिन-रात बार-बार किए गए
छोटे-छोटे प्रयासों का समुच्चय है।"

—रॉबर्ट कॉलियर
'द सीक्रेट ऑफ द एजेस' के बेस्टसेलिंग
लेखक एवं प्रकाशक

जब मार्क हैंसन और मैंने 'चिकन सूप फॉर द सोल' की पहली पुस्तक प्रकाशित की थी, हम उसे एक बेस्टसेलर बनाने के लिए इतने आतुर और प्रतिबद्ध थे कि हमने 15 बेस्टसेलिंग नॉन-फिक्शन लेखकों से सलाह माँगी थी। हम एक बुक पब्लिशिंग एंड मार्केटिंग गुरु, जिन्होंने हमें और अधिक मूल्यवान् जानकारी दी थी, के साथ गए थे। हमने जॉन क्रेमर की पुस्तक '1001 वेज टु मार्केट योर बुक' भी पढ़ी थी।

हमने एक अद्‍भुत शिक्षक रॉन स्कॉलस्टिको से भी सलाह ली थी, जिन्होंने हमसे कहा, "अगर आप हर रोज एक बहुत बड़े पेड़ के पास जाएँ और एक तेज धार कुल्हाड़ी से पाँच करारे प्रहार करें तो भले ही वह कितना भी बड़ा पेड़ हो, अंतत: वह गिर जाएगा।" हमें वह बात बहुत बुद्धिमत्तापूर्ण लगी और उसी ने हमें '5 का नियम' विकसित करने के लिए प्रेरित किया। '5 के नियम' का अर्थ बस, यह है कि आप हर रोज 5 निश्चित कार्य पूरे करें; वह आपको अपने लक्ष्य की प्राप्ति की ओर ले जाएगा। मैं दावे के साथ कहता हूँ कि आप ऐसा करें। हर रोज 5 कार्य पूरे करने के लिए प्रतिबद्ध हो जाएँ। वह आपको अपने लक्ष्य की प्राप्ति के निकट ले जाएगा।

मैं हर रोज उत्साहपूर्वक अपने लक्ष्य की समीक्षा कर रहा हूँ और पाँच निश्चित कार्य, जो मुझे तेजी से उस लक्ष्य की ओर ले जा रहे हैं, पूरे कर रहा हूँ।

पुस्तक 'चिकन सूप फॉर द सोल' को 'न्यूयॉर्क टाइम्स' की बेस्टसेलर सूची में शीर्ष पर ले जाने के उद्‌देश्य से हमने हर रोज पाँच निश्चित कार्य, जैसे—पाँच रेडियो इंटरव्यू देना या पुस्तक की पाँच प्रतियाँ समीक्षकों को भेजना या पाँच नेटवर्क मार्केटिंग कंपनियों से अपने विक्रयकर्मियों के प्रेरणा-स्रोत के तौर पर पुस्तक खरीदने का अनुरोध करना या कम-से-कम पाँच लोगों को आमंत्रित कर सेमिनार आयोजित करना और पीछे के कक्ष में पुस्तक की प्रतियाँ बेचना—पूरे कर '5 के नियम. पर अमल किया। कभी किसी दिन हम बस, पुस्तक की पाँच प्रतियाँ नि:शुल्क मशहूर हस्तियों—रेडियो, डीजे एवं टॉक शो होस्ट्स, टेलीविजन और मूवी स्टार्स, निर्देशक व निर्माताओं—को भेज देते थे।

हम फोन कॉल्स करते, प्रेस रिलीज लिखते, टॉक शोज में भाग लेते, वहाँ पुस्तक की प्रतियाँ नि:शुल्क देते और चर्चों में नि:शुल्क वार्त्ता करते। हर उस पुस्तक-विक्रेता, जो ऐसा चाहते थे, से मिलकर अपनी पुस्तक की एक प्रति पर हस्ताक्षर करते। हम गिफ्ट शॉप्स, कार्ड शॉप्स में जाते—यहाँ तक कि हमने गैस स्टेशन, बेकरीज और रेस्टोरेंट मालिकों को भी पुस्तक की कुछ प्रतियाँ रखने के लिए सहमत कर लिया। यह कड़ा परिश्रम था; परंतु अपने लक्ष्यों को छोटे-छोटे प्रयासों में विभाजित कर लेने और हर दिन उसमें लगे रहने से हमें भारी सफलता मिली।

क्या आप जानते हैं ? पुस्तक के प्रकाशन के दिन से करीब एक साल बाद 'चिकन सूप फॉर द सोल' अंततः एक बेस्टसेलर्स सूची में शामिल हो गई ? एक बार में एक काम, एक बार में एक पुस्तक, एक बार में एक पाठक 5 के नियम पर लगातार अमल हमें सफलता की ओर ले गए।

आप समझते हैं, आप यह सब नहीं कर सकते ? निश्चित रूप से आप कर सकते हैं। यदि उनका ध्यान अपने लक्ष्य पर केंद्रित है तो कोई भी एक दिन में पाँच काम निपटा सकता है।

मैं हर रोज सतत रूप से और
लगन से '5 के नियम' पर अमल कर रहा हूँ।

'5 के नियम' पर अमल करते हुए आपको सफलता की अपनी कहानी रचनी है। आपके सिवाय कोई और आपके सपनों व लक्ष्यों को तय नहीं कर सकता—और किसी अन्य व्यक्ति के सपनों को साकार करने का प्रयास आपको कभी परिपूर्णता या संतोष का एहसास नहीं दिला सकता।

अपने लक्ष्यों की स्वयं के द्वारा रचित सूची को ध्यान से देखिए। उन लक्ष्यों को प्राप्त करने के निकट जाने के लिए हर रोज पाँच कार्यों को चुनना होगा। यदि आपका लक्ष्य वेतन-वृद्धि या पदोन्नति है तो आपको सुबह जल्दी उठकर, तैयार होकर, अपने संभावित ग्राहकों को बेहतर सेवा देकर खुश करना और आपके बॉस की अपेक्षाओं से अधिक करके दिखाना होगा। यदि आपका लक्ष्य जिंदगी की आपाधापी से दूर समुद्र किनारे घर लेकर शांतिपूर्ण जीवन बिताना है तो आप अपने खर्चे घटाकर बचत बढ़ा सकते हैं, अपने वर्तमान घर को खूबसूरत बना सकते हैं, ताकि उसे बेचने पर अच्छी कीमत मिल सके। आप किसी प्रॉपर्टी डीलर की तलाश कर सकते हैं, जो आपको अपने वर्तमान घर की अच्छी कीमत दिला सकता हो और अपनी आमदनी बढ़ाने के लिए नए मार्ग खोज सकते हैं।

तो आपके लक्ष्य—विशेष रूप से आपका परम लक्ष्य—क्या है? अपनी दिनचर्या में '5 के नियम' को शामिल कर लीजिए, मेरा वादा है कि आप अपने परम लक्ष्य तक तीव्रतर गति से पहुँचेंगे।

जैसे-जैसे मैं हर रोज पाँच निश्चित कार्य पूरे करने की प्रतिबद्धता निभाता जाता हूँ, मैं उपलब्धि और संकल्प के एहसास से पुरस्कृत किया जा रहा हूँ।

□

अपना हर काम अपेक्षा से बढ़कर करें

ध्यान और चिंतन के लिए आश्वस्तकारी कथन

दूसरों की अपेक्षाओं से अधिक और किसी से किए गए वादे से अधिक काम करके मैं भीड़ से अलग खड़ा हूँ।

काम के मामले में एक अतिरिक्त मील चलकर मैं अपने वित्तीय लाभों और आत्मसंतोष का आनंद ले रहा हूँ।

मैं थोड़ा सा अतिरिक्त प्रयास करके अपने ग्राहकों को अधिक सेवाएँ दे रहा हूँ, जिससे दूसरे लोग खुश रहते हैं और मैं सफलता की सीढ़ियाँ चढ़ता जाता हूँ।

"आप अपने प्रयासों में एक अतिरिक्त मील सुगमता से चलते हैं, क्योंकि वहाँ अधिक लोग नहीं मिलते।"

—वेन डायर
'हाउ टु गेट व्हाट यू रियली रियली रियली रियली वांट'
के सह-लेखक

कितनी बार आपने किसी को यह कहते सुना होगा कि "यह काम मेरी ड्यूटी का हिस्सा नहीं है।" या "मुझे इस काम का वेतन नहीं मिलता।" आपने ऐसे कितने लोगों पर ध्यान दिया है, जो अपने जॉब या नौकरी का निर्धारित समय पूरा होने से पहले ही घड़ी की ओर देखा करते हैं और शाम को 4 बजकर 55 मिनट पर उनका कंप्यूटर बंद हो जाता है और उनके हाथ में बाइक या कार की चाबी होती है ?

भारी सफलता पानेवाले लोग यह जानते हैं कि वरिष्ठ अधिकारियों की अपेक्षाओं से अधिक काम करना उन्हें भीड़ से अलग खड़ा कर देता है। जब ऑफिस में किसी काम को जल्दी पूरा करने का दबाव आ जाता है, जब आपके ऑफिस में स्टाफ की कमी होती है या कोई खास प्रोजेक्ट सामने आता है, जो औसत से अधिक परिश्रम की माँग करता है तो अधिकारी उनसे अतिरिक्त सहयोग की अपेक्षा रखते हैं। उन्हें ऐसे व्यक्ति के रूप में जाना जाता है, जिस पर निर्भर रहा जा सकता है कि वह दिया गया कार्य अच्छे से और समय पर निपटा देगा। सफल लोग दूसरों से अधिक करते हैं—दूसरों की अपेक्षा से अधिक करते हैं। यह अतिरिक्त परिश्रम उससे मिलनेवाले लाभों को देखते हुए कुछ भी नहीं है। वे अंततः दूसरों से कहीं अधिक वित्तीय लाभ प्राप्त करते हैं। वह तुरंत अपने भीतर हुए रूपांतरण, जो बढ़े हुए आत्मविश्वास और समाज में आपके बढ़ते प्रभाव के रूप में प्रकट होता है, का अनुभव करने लगता है। इससे भी अधिक लाभप्रद दिन भर के परिश्रम के बाद आपके भीतर संतोष और परिपूर्णता का एहसास है।

दूसरों की अपेक्षाओं से अधिक और किसी से किए गए वादे से अधिक काम करके मैं भीड़ से अलग खड़ा हूँ।

आप भारी सफलता प्राप्त करने और आप जो कुछ कर रहे हैं, उसमें श्रेष्ठ प्रदर्शन करने का विकल्प चुन सकते हैं; क्योंकि दूसरों की अपेक्षाओं से अधिक करना और अपने प्रयासों के सफर में एक अतिरिक्त मील चलना वास्तव में आपका चयन है।

आजकल यह सोच आम है कि आपको जितना वेतन मिलता है, उससे अधिक काम करना टीम के दूसरे सदस्यों के लिए ठीक नहीं है। हो सकता है, प्रबंधन इसे मानकर चले या यह भी संभव है कि एक कर्मचारी के अधिक काम करने से उसकी तुलना में अन्य कर्मचारी बुरे दिखाई दें। आज के ऑफिस कल्चर (और अन्य कल्चर्स भी) के सामने एक प्रमुख समस्या यह है कि लोग कड़ा परिश्रम करना नहीं चाहते। यह सब उन्हीं के बारे में है। वे मानते हैं कि निर्धारित समय से कुछ अधिक देर तक काम करना अनुचित है कि उनके वेतन को सीमित कर देने का अर्थ है, उन पर भरोसा नहीं किया जा रहा है और कोई ड्रेस कोड लागू करना उनकी व्यक्तिगत स्टाइल और रचनात्मकता का हनन है; परंतु उस प्रकार की स्व-केंद्रित व्यक्तिवादी सोच अकसर एक नकारात्मक प्रतिक्रिया को जन्म देती है। पदोन्नति के लिए वे पहली पसंद नहीं होते। उन्होंने यह साबित नहीं किया है कि उनमें बहुत वफादारी या ईमानदारी है, न उन्होंने अपना विशेष प्रभाव पैदा किया है। ये सब उन्हें कंपनी की बैठकों के प्रमुख प्लानिंग और उच्च-स्तरीय चर्चाओं से बाहर कर देते हैं। यह आत्म-केंद्रित छोटी सोच उन्हें कोई सम्मान या पुरस्कार नहीं दिलाने वाली है।

आपकी प्रतिष्ठा आपकी सबसे बड़ी पूँजियों में से एक है और दिए गए कार्यों को ठीक से पूरा करने के प्रयासों में एक अतिरिक्त मील चलना लोगों की नोटिस में आए बिना नहीं रहेगा, चाहे आपके वर्तमान नियोक्ता द्वारा या अन्य लोगों द्वारा, जो भविष्य में आपको विकास के नए अवसर प्रदान करेंगे।

**काम के मामले में एक अतिरिक्त मील चलकर
मैं अपने वित्तीय लाभों और
आत्म-संतोष का आनंद ले रहा हूँ।**

जब आप दूसरों की अपेक्षाओं से अधिक काम करते हैं, वह आपको बड़े व्यक्तिगत और पेशेगत लाभ पहुँचाता है; बल्कि आपके साथ-साथ आपका समुदाय, कंपनी, सहकर्मी या परिवार—हर कोई जीतता और आगे बढ़ता है।

अपने कार्यस्थल या बिजनेस से बाहर आप कहाँ-कहाँ दूसरों की अपेक्षाओं से अधिक कर सकते हैं या एक अतिरिक्त मील चल सकते हैं? आज की दुनिया में अकसर ऐसा लगता है कि लोग अपने काम में इतने व्यस्त होते हैं कि उनके पास अपने पड़ोसियों का छोटा-मोटा काम करने, पार्क में पड़ी एक खाली बोतल को कूड़ेदान में डालने या किसी बुजुर्ग व्यक्ति के लिए दरवाजा खुला रखने जैसे कामों के लिए समय नहीं होता। वह समय कब का बीत गया, जब लोग बस या ट्रेन में बच्चों को गोद में लिये माँ के लिए अपनी सीट छोड़ देते थे या लाठी लेकर चल रहे बुजुर्ग को सड़क पार करवा देते थे। दयालुता के इस तरह के छोटे-मोटे कार्य दिल से और आपकी निस्स्वार्थता एवं उदारता से उपजते हैं। ये भी एक अतिरिक्त मील चलने—जो किसी अन्य व्यक्ति के मन में थोड़ी खुशी ले आता है—के उदाहरण हैं और उसमें आपका कुछ भी खर्च नहीं होता। इसके अतिरिक्त, आप दूसरी तरह से भी लाभान्वित होते हैं, जैसा एक 'नेशनल इंस्टिट्यूट ऑफ हेल्थ स्टडी' ने दरशाया है। दयालुता के इस तरह के कार्य आपके मस्तिष्क के उन क्षेत्रों को सक्रिय बनाते हैं, जो आनंद, सामाजिक संबंधों और विश्वास से जुड़े हुए हैं—जो ब्रह्मांड में सदाशयता का प्रसार करता है। वैज्ञानिकों की भी मान्यता है कि परोपकारिता के कार्य मस्तिष्क में एंडॉर्फिन नामक हार्मोन स्रावित करते हैं, जो निस्स्वार्थ सेवक के मन में उस भाव को जन्म देता है, जिसे 'निस्स्वार्थ सेवक के आत्मिक उन्नयन' के नाम से जाना जाता है।

दूसरों के लिए आप कैसे 'एक अतिरिक्त मील' जा सकते हैं? उनकी अपेक्षाओं से अधिक कर उन्हें चकित करके!

मैं थोड़ा सा अतिरिक्त प्रयास करके
अपने ग्राहकों को अधिक सेवाएँ दे रहा हूँ,
जिससे दूसरे लोग खुश रहते हैं और
मैं सफलता की सीढ़ियाँ चढ़ता जाता हूँ।

□

सफल लोगों के बीच रहें

ध्यान और चिंतन के लिए आश्वस्तकारी कथन

मैं खुशी से जीवन में सकारात्मक और जीवन के प्रति समाधानोन्मुख दृष्टिकोण रखनेवाले लोगों के बीच रह रहा हूँ।

चूँकि हम जैसे लोगों के साथ अपना अधिकांश समय बिताते हैं, वैसे बन जाते हैं, अतः मैं ऐसे लोगों के साथ समय बिता रहा हूँ, जो दूसरों को गिराने की बजाय उन्हें ऊपर उठाते हैं। मैं ऐसे लोगों के बीच रहकर स्फूर्ति ग्रहण कर रहा हूँ, जो प्रसन्न रहते हैं और जीवन भर सीखते रहने के लिए प्रतिबद्ध होते हैं।

"आप उन पाँच व्यक्तियों की औसत सोच रखनेवाले व्यक्ति हैं, जिनके साथ आप अपना अधिकांश समय बिताते हैं।"

—जिम रॉन
बिजनेस, फिलॉसफर एवं सर्वाधिक
बिकनेवाली पुस्तकों के लेखक

जब मैं शिकागो के एक हाईस्कूल में प्रथम वर्ष के विद्यार्थियों को पढ़ानेवाला इतिहास शिक्षक था, मैंने शिक्षकों के स्टाफ रूम को 'एक डरावने क्लब' का नाम दिया था। वहाँ के वातावरण में हमेशा सिगरेटों का धुआँ और नकारात्मक भावनाएँ पसरी रहती थीं।

"ये लड़के-लड़कियाँ इतने बेकाबू हो चुके हैं कि इन्हें पढ़ाने का कोई उपाय नहीं है।" जैसी बातें सुन-सुनकर मुझे वहाँ बीमार और थका-थका महसूस करने में अधिक देर नहीं लगी। पूरे रूम में हमेशा नकारात्मक टिप्पणियों, आलोचनाओं, दोषारोपण और शिकायतों की धारा अनवरत बहती रहती थी।

परंतु उस डरावने क्लब में कभी न जाकर मेरा वह पहला वर्ष मेरे लिए कुछ ऐसा परिणाम लेकर आया—विद्यार्थियों द्वारा मुझे 'वर्ष का सर्वश्रेष्ठ शिक्षक' चुना गया—और शिक्षक के रूप में मेरा वह पहला वर्ष था। उस 'क्लब' की बजाय मैं स्कूल की लाइब्रेरी में समर्पित शिक्षकों, जो वास्तव में यह मानते थे कि वे उनके मार्ग में आनेवाली किसी भी बाधा को पार कर सकते हैं, के समूह में शामिल हो गया। मैं सफल होना चाहता था और अपने विद्यार्थियों को भी सफल देखना चाहता था, इसलिए मैंने सकारात्मकता और प्रोत्साहन का चैनल बनना पसंद किया। आप भी यह विकल्प चुन सकते हैं।

मैं खुशी से जीवन में सकारात्मक और जीवन के प्रति समाधानोन्मुख दृष्टिकोण रखनेवाले लोगों के बीच रह रहा हूँ।

माता-पिता अपने बच्चों को हमेशा कुछ खास किस्म के बच्चों से कभी दोस्ती न करने के लिए कहते रहते हैं, क्योंकि वे जानते हैं कि हम जैसे लोगों के साथ रहते हैं, वैसे बन जाते हैं। यदि आप सफल होना चाहते हैं तो औसत माता-पिता की सलाह मानें और सफल लोगों के साथ उठना-बैठना शुरू कर दें।

हाल ही में मैं अपनी एक मित्र से मिला, जिसने मुझे यह बताना शुरू कर दिया कि उसके लिए सफल अविवाहित पुरुषों से मिलना कितना कठिन था। जब मैंने उससे पूछा कि वह उन्हें कहाँ खोज रही थी तो उसने कई शराबखानों और नाइट क्लब्स गिनाने शुरू कर दिए।

मैंने उसे सलाह दी कि वह अपना तरीका बदले और ऐसे स्थान तलाशना शुरू कर दे, जहाँ गुणवान् अविवाहित पुरुषों के होने की संभावना अधिक हो।

यही बात उन पर भी लागू होती है, जिन्हें आप दोस्त बनाना चाहते हैं या जिनके साथ जुड़ना चाहते हैं।

अपने उद्योग संघों में सक्रिय हो जाएँ, प्रोफेशनल कॉन्फ्रेंसेज और लेक्चर्स में शामिल हों, कोई रिट्रीट बुक कर लें, अपने चैंबर ऑफ कॉमर्स या ऑप्टिमिस्ट्स इंटरनेशनल एवं रोटरी क्लब जैसे सिविक ग्रुप्स में सक्रिय हो जाएँ। अन्य अग्रणी लोगों के साथ किसी मंदिर, चर्च या मसजिद में स्वेच्छा से सेवा कार्य करें। अपनी पसंद की किसी स्थानीय परोपकारी संस्था से जुड़ जाएँ। हवाई यात्रा में जहाँ संभव हो, फर्स्ट क्लास या बिजनेस क्लास से यात्रा करें। जब किसी एयरपोर्ट पर देर तक रुकना हो तो एयरलाइन प्रीमियर क्लब्स का उपयोग करें। ऐसे बहुतेरे स्थल हैं, जहाँ आप शीर्षस्थ लोगों से मिल सकते हैं। वहाँ पहुँचें और किसी तरह संपर्क बनाएँ।

चूँकि हम जैसे लोगों के साथ अपना अधिकांश समय बिताते हैं, वैसे बन जाते हैं, अतः मैं ऐसे लोगों के साथ समय बिता रहा हूँ, जो दूसरों को गिराने की बजाय उन्हें ऊपर उठाते हैं।

मेरे गुरु डब्ल्यू. क्लेमेंट स्टोन ने मुझे एक मूल्यवान् अभ्यास सिखाया था, जिसका—मैं चाहूँगा कि आप आज अभ्यास करें।

उन सब लोगों की एक सूची बनाएँ, जिनके साथ आप नियमित रूप से समय बिताते हैं, जैसे—आपके परिवारजन, सहकर्मियों, जिम में बने दोस्तों या आपके चर्च या नागरिक समूहों में मिलनेवाले लोग। फिर उन लोगों के नाम के आगे माइनस (–) का चिह्न लगाएँ, जो नकारात्मक और सामान्य रूप से सभी के खिलाफ जहर उगलनेवाले हैं; और उन लोगों के नाम के आगे प्लस (+) का निशान लगाएँ, जो सकारात्मक और रचनात्मक हैं।

क्या आपको सूची और चिह्नों में कोई दिखाई दे रहा है? क्या आपका परिवार और कार्यस्थल नकारात्मक लोगों से भरा पड़ा है? क्या आपके मित्र आपको प्रोत्साहित कर रहे हैं या आपकी कमजोरियों व सीमाओं को रेखांकित कर आपका आत्मविश्वास कम कर रहे हैं? आपकी सूची में शामिल लोगों में से हर एक के केवल आपके जीवन पर पड़ रहे नकारात्मक या सकारात्मक प्रभाव के आधार पर ईमानदारी से फैसला करें।

इस कवायद का कठिन हिस्सा अब आता है। नकारात्मक सूची में शामिल लोगों को देखें। इन लोगों के प्रभाव-क्षेत्र से स्वयं को हटा लेने या कम-से-कम उनके साथ बिताए जानेवाले समय में कटौती करने का कोई उपाय खोजें। सकारात्मक सूची में शामिल लोगों में नकारात्मक सूची में शामिल लोगों को प्रतिस्थापित करने का प्रयास करें—या आपके जीवन में पहले से आए सकारात्मक लोगों के साथ अधिक समय बिताएँ। जब तक आप आत्म-विकास के उस बिंदु तक नहीं पहुँचते, जहाँ आप अब लोगों को उनकी नकारात्मकता से आपको प्रभावित करने की इजाजत नहीं देते, बेहतर यह है कि आप अपने सपनों की प्राप्ति के रोडमैप को मन-ही-मन तराशने जैसे काम करते हुए अकेले समय बिताएँ।

मैं ऐसे लोगों के बीच रहकर स्फूर्ति ग्रहण कर रहा हूँ, जो प्रसन्न रहते हैं और जीवन भर सीखते रहने के लिए प्रतिबद्ध होते हैं।

□

अपने अतीत को सकारात्मक तरीके से याद कीजिए

ध्यान और चिंतन के लिए आश्वस्तकारी कथन

मैं अपनी बड़ी और छोटी सफलताओं का जश्न मना रहा हूँ।

जब भी मैं कोई लक्ष्य प्राप्त करता हूँ, स्वयं को पुरस्कृत कर रहा हूँ—और इस तरह अपने अवचेतन मन को इससे भी अधिक सफलताएँ प्राप्त करने के लिए प्रोत्साहित कर रहा हूँ।

हर उस लक्ष्य, जिसे मैं प्राप्त कर लेता हूँ, के साथ मुझे कुछ हासिल करने, कोई काम पूरा करने और परिपूर्णता का बोध हो रहा है।

"मैं पीछे मुड़कर अपने जीवन के अच्छे से पूरे कर दिए गए काम, जैसे देखता हूँ, और मैं उससे संतुष्ट हूँ।"

—ग्रैंडमा मोजेज

अमेरिका के एक सुविख्यात लोक कलाकार,
जिन्होंने 78 वर्ष की आयु में पेंटिंग करना आरंभ किया

आज अतीत जिस तरह से हम अपने अतीत की असफलताओं को देखते हैं, उसे बदलना—और अपने अतीत की सफलताओं का वास्तविक मूल्य समझना—सीखने जा रहे हैं।

कुछ अध्याय पहले हमने जिस तरह से हमारा मन उत्कट भावनाओं और बोधों (गंध, आवाज, स्वाद, दृश्य, स्पर्श) से युक्त बीती हुई घटनाओं को याद करने के लिए बना है, इस पर बात की थी। हममें से अधिकांश लोग अतीत में प्राप्त की गई सफलताओं की संख्या को कम करके आँकते हैं, क्योंकि बहुत समय से हमारा मस्तिष्क हमारी पूर्व की असफलताओं को याद रखने का आदी हो चुका है।

अधिकांश लोग उनके द्वारा पिछले हफ्ते प्राप्त की गई दस सफलताएँ गिनाने की अपेक्षा उसी अवधि में उनके हाथ लगी दस असफलताओं को अधिक आसानी से गिना सकते हैं। इस तथ्य का एक कारण यह है कि अपने किसी प्रयास को असफल करार देने के हमारे मानदंड अपने प्रयासों को सफल मान लेने के मानदंडों की अपेक्षा निम्नतर हैं। ऐसे आश्वस्तकारी कथनों, जो अपनी सफलताओं के भी जश्न मनाने में आपकी मदद करेंगे, के साथ आप अपने मस्तिष्क को वह समय और वे अवसर याद करने—जब आप सक्षम, निपुण, अपने काम की गहरी समझ रखने वाले, परिश्रमी और सफल थे—के लिए पुन:प्रशिक्षित कर रहे होंगे।

मैं अपनी बड़ी और छोटी सफलताओं का जश्न मना रहा हूँ।

अपने सकारात्मक अतीत को स्वीकार करना महत्त्वपूर्ण है, क्योंकि वह आपके आत्मसम्मान को प्रभावित करता है। मान लीजिए, आप और मैं पोकर गेम खेल रहे हैं—आपके पास 10 चिप्स हैं और मेरे पास 200। आप एक या दो बेट्स हारें और आप बाहर हो जाएँगे, जबकि मैं आखिर तक खेलता रहूँगा—वास्तव में, आपसे 40 गुना अधिक समय तक।

आत्मसम्मान उसी तरह का है—वह जितना अधिक आपके पास होगा, आप उतना अधिक जोखिम उठा सकेंगे और गेम में देर तक बने रहेंगे।

यदि आप में आत्मसम्मान की भावना अधिक है और यदि आप किसी चीज में असफल भी हो जाते हैं तो वह आपको तोड़ नहीं देगा। आप बस, अपने कपड़ों पर लगी धूल झाड़कर फिर उठ खड़े होंगे और तुरंत किसी भिन्न तरीके से वही काम करने या किसी नए अवसर पर काम करने में जुट जाएँगे।

उन अवसरों और समय पर आपका ध्यान केंद्रित करने में आपकी मदद करने, जब आप सफल हुए थे, के लिए मैं यहाँ एक अभ्यास दे रहा हूँ, जो मैं अकसर लोगों को सिखाता हूँ।

अपने बीते हुए जीवन को तीन कालखंडों (जैसे 0–15, 16–30 और 31–45) में विभाजित कीजिए। फिर हर कालखंड में प्राप्त की गई तीन–तीन सफलताओं की एक सूची बनाइए। इससे भी बेहतर यह होगा कि आप अपने जीवन–काल में प्राप्त की गई 100 या उससे अधिक सफलताओं की एक सूची बनाएँ। इस सूची को ऐसे स्थान पर रख दें, जहाँ आप उसे तब–तब देख सकें, जब अपने आत्मसम्मान में कुछ कमी महसूस करें।

जब भी मैं कोई लक्ष्य प्राप्त करता हूँ, स्वयं को पुरस्कृत कर रहा हूँ—और इस तरह अपने अवचेतन मन को इससे भी अधिक सफलताएँ प्राप्त करने के लिए प्रोत्साहित कर रहा हूँ।

अब हम अपने सकारात्मक अतीत को स्वीकार करने के कुछ और उपायों पर नजर डालें। इनमें से प्रत्येक अपनी तरह से प्रभावशाली है, इसलिए मैं प्रत्येक को अवसर देने के लिए आपको प्रोत्साहित करता हूँ, ताकि आपके लिए आदर्श उपाय कारगर सिद्ध हो।

- दैनिक रूप से मिलनेवाली अपनी सफलताओं का एक रनिंग रिकॉर्ड रखें। दिन की समाप्ति पर आपने जितनी प्रविष्टियाँ की हैं, उन्हें देखकर आप चकित हो जाएँगे और सप्ताह के अंत में उनकी संख्या को देखकर अवाक् रह जाएँगे। महीने के अंत में तो आप खुशी से झूम उठेंगे।
- अपनी सफलता के प्रतीकों को प्रदर्शित करें, चाहे वह आपकी प्राथमिक शिक्षा के दौरान जीती हुई कोई ट्रॉफी हो या कॉलेज के वर्षों में मिला कोई पुरस्कार हो अथवा आपके उद्योग संघ द्वारा आपके पहले उद्योग का फ्रेम्ड प्रशंसा-पत्र। सफलता के इन प्रतीकों को ऐसी जगह रखें, जहाँ आप उन्हें जब चाहें, देख सकें।
- आईने के सामने अभ्यास करें : हाँ, यह अटपटा लगेगा, परंतु यह स्वयं को सफलतापूर्वक किए गए कार्यों को स्वीकार कराने में आपकी मदद करेगा। आईने के सामने खड़े होकर अपनी आँखों में आँखें डालकर देखें, स्वयं को नाम लेकर पुकारें और आज सारे दिन में पूरे किए गए कार्यों, निभाए गए संकल्पों और प्रलोभनों से बचने के लिए बोलकर स्वयं की तारीफ करें। कम-से-कम 40 दिनों तक हर रात सोने से पहले यह करें।

हर उस लक्ष्य, जिसे मैं प्राप्त कर लेता हूँ,
के साथ मुझे कुछ हासिल करने, कोई काम पूरा करने और
परिपूर्णता का बोध हो रहा है।

□

लक्ष्य पर नजर हो और हाथ में लिये काम पर ध्यान केंद्रित हो

ध्यान और चिंतन के लिए आश्वस्तकारी कथन

मैं अपने विचारों को पूरी तरह उन कदमों पर केंद्रित कर रहा हूँ, जो मुझे मेरे लक्ष्यों तक पहुँचाने के लिए आवश्यक हैं।

मैं अपना पूरा ध्यान मेरे जीवन के इस वर्तमान पल पर केंद्रित कर रहा हूँ।

अब, जब मैं शांत बैठकर पूरे दिन की अपनी गतिविधियों पर विचार कर रहा हूँ, अपनी प्रत्येक साँस के साथ अपने मन को और अधिक केंद्रित व जागरूक कर रहा हूँ।

*"स्वाभाविक क्षमता महत्त्वपूर्ण है;
परंतु यदि आपके पास लगन, उत्साह, इच्छा और सकारात्मक रवैया है
तो आप उसके बिना भी दूर तक जा सकते हैं।"*

—कर्स्टन स्वीटलैंड

वर्ष 2016 के रियो डि जेनिरो के ओलंपिक खेलों में
ट्राथलॉन के कनाडाई प्रतिस्पर्धी

क्या आपने कभी इस ओर ध्यान दिया है कि सफल लोग आमतौर पर अधिक सकारात्मक प्रतीत होते हैं? उनका ध्यान अपने लक्ष्यों पर केंद्रित होता है। वे अधिकांश लोगों को असंभव लगनेवाले लक्ष्यों में भी संभावना तलाशते हैं और जब वे कोई काम हाथ में लेते हैं तो उसमें सफल होने की अपेक्षा करते हैं।

आप भी अपने लक्ष्यों पर पूरा ध्यान केंद्रित कर सकते हैं। इस दिशा में पहला कदम है, अपने सबसे महत्त्वपूर्ण लक्ष्य तय करना—वे लक्ष्य, जो आपके जीवन को विस्तार दें और एक व्यक्ति के रूप में आपको बदल दें तथा ऐसे लक्ष्य भी तय करना, जो रोमांचक परियोजनाओं और सर्किल्स में आपको शामिल करा दें। दूसरा कदम है, इन लक्ष्यों को 'बेबी स्टेप्स', अर्थात् ऐसे छोटे-छोटे कार्यों में विभाजित करना, जो धीरे-धीरे, परंतु निश्चित रूप से आपको अपने लक्ष्य की ओर ले जाएँगे, में विभाजित करना। आप एक बार इन कार्यों को ठीक से जान लें तो आप किसी भी भटकाव से बच पाएँगे और उन कार्यों पर ही सारा ध्यान केंद्रित कर पाएँगे।

उदाहरण के लिए, यदि आपका लक्ष्य अपना खुद का बिजनेस शुरू करना है तो जरूरी कदमों या कार्यों की सूची में अपने उद्योग के बारे में शोध करना, बजट का अनुमान लगाना, वित्त प्रबंधन, अपनी व्यक्तिगत बचत की राशि बढ़ाना, विनिर्माण या व्यापार के लिए माल के आपूर्तिकर्ताओं का पता लगाना, मार्केटिंग और अपने उत्पाद को ग्राहक तक पहुँचाने की व्यवस्था का ब्योरेवार रोडमैप बनाना शामिल हो सकते हैं। आपका लक्ष्य कुछ भी हो, आवश्यक कदमों की ब्योरेवार सूची बनाएँ, ताकि आप जान सकें कि हर रोज किस कार्य पर ध्यान केंद्रित करना है।

**मैं अपने विचारों को पूरी तरह उन कदमों पर केंद्रित कर रहा हूँ,
जो मुझे मेरे लक्ष्यों तक पहुँचाने के लिए आवश्यक हैं।**

मैं एक पॉकेट डायरी अपने पास रखना पसंद करता हूँ, जिसमें मैं ऐसा कोई विचार दिमाग में आने पर तुरंत लिख लेता हूँ, जो मुझे अपने लक्ष्य तक ले जाने में सहायक हो। ऐसा करना मुझे अपने कार्यों पर ध्यान केंद्रित कराने में सहायक है।

आप भी अपने अंतिम लक्ष्य तक पहुँचने के लिए आवश्यक दैनिक कार्यों एवं तयशुदा माध्यमिक लक्ष्यों पर ध्यान केंद्रित करने की आदत विकसित कर सकते हैं। 'द फोर-ऑवर वर्क वीक' और अन्य कई धमाकेदार बेस्टसेलर्स के लेखक टिम फेरिस इन दैनिक कार्यों को 'सबसे महत्त्वपूर्ण कार्य' कहते हैं। आप चाहे स्मार्टफोन का उपयोग करते हों या डे-प्लानर या अपने डेस्कटॉप कंप्यूटर पर किसी ऐप का, यह समझ लें कि अपने लक्ष्य के प्रति इस प्रकार की गहन एकाग्रता और उसे कभी दृष्टि से ओझल न होने देना उसे प्राप्त करने में हमेशा जुटे रहने में आपकी सहायता करेगा। अधिकांश सफल लोग हमेशा किसी-न-किसी रूप में अपनी कार्य-सूची अपने साथ रखते हैं। आपको भी ऐसा ही करना चाहिए।

आप एक बार अपनी कार्य-सूची के अनुसार काम करने लगें तो हाथ में लिये कार्य पूरे करने में कितना समय लगता है, इससे निरपेक्ष आप ऐसी नई आदतें भी विकसित कर सकते हैं, जो आपके कार्य पूरे करने में आपकी मदद करें। वे रणनीतियाँ क्या हैं, जिन्हें सफल लोग उपयोग में लाते हैं?

- अपने इ-मेल के जवाब दोपहर 12 बजे के बाद दें, जब आप उस दिन के कुछ महत्त्वपूर्ण कार्य पूरे कर लें।
- सुबह सबसे पहले आज के लिए निर्धारित कार्यों में से सबसे कठिन कार्य करें।
- जिन लोगों से बात करना आपको सबसे ज्यादा मुश्किल लगता है, उनसे सहजता से बात करने का प्रयास करें, ताकि आप ये कार्य टाल न सकें।
- लोगों से मिलने-जुलने का समय सप्ताह के अंत में करें—अपने सबसे महत्त्वपूर्ण कार्य पूरे करने के बाद।

मैं अपना पूरा ध्यान मेरे जीवन के
इस वर्तमान पल पर केंद्रित कर रहा हूँ।

सोने से पहले आखिरी 45 मिनटों के दौरान आप जो कुछ अनुभव करते हैं, वह आपकी नींद पर उस दिन के अनुभवों में से सबसे अधिक प्रभाव डालता है। यदि वह शाम के समय पढ़े या देखे किसी समाचार, जैसे—युद्ध, अपराध, प्राकृतिक आपदा और सरकारी घोटाले से संबंधित है तो वह आपके अवचेतन पर अंकित हो जाएगा। इसके बजाय, क्यों न आप उस समय का उपयोग अपने अवचेतन में ऐसे विचार अंकित करने में करें, जो आपको अपने लक्ष्यों की प्राप्ति में आगे ले जाएँ! संध्याकालीन समीक्षा नामक एक सशक्त अभ्यास आप में एक नया व सकारात्मक व्यवहार विकसित करने में आपकी मदद करेगा।

आँखें बंद कर बैठें, गहरी साँस लें और अपने मन को निम्नलिखित में से कोई एक निर्देश दें—

- मुझे बताओ कि मैं आज की गतिविधियों में कहाँ अधिक प्रभावी हो सकता था?
- मुझे बताओ कि आज मैं कहाँ गुस्सा होने की बजाय प्यार से पेश आ सकता था?
- मुझे बताओ कि आज मैं कहाँ अपनी बात को और अधिक दृढ़ता से कह सकता था?
- मुझे बताओ कि मैं आज कहाँ अधिक धैर्यवान् और कम आक्रामक हो सकता था?

आपके मानस-पटल पर आज की घटनाएँ दिखने लगें तो उन्हें परखने या उनकी आलोचना करने की बजाय उनका केवल अवलोकन करें। उन्हें इस तरह से रीप्ले करें, जैसे आप उन्हें तब करते, यदि आप अधिक जानकार और विवेकशील होते।

अब, जब मैं शांत बैठकर पूरे दिन की अपनी गतिविधियों पर विचार कर रहा हूँ, अपनी प्रत्येक साँस के साथ अपने को और जागरूक कर रहा हूँ।

□

अपने बिगड़े हुए और अपूर्ण कार्यों को ठीक/पूरा करें

ध्यान और चिंतन के लिए आश्वस्तकारी कथन

मैं अपने बिगड़े हुए कार्यों को ठीक करने और अपूर्ण कार्यों को पूरा करने के लिए समय निकाल रहा हूँ, ताकि मेरे पास अपने लक्ष्यों पर ध्यान केंद्रित करने के लिए अधिक समय हो।

अपने अपूर्ण कार्यों को पूरा करके, अनावश्यक कार्यों को कार्य-सूची से हटाकर, कागजी काररवाई किसी अन्य को सौंपकर और घालमेल वाले कुछ मामले सुलझाकर मैं बहुत सहज महसूस कर रहा हूँ और जीवन में नए संबंधों को आकर्षित कर रहा हूँ।

अपने जीवन में वांछित चीजों के लिए स्थान बनाने के उद्देश्य से मैं कई पुरानी और बेकार चीजों को लगातार त्याग रहा हूँ।

"अस्त-व्यस्त अलमारियों एवं घर का अर्थ अस्त-व्यस्त मन है।"

—लुइस एल. हे

अमेरिकी प्रेरक लेखक एवं संस्थापक,

हे हाउस पब्लिशिंग

आपका मेमोरी बैंक उनसे बना है, जिन्हें मैं ऐसी इकाइयाँ कहता हूँ, जिन पर हमारा ध्यान जाता है। आप एक बार में सीमित संख्या में ही चीजों पर ध्यान दे पाते हैं और आपकी कार्य-सूची में शामिल प्रत्येक मद— चाहे वह आपके काम से संबंधित हो या किसी घरेलू अथवा व्यक्तिगत कार्य से—एक निश्चित संख्या में 'अटेंशन यूनिट्स' खर्च करता है। अधूरे कार्य व अधूरी कागजी काररवाई और उलझे हुए मसले, अधूरे कॉण्ट्रेक्ट्स, अनावश्यक चीजों का अंबार, तनावपूर्ण आपसी संबंध और घर के नवीनीकरण का चल रहा कार्य आपकी बहुमूल्य 'अटेंशन यूनिट्स', जो आपकी लक्ष्य-प्राप्ति के प्रयासों के लिए बेहद जरूरी हैं, ख़र्च कर देते हैं। हम अपने सपनों का भविष्य कभी साकार नहीं कर सकेंगे, यदि अधूरी छोड़ दी गई चीजें हमें परेशान व कुंठित करती हों और हमारा ध्यान लक्ष्य से हटाती हों।

इसलिए, हम क्यों अधूरे छोड़ दिए गए कार्यों और उलझे हुए हालात को स्वीकार करते हैं? कभी-कभी इसका कारण भावनात्मक या मनोवैज्ञानिक होता है। शायद आप इन सब चीजों को कैसे ठीक करें, इस पर निर्णय नहीं ले पा रहे हैं। कभी-कभी हम बस, चीजों को टालते रहते हैं, परंतु 20 पूरे कर लिये गए कार्य 50 अधूरे कार्यों से बेहतर हैं, इसलिए इस हफ्ते के आश्वस्तकारी कथनों से हम आपके भीतर 'काम पूरा करने की चेतना' विकसित करने का काम हाथ में लेंगे।

मैं अपने बिगड़े हुए कार्यों को ठीक करने और अपूर्ण कार्यों को पूरा करने के लिए समय निकाल रहा हूँ, ताकि मेरे पास अपने लक्ष्यों पर ध्यान केंद्रित करने के लिए अधिक समय हो।

कार्य पूरे करने के बारे में एक आसान नियम है, जो आप जो शुरू करें, उसे पूरा करने में आपकी मदद करेगा। उसे पूर्णता के चार 'डी' कहते हैं। वे हैं—जो काम हाथ में है, उसे कर डालें (डू इट)। वह कार्य किसी और से करवा लें (डेलीगेट इट), उसे देरी से करें (डिले इट) या उसे रद्द कर दें (डंप इट)।

जैसे ही कोई कार्य आपके हाथ में आता है, उसके बारे में कोई निर्णय लें। यदि आप उसे जल्दी कर सकते हैं, उसे उसी समय कर लें। यदि वह कोई ऐसा कार्य है, जिसे कोई अन्य व्यक्ति आपके लिए कर सकता है तो उससे तुरंत करवा लें। यदि वह कार्य प्लानिंग से या चरणों में किया जाना है तो उसे पूरा करने में आपको समय लगेगा या अगर वह कोई ऐसा कार्य है, जिसे आप शायद कभी न कर पाएँ तो उसे तुरंत रद्द कर दें। उद्‍देश्य यह है कि जितना जल्दी संभव हो, आपकी कार्य-सूची में उस कार्य पर 'कार्य पूर्ण' का टैग लग जाए।

यही बात आपके घर पर भी लागू होती है। पुराने बेकार कपड़े, पुराने खिलौने, समाचार-पत्रों, बच्चों की पढ़ाई और आपके पुराने पेपर वर्क के कागजों का ढेर, अनावश्यक और अप्रासंगिक पुस्तकों से ठसाठस भरे बुकशेल्व्स, कॉफी टेबल—जिस पर तरह-तरह का सामान पड़ा हो और कबाड़खाने जैसा गैरेज—ये सब आपके बहुमूल्य 'अटेंशन यूनिट्स' खर्च कर देते हैं। और यदि आप उन लोगों में से एक हैं, जिन्हें आसपास फैले कबाड़ से कोई समस्या नहीं है तो किसी खास चीज की जरूरत पड़ने पर आप उसे कैसे और कितनी देर में खोज पाते हैं, यह आप ही जानते होंगे।

यदि आप चाहते हैं कि आपके जीवन में नई चीजें आएँ तो आपको उनके लिए जगह बनानी होगी। उन मनोवैज्ञानिक या भौतिक कारणों का पता लगाएँ, जिनके कारण आप पुरानी और अनचाही चीजों से छुटकारा नहीं पा सके हैं। आपके चारों तरफ फैली चीजें समृद्धि को आपसे दूर रखती हैं। उन्हें व्यवस्थित ढंग से रखें तथा अपने वर्तमान और उज्ज्वल भविष्य के लिए जगह बनाएँ।

अपने अपूर्ण कार्यों को पूरा करके, अनावश्यक कार्यों को कार्य-सूची से हटाकर, कागजी काररवाई किसी अन्य को सौंपकर और घाल-मेल वाले कुछ मामले सुलझाकर मैं बहुत सहज महसूस कर रहा हूँ और जीवन में नए संबंधों को आकर्षित कर रहा हूँ।

पुराने कार्यों को पूरा करके नए कार्यों के लिए समय निकालने और जीवन में नई उमंग का संचार करने के लिए आपको अपने कार्यों में से कितने करने, किसी और को सौंपने, देर से करने और रद्द करने जरूरी हैं? एक सूची बनाएँ। अपनी सोच को प्रेरित करने के लिए नीचे दी गई चेक-लिस्ट का उपयोग करें, फिर हर मद के सामने लिखें कि आपके पास उसे पूरा करने की क्या योजना है? ऐसे कार्यों को पहले पूरा करें, जो नए कार्य हाथ में लेने के लिए सबसे अधिक मानसिक व शारीरिक स्थान मुक्त करते हों।

- बिजनेस से संबंधित कार्य, जिन्हें पूरा करना है।
- देनदारियाँ या वित्तीय प्रतिबद्धताएँ।
- अलमारियों में भरे ऐसे कपड़े, जो अब तंग या ढीले लगते हैं।
- अव्यवस्थित टैक्स प्रबंधन।
- अनावश्यक चीजों से भरे ड्रॉअर्स।
- डेस्क, जिस पर अनावश्यक चीजों का ढेर लगा हो।
- परिवार के सदस्यों के साथ खिंचवाए गए फोटोज, जिन्हें एलबम में लगाया जाना जरूरी हो।

एक और बात—घर के आसपास दिखाई देनेवाली कुछ चीजों को आप जानते हैं, जो आपकी आँखों में हर रोज खटकती हैं। आपके घर का दरवाजा, जो रिपेयर की माँग करता है; बाथ टब, जिसमें पानी भर नहीं पाता है और ऐसी ही चीजें—इन्हें दुरुस्त करने के लिए योजना बनाएँ। आप किन्हीं ऐसे संगठनों की सेवाएँ भी ले सकते हैं, जो ऐसी चीजें ठीक करने या अनावश्यक चीजें हटाने का काम करते हों। यदि आप यह खर्च नहीं उठा सकते हैं तो मदद के लिए किसी मित्र, पड़ोसी या परिवार के किसी सदस्य से कह सकते हैं, जो अधिक महत्त्वपूर्ण चीजों—जैसे आपका भविष्य—के लिए कुछ स्थान रिक्त कर या करवा सकें।

अपने जीवन में वांछित चीजों के लिए स्थान बनाने के उद्देश्य से मैं कई पुरानी और बेकार चीजों को लगातार त्याग रहा हूँ।

□

अतीत की नकारात्मक भावनाओं से छुटकारा पाएँ और भविष्य को गले लगाएँ

ध्यान और चिंतन के लिए आश्वस्तकारी कथन

मैं अतीत की दुःखद यादों से मुक्त हो रहा हूँ और जैसे-जैसे मैं अपने उज्ज्वल भविष्य को गले लगाता जाता हूँ, अधिक हलका और खुश महसूस कर रहा हूँ।

अतीत में जिन लोगों ने मेरा दिल दुखाया है, मैं उनको क्षमा कर रहा हूँ और अपनी ऊर्जा को सकारात्मक लक्ष्योन्मुख गतिविधियों की ओर पुनर्निर्देशित कर रहा हूँ।

अपने वर्तमान पर पूरा ध्यान देते हुए मैं एक ऐसे भविष्य का निर्माण कर रहा हूँ, जो अतीत की दुःखद यादों से मुक्त हो और जिसे मैं दिल से चाहता हूँ।

"हममें से कोई भी अपने बीते हुए कल को बदल नहीं सकता; परंतु हम सभी अपने आनेवाले कल को बदल सकते हैं।"

—जनरल कॉलिन पॉवेल
अमेरिका के पूर्व विदेश मंत्री

यदि किसी ने आपका दिल बहुत दुखाया है या आपको शारीरिक व भावनात्मक रूप से बहुत कष्ट पहुँचाया है तो ऐसे अतीत को भूलकर एक सफल जीवन जीने के प्रयास में जुट जाना कठिन होता है। 'पूर्ण सत्य प्रक्रिया' एक ऐसा उपकरण है, जो आपके अतीत से संबंधित किन्हीं नकारात्मक भावनाओं से आपको मुक्त कराने में सहायक होगा। जिस व्यक्ति ने आपको दुःख पहुँचाया था, उसके सामने अपनी सारी भावनाएँ ईमानदारी से व्यक्त करके आप उस दुःखद घटना को भूलकर आगे बढ़ पाएँगे और आप पुनः वैसे ही स्वाभाविक आशावादी व्यक्ति बन जाएँगे, जैसे आप हैं।

जब आप उस व्यक्ति से बात करें (या उसे 'पूर्ण सत्य पत्र' लिखें) तो निम्नलिखित वाक्यों को पूरा करके आपके मन में उसके प्रति जो भी नकारात्मक भावनाएँ हैं, उन्हें व्यक्त करना न भूलें—

- **क्रोध और नाराजगी :** "मुझे इसलिए गुस्सा आ रहा है" कि···या "मैं आपसे इसलिए नाराज हूँ" कि···।
- **दिल दुखना :** "आपकी वह बात···याद आते ही मेरा दिल दुखता है," या "जब आपकी वह बात···याद आती है तो मेरे दिल पर चोट लगती है।"
- **डर :** "मैं डरता था कि···" या "जब मुझे आपकी वह धमकी···याद आती है तो मैं डर जाता हूँ।"
- **चाहत :** "मैं बस, इतना चाहता था कि ···" या "मैं ···के काबिल हूँ।"
- **प्रेम, साथ, क्षमा :** "मैं आपको ··· के लिए माफ करता हूँ।"

मैं अतीत की दुःखद यादों से मुक्त हो रहा हूँ और जैसे-जैसे मैं अपने उज्ज्वल भविष्य को गले लगाता जाता हूँ, मैं अधिक हलका और खुश महसूस कर रहा हूँ।

हम सकारात्मक ऊर्जा और फलस्वरूप मिलनेवाली ऊर्जा, जो तब आपके पास लौटकर आती है, जब आप उसे ब्रह्मांड में प्रसारित कर चुके होते हैं, के महत्त्व के बारे में पहले बात कर चुके हैं; परंतु पूर्व में आपके साथ किए गए अन्याय और अपमान के प्रति क्रोध से उबलते रहना, बदला लेना या नकारात्मक भावनाओं को पोषित करना आकर्षण के उसी नियम का अनुसरण करता है—आप अपने जीवन में अधिक नफरत और हिंसक कृत्यों को ही आकर्षित कर रहे होंगे।

पुरस्कार विजेता लेखक इसाबेल हॉलैंड कहती हैं, "जब तक आप अपने उत्पीड़क को क्षमा नहीं कर देते, वह व्यक्ति या ऐसा कुछ भी आपके दिमाग में बिना किराया दिए रहने लगेगा।" जब आप उस व्यक्ति को क्षमा कर देते हैं, आप वर्तमान में जी पाते हैं, जहाँ से आप अपने परिवार की कंपनी के उज्ज्वल भविष्य के निर्माण में जुट सकते हैं। ऐसा आप इस तरह से कर सकते हैं—

- अपने गुस्से और नाराजगी को स्वीकार करें।
- उससे अपनी मानसिक अशांति और पीड़ा को स्वीकार करें।
- उससे उपजनेवाले भयों और आत्मविश्वास के अभाव को स्वीकार करें।
- सामनेवाले व्यक्ति के ऐसे व्यवहार और अतीत की दुःखद घटनाओं को जन्म देने में आपकी अपनी भूमिका को स्वीकार करें।
- अतीत की उन घटनाओं के समय जो कुछ आप चाहते थे, परंतु जिसे प्राप्त नहीं कर सके, उसे स्वीकार करें; फिर यह समझने का प्रयास करें कि उस दूसरे व्यक्ति के इस प्रकार के व्यवहार से वह क्या पाने का प्रयास कर रहा था?
- बीती बातों को भूलकर उस व्यक्ति को क्षमा कर दें।

अतीत में जिन लोगों ने मेरा दिल दुखाया है, मैं उनको क्षमा कर रहा और अपनी ऊर्जा को सकारात्मक व लक्ष्योन्मुख गतिविधियों की ओर पुनर्निर्देशित कर रहा हूँ।

बीते वर्षों में अपनी पुस्तक श्रृंखला 'चिकन सूप फॉर द सोल' के लिए मैंने हजारों ऐसी प्रेरक कहानियों का पता लगाया है, जो दरशाती हैं कि मानव किसी भी व्यक्ति को क्षमा करने की क्षमता रखता है, भले ही उस व्यक्ति ने उस पर घोर अत्याचार क्यों न किया हो!

लगभग दस वर्षों पहले मैंने 'टैपिंग थेरैपी' नामक एक तकनीक सीखी थी, जो ऐसे बहुत से लोगों के लिए वरदान साबित हुई, जिनके लिए अपने अतीत से छुटकारा पाना अत्यधिक कठिन और पीड़ादायक था। 'टैपिंग' सदमा-जनित तनाव को कम या खत्म करने का एक दवा-मुक्त और अनाक्रामक उपाय है। यह तकनीक इतनी शक्तिशाली है कि कांगो में तैनात ब्रिटिश स्पेशल फोर्सेज के एक प्रशिक्षक ने इसे रवांडा और बोस्निया में जाति-संहार से पीड़ित लोगों और पी.टी. एस.डी. के साथ लौट रहे अमेरिकी सैनिकों पर किया था। 'टैपिंग' मानसिक पीड़ा सहित किसी भी प्रकार की पीड़ा को मुक्त करने में शरीर की अपनी क्षमता को उद्दीप्त (स्टिमुलेट) करता है। इसके परिणाम बेहद चमत्कारी हैं।

मेरी पुस्तक 'टैपिंग इन टु अल्टिमेट सक्सेस'* से आप सीख सकते हैं कि आपको तनाव, मानसिक दाह और चिंताओं से मुक्त कर सफलता के द्वार खोलने में 'टैपिंग' का उपयोग कैसे किया जाता है?

अपने वर्तमान पर पूरा ध्यान देते हुए मैं एक ऐसे भविष्य का निर्माण कर रहा हूँ, जो अतीत की दुःखद यादों से मुक्त हो और जिसे मैं दिल से चाहता हूँ।

□

* पामेला ब्रूनर के साथ लिखी जैक कैनफील्ड की पुस्तक 'टैपिंग इन टु अल्टिमेट सक्सेस—हाउ टु ओवर कम एनी ऑब्स्टेकल एंड स्कायरॉकेट योर रिजल्ट्स' (हे हाउस 2012)

यदि कोई प्रयास किसी तरह भी सफल नहीं हो रहा है तो उसका सामना करें

ध्यान और चिंतन के लिए आश्वस्तकारी कथन

जब मेरा कोई प्रयास काम नहीं कर रहा हो तो मैं उसे स्वीकार कर रहा हूँ और इससे निरपेक्ष कि वह कितना परेशानी भरा और चुनौतीपूर्ण है, मैं उसमें सुधार कर रहा हूँ।

मैं ऐसी स्थितियों, जिनसे निपटने से मैं डरता हूँ, को स्वीकार करते हुए ईमानदारी से अपने भयों का सामना और किसी भी तरह उनसे निपटने का प्रयास कर रहा हूँ।

यदि मेरा कोई प्रयास असफल हो जाता है तो मैं उसका कारण जानने और उसमें तुरंत सुधार करने के लिए प्रतिबद्ध हूँ।

"हमारे जीवन में तभी सुधार आता है, जब हम जोखिम उठाते हैं— तथा पहला और सबसे कठिन जोखिम जो हम ले सकते हैं, वह अपने प्रति ईमानदार रहना है।"

—वाल्टर एंडरसन

'द कॉन्फिडेंस कोर्स' के लेखक, 'परेड' मैगजीन के पूर्व संपादक एवं साक्षरता अभियान में आजीवन सक्रिय

जब चीजें आपके मन मुताबिक न हो रही हों, उनका सामना करना अकसर कठिन होता है—विशेष रूप से तब, जब आपने सफलता प्राप्त करने के अन्य कौशल विकसित कर लिये हों और इसमें विश्वास करने कि यह संभव है, आप अभ्यस्त हो चुके हैं। आप एक अतिरिक्त मील चलने के लिए तत्पर हैं और अनवरत प्रयास कर रहे हैं; परंतु कभी-कभी एक रेल दुर्घटना जैसी असंभव स्थितियाँ आ जाती हैं। कभी-कभी अभियान जारी रखने का कोई उपाय नहीं रहता, सिवाय इसके कि आप उस काम को एक अनिश्चित समय के लिए स्थगित कर दें और आगे बढ़ जाएँ। कभी-कभी गत्यावरोध का सामना करने से नए समाधान निकल आते हैं, यहाँ तक कि ऐसे परिणाम आ जाते हैं, जिनके लिए आप काम भी नहीं कर रहे थे; परंतु पहले तो आपको स्थितियों को ठीक से समझना होगा और वही बहुत कठिन हो सकता है।

सप्ताह 1—"अपने भविष्य की 100 प्रतिशत जिम्मेदारी लें," की ओर मुड़कर देखें, जिसमें हमने आंतरिक एवं बाह्य सचेतकों—आपके मन की गहराई में सहज रूप से आया कोई एहसास या अप्रत्याशित रूप से अचानक बढ़ गए खर्चे—के बारे में बात की थी। ये पैटर्न्स और सिग्नल्स संकेत करते हैं कि कहीं कुछ गड़बड़ है।

इन सचेतकों की अनदेखी न करें—उससे चीजें और बिगड़ेंगी। यदि आप एक सफल जीवन जीने के लिए प्रतिबद्ध हैं तो आप सच्चाइयों का सामना करेंगे और अपने प्रति ईमानदार रहेंगे।

जब मेरा कोई प्रयास काम नहीं कर रहा हो तो मैं उसे स्वीकार कर रहा हूँ और इससे निरपेक्ष कि वह कितना परेशानी भरा और चुनौतीपूर्ण है, मैं उसमें सुधार कर रहा हूँ।

अथवा कोई प्रयास काम नहीं कर रहा है, इसे स्वीकार करने में यह निहित है कि आप उस संबंध में कुछ करें; और अकसर वह 'कुछ' परेशानी भरा होता है—और अधिक आत्मानुशासन का पालन करना, वर्चस्ववाले किसी व्यक्ति द्वारा आप पर की जा रही ज्यादती का उससे जवाब माँगना, अपना जॉब छोड़ना, किशोरवय की बेटी को गलत मार्ग पर जाने से रोकना, अकसर इसलिए कि उस स्थिति का सामना करना इतना अप्रिय होता है; कभी-कभी अपने प्रयासों की लगातार असफलता को स्वीकार करने के बजाय हम तरह-तरह के बहाने खोज लेते हैं।

ऐसा अस्वीकरण किस रूप में प्रकट होता है? ऐसी मनगढ़ंत मान्यताओं के रूप में, जिनके पीछे हम स्वयं को छिपाते हैं, घिसे-पिटे बहावों के रूप में, जो सुनने में समझदारी की बात लगते हैं। इस प्रकार के वाक्य इसके मुखर संकेत हैं—

- "अब वह 18 साल की हो गई है। हम उसे हमेशा तो नियंत्रण में नहीं रख सकते।"
- "मैं शिकायत नहीं कर रहा हूँ, सिर्फ अपनी भड़ास निकाल रहा हूँ।"
- "क्या आप महेश (एक झगड़ालू कर्मचारी) से पूछ सकते हैं? वह मेरे विभाग में नहीं है।"
- "लड़के ऐसे ही होते हैं।"
- "इसे तो वही रोकेगा, जो मुझसे ज्यादा स्मार्ट हो।"
- "वह सिर्फ अपने गमों को भुलाने की कोशिश कर रही है।"
- "मम्मी के पड़ोसी उसके बारे में गॉसिप करते हैं।"
- "मैं जानता हूँ; परंतु अभी उसके पास वर्कलोड ज्यादा है, इसलिए तनाव में है।"

सच्चाई यह है कि यदि हम बहाने बनाना छोड़कर सच्चाई का सामना करें तो उस स्थिति से उबरना कम पीड़ाजनक होगा। सत्य के प्रति हमारी निष्ठा और पहले हमें अप्रिय स्थितियों से भागना या बचना छोड़ना होगा।

ऐसी स्थितियों, जिनसे निपटने से मैं डरता हूँ, को स्वीकार करते हुए ईमानदारी से अपने भयों का सामना और किसी भी तरह उनसे निपटने का प्रयास कर रहा हूँ।

विकट परिस्थितियों से भागने की प्रवृत्ति पर अंकुश लगाने के लिए यह आवश्यक है कि आप ऐसी स्थितियों को समझने का प्रयास करें और तुरंत प्रतिक्रिया दें। यह अचरज की बात है कि कितने अधिक लोगों को विकट स्थितियों को ठंडे दिमाग से समझना और उन पर कोई निर्णय लेना बहुत कठिन लगता है। आप यह स्वीकार करना नहीं चाहते कि आपका वैवाहिक जीवन आप दोनों के लिए एक बोझ बन चुका है, क्योंकि आप तलाक से पैदा होनेवाले तनाव से बचना चाहते हैं—विशेष रूप से तब, जब आपके बच्चे हों; परंतु यदि आप सच्चाई का सामना करें तो अंतिम समाधान यह निकल सकता है कि आप दोनों को सही परामर्श मिले या आप दोनों एक-दूसरे की सीमाएँ न लाँघने पर सहमत हो जाएँ। क्या एक-दूसरे से नफरत करते हुए साथ जीने से यह बेहतर नहीं है?

विपरीत परिस्थितियों का सामना करने के लिए आप जितने अधिक प्रतिबद्ध होंगे, उनसे निपटने में उतने ही सक्षम होंगे और जितनी जल्दी आप जवाबी काररवाई करेंगे, इन स्थितियों से निपटना उतना ही आसान होगा। विशेष रूप से जीवन के इन सात मुख्य क्षेत्रों, आपने जिनसे संबंधित लक्ष्य निर्धारित किए हैं, पर ध्यान केंद्रित करते हुए आप उन बिंदुओं की एक सूची बनाएँ, जहाँ से आप इच्छित दिशा में आगे नहीं बढ़ पा रहे हैं—वित्त, कॅरियर या बिजनेस, मनोरंजन और मौज-मस्ती, स्वास्थ्य, आपसी संबंध, व्यक्तिगत विकास और ऐसा काम करना, जो अंतर पैदा करे। गत्यवरोध के इन बिंदुओं को एक-एक करके हाथ में लें। तय करें कि उससे कैसे निपटा जाए? फिर एक कार्य-योजना बनाकर उसे कार्यान्वित करें। सूची में शामिल गत्यवरोध बिंदुओं से सफलतापूर्वक निपटने के बाद आप एक अद्भुत स्वतंत्रता का अनुभव करेंगे।

यदि मेरा कोई प्रयास असफल हो जाता है तो मैं उसका कारण जानने और उसमें तुरंत सुधार करने के लिए प्रतिबद्ध हूँ।

□

अपने आंतरिक आलोचक को एक आंतरिक कोच में रूपांतरित करें

ध्यान और चिंतन के लिए आश्वस्तकारी कथन

मैं केवल उन्हीं विचारों को मन में जगह दे रहा हूँ, जो मेरे जीवन में पहले से अधिक सफलता और खुशियाँ दिलाने में सहायक हों।

मैं प्रसन्नतापूर्वक अपने में और दूसरों में भी अच्छाई तलाश रहा हूँ, जो मुझे अधिक गुणग्राही और आशावादी बनाता है।

मैं अपने आंतरिक आलोचक को एक भरोसेमंद आंतरिक कोच के रूप में काम करने के लिए प्रशिक्षित कर रहा हूँ, ताकि वह मेरे विचारों को प्रोत्साहित कर मुझमें आत्मविश्वास पैदा कर सके।

"एक व्यक्ति यथार्थ में वैसा ही है, जैसा वह सोचता है।"

—जेम्स एलेन

'एज ए मैन थिंकेथ' पुस्तक के लेखक

क्या आप जानते हैं कि आपकी स्वाभाविक और मुख्य प्रतिभा क्या है? यह एक ऐसा कर्म है, जिसे करना आपको बहुत अच्छा लगता है और आप उसे इतनी अच्छी तरह करते हैं कि उसके बदले कुछ लेने का भी आपका मन नहीं करता। वह आपके लिए सहज और मनोरंजक है—और आप उसे इतनी अच्छी तरह करते हैं कि उसके बदले कुछ लेने का भी आपका मन नहीं करता। वह आपके लिए सहज और मनोरंजक है—और यदि आप उसे अपनी आजीविका का साधन बना लें तो उससे आजीवन जुड़े रह सकते हैं। सफल लोग अपनी सहज प्रतिभा के महत्त्व को पहचान लेते हैं और अपना सारा समय वही करते रहने के लिए वे हर संभव प्रयास करते हैं; क्योंकि वहीं वित्तीय लाभ और आनंद प्राप्त होता है।

एक बहुत बड़ी संख्या में (संभवत: अधिकांश) लोग सबकुछ करते हुए जिंदगी गुजार देते हैं। वे चाकरी करते हुए अपना समय बिताते हैं, जिसमें उन्हें कोई आनंद नहीं आता और जिसका वित्तीय लाभ (या अन्य कोई लाभ) बहुत कम होता है। उनका समय ऐसे काम करते हुए बीतता है, जिसमें वे कुशल नहीं हैं और जो किसी अन्य व्यक्ति द्वारा बेहतर तरीके, उससे अधिक तेजी और कम खर्चे में पूरे किए जा सकते हैं। उनकी स्वाभाविक प्रतिभा हाशिए पर चली जाती है और वे घंटों ऐसे काम करते हुए बिताते हैं, जो कम महत्त्वपूर्ण और संतुष्टिदायक नहीं हैं।

जब आप अपना प्रिय काम करने पर ध्यान केंद्रित करते हैं तो न केवल अधिक उत्पादक होते हैं, बल्कि आपको पता चलता है कि जीवन पहले से कहीं अधिक आनंददायक है।

मैं केवल उन्हीं विचारों को मन में जगह दे रहा हूँ, जो मेरे जीवन में पहले से अधिक सफलता और खुशियाँ दिलाने में सहायक हों।

अब हम इस बात की जड़ में जाते हैं कि क्यों अधिकांश लोग अपना जीवन अपनी स्वाभाविक प्रतिभावाले कामों पर 100 प्रतिशत ध्यान केंद्रित करते हुए नहीं बिता पाए हैं? लोग कुछ काम दूसरों को सौंपकर अधिक महत्त्वपूर्ण कार्यों पर ध्यान केंद्रित क्यों नहीं करते हैं?

वे जो काम उन्हें बिल्कुल पसंद नहीं हैं, उनका नियंत्रण भी दूसरों को देने से डरते हैं—जहाँ कोई भी व्यक्ति कोई कार्य हू-ब-हू आपकी तरह नहीं कर सकता है, वही कार्य ठीक से पूरा करवाने के कई तरीके हैं। भिन्न तरीके से काम करना गलत करना नहीं है। वह आपसे बेहतर भी हो सकता है।

- वे कर्मचारियों पर रुपए खर्च करने से हिचकिचाते हैं—उन कार्यों पर समय लगाना, जो आपको बढ़ी हुई आमदनी, जैसे कहीं अधिक वांछनीय परिणाम दे सकता है। आप उससे बहुत कम राशि अपने कर्मचारियों, जो अधिक उत्पादक कार्यों में आपका समय लगाने के लिए आपको मुक्त करते हैं, पर कर रहे होंगे।
- वे कुछ भी अपने हाथ से जाने देना नहीं चाहते। बहुत से लोगों को सारा नियंत्रण अपने हाथ में रखने की धुन सवार होती है और वे हर चीज जमा करते जाते हैं। छोटी-छोटी चीजों को जाने दें। आपकी समग्र सफलता और खुशी में उनका कोई योगदान नहीं होता।
- उनको सबकुछ खुद करने की आदत पड़ गई है—आपको याद है कि कभी आपसे कहा गया था कि बुरी आदतें छोड़कर अच्छी आदतें विकसित करें? रुटीन बन चुके कार्यों को करते रहना अनुत्पादक है और अपने लक्ष्य तक पहुँचने में वह एक बड़ी बाधा बन सकता है। वे विनाशकारी आदतें हैं और समय आ गया है कि आप उन्हें त्याग दें।

मैं प्रसन्नतापूर्वक अपने में और दूसरों में भी अच्छाई तलाश रहा हूँ, जो मुझे अधिक गुणग्राही और आशावादी बनाता है।

यदि आप अपने आंतरिक आलोचक को एक आंतरिक कोच, जो आपका समर्थन करता है और प्रोत्साहित करता है तथा आपके भीतर आत्मविश्वास पैदा करता है, में रूपांतरित कर पाएँ तो क्या होगा? थोड़ी सी जागरूकता और ध्यान केंद्रित करने से आप ऐसा कर सकते हैं।

यद्यपि आपका आंतरिक आलोचक आपकी गलतियों के लिए आपको दंड देता है, वास्तव में उसकी मंशा आपका हित साधने की होती है। वह आपके व्यवहार में सुधार लाकर आपको लाभ पहुँचाना चाहता है। आपको उसे बस, इस तरह प्रशिक्षित करना है कि वह आपको पूरा सत्य बताना शुरू कर दे। मान लीजिए, आप अपना वजन 20 पौंड कम करना चाहते हैं और आप कई महीनों से जिम नहीं गए हैं। आपका आंतरिक आलोचक ठीक से अपना खयाल न रखने के लिए आप पर गुस्सा कर सकता है; बल्कि आप में पर्याप्त आत्मानुशासन न होने के लिए वह आपको घोर आलसी भी करार दे सकता है, परंतु इसके पीछे वास्तव में उसकी भावना होती है—मैं तुम्हें प्यार करता हूँ और चाहता हूँ कि तुम स्वस्थ रहो, ताकि एक लंबे समय तक सक्रिय रह सको। मैं चाहता हूँ कि तुम सुंदर दिखो, तुममें बहुत सारी ऊर्जा हो और तुम खुश रहो।

क्या यह पूरी तरह से भिन्न संदेश नहीं लगता?

आपके आंतरिक आलोचक की पारखी आवाज को आपके आंतरिक कोच की प्रोत्साहक व सुधारात्मक आवाज में पुनर्निर्देशित करने के लिए जागरूकता और सतत प्रयास आवश्यक होता है। एक बार आप यह प्रक्रिया शुरू कर दें और वांछित रूपांतरण में कुछ अनुभव प्राप्त हो जाए तो स्वयं के साथ आपकी बातचीत आलोचना की बजाय सुधार के लिए नए अवसर तलाशने की आवेग-रहित चर्चा में परिवर्तित हो जाएगी—और वह भी मुफ्त में।

मैं अपने आंतरिक आलोचक को एक भरोसेमंद आंतरिक कोच के रूप में काम करने के लिए प्रशिक्षित कर रहा हूँ, ताकि वह मेरे विचारों को प्रोत्साहित कर मुझमें आत्मविश्वास पैदा कर सके।

□

सफलता दिलानेवाली नई आदतें विकसित करें

ध्यान और चिंतन के लिए आश्वस्तकारी कथन

मैं एकाग्रचित्त होकर काम करने और व्यक्तिगत अनुशासन की नई आदतें विकसित कर रहा हूँ और हमेशा पर्याप्त ऊर्जा बनाए रखता हूँ। ये दोनों मेरी सफलता में महत्त्वपूर्ण योगदान देते हैं।

मैं प्रयासपूर्वक ऐसी आदतों को खत्म कर रहा हूँ, जो मेरे विकास में बाधक हैं और मेरी सफलता को सीमित करती हैं।

मैं नियमित रूप से अपनी दिनचर्या में एक समय में एक लाभदायक आदत को शामिल कर रहा हूँ, जो मेरे जीवन में नाटकीय रूप से सुधार लाएगी।

"उस व्यक्ति, जो बिजनेस में शीर्ष पर पहुँचना चाहता है, को आदतों की शक्ति और बल की कद्र करनी चाहिए। उसे उन आदतों को छोड़ने में तेजी दिखानी चाहिए, जो उसे तोड़ सकती हैं—और ऐसा आचरण अपनाने में भी तेजी दिखानी चाहिए, जो ऐसी आदतों में तब्दील हो जाएगा, जो उसे वांछित सफलता दिलाने में सहायक होंगी।"

—जे. पॉल गेटी

गेटी ऑयल कंपनी के संस्थापक एवं समाजसेवक

बुरी आदतोंवाले लोगों की समस्या यह है कि उनकी बुरी आदतों के परिणाम तब तक उतने प्रकट नहीं होते, जब तक कि बहुत देर नहीं हो जाती; परंतु जब वे बुरी आदतें स्थायी हो जाती हैं तो आप उन्हें पसंद करें या न करें, जीवन अंततः उनका दुष्परिणाम अवश्य देगा। नकारात्मक आदतें नकारात्मक परिणामों को पोषित करती हैं; सकारात्मक आदतें सकारात्मक परिणामों को पोषित करती हैं।

सफल लोग शीर्ष पर निष्प्रयास नहीं पहुँच जाते। वे एकाग्रचित्त होकर अपने लक्ष्य का पीछा करते हैं और आत्मानुसाशित होते हैं तथा ऊर्जा से भरे होते हैं। चूँकि हमारी आदतें हमारे प्रयासों के परिणाम तय करती हैं, सफल लोग अपनी आदतों और व्यवहार को लेकर अतिरिक्त सचेत रहते हैं।

अपनी दिनचर्या में प्रति पखवाड़े एक नई अच्छी आदत जोड़कर अपनी सफलता का मार्ग प्रशस्त करें। शोध दरशाता है कि यदि आप अपने नए आचरण को 13 हफ्तों तक जारी रखें तो वह जीवन भर के लिए आपका हो जाता है। इस पर काम करना आज ही शुरू कर दें तो उत्तम है।

मैं एकाग्रचित्त होकर काम करने और व्यक्तिगत अनुशासन की नई आदतें विकसित कर रहा हूँ और हमेशा पर्याप्त ऊर्जा बनाए रखता हूँ। ये दोनों मेरी सफलता में महत्त्वपूर्ण योगदान देते हैं।

'मिलियन डॉलर हैबिट्स' के लेखक रॉबर्ट जे. रिंगर ने कहा था, "सफलता उन सुनिश्चित, सरल आदतों को समझने और उन पर निष्ठापूर्वक अमल करने का मामला है, जो हमेशा सफलता की ओर ले जाती हैं। मनोवैज्ञानिकों के अनुसार, 90 प्रतिशत व्यवहार आदतन होता है। इस पर विचार करें।" सोकर सुबह उठने से लेकर नाश्ता करने, ऑफिस पहुँचने के लिए कार चलाने, शॉपिंग करने, खाना बनाने या बाहर रेस्तराँ में खाने, सप्ताहांत की छुट्टियाँ कैसे बितानी हैं—से लेकर सोने के लिए जाने से पहले किए गए सभी छोटे-मोटे कार्यों तक सारे कार्य आदतों के अधीन हैं। आदतें ही आपको गतिशील बनाती हैं। वे आपको एक साथ एक से अधिक काम करने में सक्षम बनाती हैं और आपके जीवन को सुचारु रूप से चलाती हैं; परंतु कुछ आदतें आपको कतई लाभ नहीं पहुँचातीं और हो सकता है कि आपको उनका पता भी न हो! यदि वे आपकी सफलता के मार्ग में बाधक हैं तो उनकी समीक्षा करना और उन्हें अच्छी आदतों से प्रतिस्थापित करने का समय आ गया है, जो आपको सफलता की ओर ले जाती हैं।

हम सभी में अच्छी आदतें भी हैं और बुरी आदतें भी, परंतु उनमें से प्रत्येक आप क्या हैं और कहाँ हैं, इसके लिए जिम्मेदार है। हर आदत कोई-न-कोई परिणाम उपजाती है। इसलिए यह आवश्यक है कि आप अपनी आदतों को लेकर और अधिक जागरूक हो जाएँ—विशेष रूप से बुरी आदतों को लेकर, जो सफलता प्राप्त करने में बाधक हो सकती हैं।

मैं प्रयासपूर्वक ऐसी आदतों को खत्म कर रहा हूँ, जो मेरे विकास में बाधक हैं और मेरी सफलता को सीमित करती हैं।

नई व लाभदायक आदतों, जो आपको आगे की दिशा में ले जाएँगी, को अपनाने के लिए दो चरणों में काम करना जरूरी है। पहला यह कि अपनी सभी बुरी आदतों, जो आपको किसी तरह का लाभ नहीं पहुँचातीं और जो आपकी वर्तमान स्थिति और आपके भविष्य पर नकारात्मक प्रभाव डालती हैं—की एक सूची बनाएँ। आपको सीमा में बाँधकर रखनेवाली आदतों को लेकर ईमानदार रहें। आमतौर पर राह में आनेवाले छिपे हुए गड्ढों की पहचान के लिए निम्नलिखित सूची की समीक्षा करें—

- अप्रिय लोगों से बातचीत को टालते रहना।
- बैठकों या डिनर के दौरान फोन कॉल्स रिसीव करना।
- लंबी छुट्टियों के दौरान काम करना।
- अपने बजट से बाहर जाकर खर्च करना।
- सुबह उठकर पहला काम इ-मेल्स पढ़ना।
- कॉन्फ्रेंस में देरी से पहुँचना।
- हफ्ते में एक बार से अधिक जंक फूड खाना।
- आखिरी पलों में टैक्स रिटर्न भरना या बिलों का भुगतान करना।

अपनी नकारात्मक आदतों को पहचानकर उनकी सूची बना लेने के बाद दूसरा कदम होगा—सफलता की दृष्टि से अधिक उत्पादक आदतों को चुनना और ऐसे सिस्टम्स विकसित करना, जो इसमें सहायक हों। यदि आप साल में केवल चार—हर तीन महीने में एक—अच्छी आदत विकसित करने में यह रणनीति अपनाएँ तो पाँच वर्षों में आपके आचरण में 20 और नई अच्छी आदतें जुड़ जाएँगी, जो आपको धन, स्वास्थ्य, खुशियाँ और कई नए अवसर दिला सकती हैं।

मैं नियमित रूप से अपनी दिनचर्या में एक समय में एक लाभदायक आदत को शामिल कर रहा हूँ, जो मेरे जीवन में नाटकीय रूप से सुधार लाएगी।

□

99 प्रतिशत एक धोखा है 100 प्रतिशत शीतल हवा का झोंका है

ध्यान और चिंतन के लिए आश्वस्तकारी कथन

मैं अपनी प्रतिबद्धताएँ निभाने में हर रोज उत्साहपूर्वक अपना 100 प्रतिशत दे रहा हूँ।

अपनी प्रतिबद्धताओं को निभाने और अपने सभी लक्ष्य प्राप्त करने के लिए मैं 'कोई अपवाद नहीं' के नियम का पालन कर रहा हूँ।

मैं अपने हर काम में उत्कृष्टता लाने के लिए प्रतिबद्ध हूँ। यह मेरे जीवन के हर पहलू, मेरे कॅरियर, मेरे प्रयासों के परिणामों और मेरी प्रतिष्ठा को सकारात्मक रूप से प्रभावित कर रहा है।

"यदि आप अपने सबसे महत्त्वपूर्ण लक्ष्यों तक पहुँचने के प्रति पूरी तरह से प्रतिबद्ध हैं, यदि आपके निर्णय के पीछे पर्याप्त बल है तो आप अपने लक्ष्यों को प्राप्त करने की शक्ति और मार्ग खोज ही लेंगे।"

—रॉबर्ट कॉन्कलिन
सारी दुनिया में कंपनियों द्वारा उपयोग
किए जानेवाले 'एडवेंचर्स इन एटिट्यूड्स'
प्रोग्राम के जनक

हर रोज सुबह सोकर उठने के बाद लोग इस बात पर खुद से लड़ते हैं कि वे अपनी प्रतिबद्धताओं को निभाएँगे और कार्य-योजनाओं पर अमल करेंगे या नहीं! विजय हमेशा उनकी होती है, जिनका रवैया 'परिस्थिति चाहे जैसी हो' वाला होता है और जो अपनी प्रतिबद्धताओं को शत-प्रतिशत गंभीरता से लेते हैं।

मैं स्वीकार करता हूँ कि आरंभिक कदम कभी-कभी अस्थिर हो सकते हैं—आपको आरंभ में कुछ अतिरिक्त प्रोत्साहन की जरूरत हो सकती है, परंतु एक बार आप चल पड़ें तो यह पहले से ज्यादा आसान हो जाता है। अपने प्रयासों को अधिक समय देने के लिए अपनी प्रतिबद्धता के अनुसार आप कुछ कार्यों (जैसे रोज जिम जाना) को हफ्ते में पाँच दिन या एक दिन छोड़कर कर सकते हैं।

कुछ प्रतिबद्धताएँ दैनिक प्रयास की माँग करती हैं। अपनी कार्य-योजना पर अमल करना उनमें से एक है, ध्यान करना या ईश्वर की प्रार्थना एक और है तथा आश्वस्तकारी कथनों को सारे दिन दोहराना तो है ही। आज ही अपनी प्रतिबद्धताओं को अपना 100 प्रतिशत देने का फैसला करें।

**मैं अपनी प्रतिबद्धताएँ निभाने में
हर रोज उत्साहपूर्वक अपना 100 प्रतिशत दे रहा हूँ।**

कुछ प्रतिबद्धताएँ ऐसी हैं, जिनमें जब तक आप अपना 100 प्रतिशत न दें, वे व्यर्थ हो जाती हैं। जब धूम्रपान छोड़ने, ध्यान करने, मोटर साइकिल रेसिंग जैसी प्रतिबद्धताओं का प्रश्न हो तो अपना सबकुछ से कम देने के बारे में सोचिए। ऐसा करके सफलता पाना असंभव है।

हम अपने मार्ग में खुद ही काँटे बिछा लेते हैं, जो हमारे विकास में विलंब पैदा करते हैं तथा चीजों को और कठिन—यहाँ तक कि असंभव भी—बना देती हैं; और ऐसा उससे अधिक बार होता है, जितना हम समझते हैं। आप ऑफिस जाने के लिए धूम्रपान कर रहे लोगों के साथ कार ड्राइव करते हैं, 10 मिनट से ज्यादा अपने मोबाइल से दूर नहीं रह सकते। जब आप ध्यान कर रहे हों, कुत्ते को आपका ध्यान भंग करने देते हैं या हाइवे पर दुर्घटना का शिकार होने से पहले अपनी कार के इंजन और टायरों का ठीक से रख-रखाव नहीं करते हैं। ये सब विनाश को आमंत्रित करनेवाली आदतें हैं।

फिर ऐसे मार्ग-अवरोध भी हैं, जिन्हें हम दूसरों को पैदा करने देते हैं। जब आप अपना कीमती समय अपने परिवार के साथ बिता रहे हों, कोई पड़ोसी आपसे अपना नया प्रिंटर सेट करने के लिए कहता है, या ऑफिस के लिए निकलने से ठीक पहले किशोरवय की आपकी बेटी किसी बात को लेकर बहस करना शुरू कर देती है, या ठीक उस दिन, जब से आपने अपनी नई डाइट शुरू की है, आपका दोस्त आपको पार्टी में आने का आग्रह करता है। आपको 'न' कहना सीखना होगा; क्योंकि ऐसे अवरोध आपकी प्रतिबद्धताएँ निभाने के मार्ग में बाधक हैं और सब मिलकर आपको असफलता की ओर ले जाते हैं।

आपके सिवाय कोई भी आपके लक्ष्य और सपने पूरे नहीं कर सकता है और न आपकी सफलता के लिए प्रतिबद्ध हो सकता है। आप ही हैं, जो अपनी नियति तय कर सकते हैं।

अपनी प्रतिबद्धताओं को निभाने और अपने सभी लक्ष्य प्राप्त करने लिए मैं 'कोई अपवाद नहीं' के नियम का पालन कर रहा हूँ।

सफल व्यक्ति किसी अपवाद को स्वीकार नहीं करते। किसी बात के लिए प्रतिबद्ध हो जाने के बाद उसकी पूर्ति के प्रयासों में कोई ढील नहीं दी जा सकती। यदि आप हर रोज व्यायाम करने के प्रति 100 प्रतिशत प्रतिबद्ध हैं तो कुछ भी हो जाए—चाहे उस दिन सुबह बहुत जल्दी किसी ग्राहक से मिलना तय हो या भारी बारिश हो रही हो या बस, आपका मन ही नहीं कर रहा हो—आप व्यायाम करेंगे ही। यदि आप हर रोज 30 मिनट ध्यान करने, अपनी कार्य-योजना पर काम करने, 10 नए ग्राहकों से संपर्क करने, हफ्ते में 5 दिन पियानो-वादन का अभ्यास करने या ऐसा ही कोई काम करने के लिए प्रतिबद्ध हैं तो उन्हें आपको 100 प्रतिशत निभाना होगा।

एक और आखिरी बात—हमेशा स्वयं के द्वारा किए गए करारों का पालन करें और किसी को किया गया वादा निभाएँ। आत्मविश्वास, ईमानदारी और प्रेरणा (मोटिवेशन)—ये सभी आपकी प्रतिष्ठा पर अद्भुत प्रभाव डालते हैं और प्रतिष्ठा भी आपके लक्ष्यों की पूर्ति में लाभदायक है।

मैं अपने हर काम में उत्कृष्टता लाने के लिए प्रतिबद्ध हूँ—यह मेरे जीवन के हर पहलू, मेरे कॅरियर, मेरे प्रयासों के परिणामों और मेरी प्रतिष्ठा को सकारात्मक रूप से प्रभावित कर रहा है।

□

अधिक कमाने के लिए अपना ज्ञान बढ़ाएँ

ध्यान और चिंतन के लिए आश्वस्तकारी कथन

मैं प्रसन्नतापूर्वक जीवन भर सीखने और आत्म-सुधार करने के लिए प्रतिबद्ध हूँ।

मैं लगातार अपने ज्ञान में वृद्धि कर रहा हूँ, जो मेरे सफलता प्राप्त करने की संभावना को प्रबल बनाता है।

मैं किसी से भी सीखने का विकल्प चुन रहा हूँ, ताकि मैं हमेशा सीख सकूँ और अपना विकास कर सकूँ।

"यदि मैंने सीखना समाप्त कर दिया है तो मैं स्वयं समाप्त हो गया हूँ।"

—जॉन वूडन
यू.सी.एल.ए. के एक सुप्रसिद्ध कोच,
जिन्होंने एन.सी.ए.ए. की चैंपियनशिप 10 बार जीती

कई लोग सतत शिक्षा के विचार का विरोध करते हैं। वे समझते हैं कि इसका अर्थ है—इस अधेड़ उम्र में कॉलेज की पढ़ाई शुरू करना। यद्यपि यह भी आवश्यक रूप से एक बुरा विचार नहीं है; परंतु 'आजीवन सीखते रहने' का केवल यही अर्थ नहीं है। जानकारी एक शक्ति है और जिनके पास अधिक जानकारियाँ हैं, वे उन लोगों से कहीं अधिक लाभदायक स्थिति में हैं, जिनके पास नहीं हैं। ज्ञान प्राप्त करने के खेल में आगे रहने के लिए कुछ उत्तम श्रेष्ठ क्या हैं?

टी.वी. देखने के समय को शिक्षा ग्रहण करने का समय बनाएँ। एक औसत व्यक्ति एक दिन में छह घंटे टी.वी. देखता है—यह एक औसत है। मेरे सलाहकार डब्ल्यू. क्लेमेंट स्टोन ने एक बार मुझसे रोजाना 1 घंटा टी.वी. कम देखकर साल में 365 अतिरिक्त घंटे इस प्रोजेक्ट पर काम करने हेतु पैदा करने के लिए कहा, जो मेरे लिए सबसे महत्त्वपूर्ण था। वह मेरे लक्ष्यों पर ध्यान केंद्रित करने के लिए साल में दो महीने से अधिक का समय स्पेयर करता है। मैं आपसे भी यही करने के लिए कह रहा हूँ।

अब, जब हमें शैक्षिक गतिविधियों के लिए अतिरिक्त दो महीने मिल गए हैं, हम उन तरीकों का पता लगाएँगे, जिनके जरिए इस अतिरिक्त समय को उन शैक्षिक एवं सूचना-जनित लाभों से कैसे भरा जा सकता है, जो आपको अपने लक्ष्यों तक और अधिक तेजी से ले जाएँगे।

मैं प्रसन्नतापूर्वक जीवन भर सीखने और आत्म-सुधार करने के लिए प्रतिबद्ध हूँ।

आज आप उन्हीं शैक्षिक विधियों को कार्यान्वित करेंगे, शीर्षस्थ सफल व्यक्ति जिनका उपयोग करते हैं।

- **अग्रणी लोग पढ़ते हैं**—उन सबसे अधिक बुद्धिमान, प्रतिभाशाली और सबसे अधिक सफल लोगों में से एक, जिन्हें मैं जानता हूँ, डॉ. जॉन डेमार्टिनी ने एक बार कहा था, "ऐसा नहीं हो सकता कि आप अपना हाथ गोंद के डिब्बे में डालें और कुछ गोंद आपके हाथ में न लगे।" यदि आप उस अतिरिक्त घंटा/प्रतिदिन का उपयोग किसी पुस्तक में सिर गड़ाने में करें तो उसमें बहुत समय नहीं लगेगा, जब आप अपने क्षेत्र के शीर्ष 1 प्रतिशत में शामिल हो जाएँगे।
- **महान् लोगों की जीवनियाँ पढ़ें**—इससे निरपेक्ष कि महान् व्यक्ति किस कौशल या क्षेत्र—खेलों, राजनीति, अध्यात्म या बिजनेस से संबंध रखते हैं, उनके जीवन से बहुत-कुछ सीखा जा सकता है। वे सभी मोहक होते हैं।
- **स्मार्ट बनने की एक साप्ताहिक व्यवस्था**—वेबसाइट www. Thesuccess Principles.com/resources पर आपको अमर क्लासिक्स और अन्य पुस्तकों, जिनमें सफलता के मनोविज्ञान, न्यूरोसाइंस, पोषण और अन्य कई विषयों में अद्यतन शोध के साथ सामग्री उपलब्ध है, की एक विस्तृत सूची मिल जाएगी। पुस्तकें महँगी हो सकती हैं, इसलिए यदि वह मददगार हो, अपनी स्थानीय लाइब्रेरी का उपयोग करें या इ-पुस्तकें खरीदें, जो कम खर्चीली हैं।

मैं लगातार अपने ज्ञान में वृद्धि कर रहा हूँ,
जो मेरे सफलता प्राप्त करने की संभावना को प्रबल बनाता है।

अपना ज्ञान बढ़ाने और एक ऐसा शैक्षिक कार्यक्रम बनाने, जो जीवनपर्यंत चले, के बहुत से तरीके हैं। चलिए, कुछ और विकल्पों पर नजर डालते हैं—

- **बाहर निकलें, लोगों से मिलें**—विजय उत्सवों में और सम्मेलनों में शामिल हों। राष्ट्रीय स्तर की विचार-गोष्ठियों से लेकर स्थानीय परिसंवादों और भाषणों तक इतने बौद्धिक कार्यक्रम उपलब्ध हैं कि आप संभवत: हर कार्य-दिवस—और सप्ताहांत में भी—एक कार्यक्रम में शामिल हो सकते हैं।
- **मानवीय क्षमता प्रशिक्षण कार्यक्रमों में भाग लें**—ये व्यक्तिगत विकास से जुड़े कार्यक्रम हैं, जो आपकी क्षमता, आपकी सोच का दायरा, नेटवर्क और सफलता के प्रति जोश में सुधार करने पर ध्यान केंद्रित करते हैं। हर व्यक्ति को पुरानी आदतें छोड़ने और नई सोच एवं व्यवहार पैदा करने में मदद के लिए बाहरी प्रभावों की जरूरत होती है।
- **शिक्षा के प्रति ग्रहणशील बनें**—जीवन में सीखने और विकसित होने के लिए आपको शिक्षा के प्रति ग्रहणशील होना होगा। प्रत्येक परिस्थिति आपको कुछ सीखने का अवसर प्रदान करती है और हर व्यक्ति के पास आपको सिखाने के लिए कुछ-न-कुछ है। कभी-कभी हममें किसी से कुछ सीखने के लिए आवश्यक विनम्रता का अभाव होता है या हम सामनेवाले व्यक्ति के ज्ञान के स्तर को देख नहीं पाते; परंतु जब हम इस प्रकार का रवैया अपनाते हैं तो हम दंभी और अशिक्षणीय बन जाते हैं। आप सबकुछ नहीं जानते—कोई भी नहीं जानता। इससे निरपेक्ष कि सामनेवाला व्यक्ति कौन है और समाज में आपकी हैसियत क्या है, सीखने के लिए खुले रहें।

मैं किसी से भी सीखने का विकल्प चुन रहा हूँ,
ताकि मैं हमेशा सीख सकूँ और अपना विकास कर सकूँ।

□

अपने जुनून और उत्साह को बनाए रखें

ध्यान और चिंतन के लिए आश्वस्तकारी कथन

यह जानते हुए मैं आनंदित हूँ कि जब मैं अपने दिल की सुनता हूँ और वही काम करता हूँ, जो मुझे प्रिय है तो मैं पहले से ही सफल हूँ।

मुझे अपने काम में इतना आनंद आ रहा है कि मैं सुबह जल्दी उठकर काम शुरू करने के लिए तत्पर रहता हूँ।

मैं प्रसन्न और परिपूर्ण हूँ, क्योंकि मैं वह काम कर रहा हूँ, जिसे करने के लिए मैंने जन्म लिया है।

"उत्साह सफलता के सबसे शक्तिशाली इंजनों में से एक है। आप जब भी कोई काम करें, अपनी पूरी शक्ति से करें, अपनी आत्मा अपने प्रयासों में उड़ेल दें। उनमें आपके व्यक्तित्व की छाप छोड़ दें। सक्रिय रहें, ऊर्जावान् रहें, उत्साही और निष्ठावान् रहें और आप अपना लक्ष्य प्राप्त कर लेंगे। उत्साह के बिना कोई महान् कार्य कभी पूरा नहीं हुआ है।"

—रॉल्फ वॉल्डो इमर्सन
अमेरिकी निबंधकार और कवि

जब आप खुशी-खुशी अपना प्रिय काम कर रहे हों तो समझें, आप पहले ही जीत चुके हैं। जब आप कोई कार्य जुनून और लगन से कर रहे हों, आप पहले से ही सफल हैं। कुछ कर गुजरने का सच्चा जुनून भीतर से आता है। उसमें कुछ आध्यात्मिक गुणवत्ता होती है, जो आपको अविश्वसनीय प्रदर्शन करने के लिए प्रेरित करती है।

मैं निश्चित तौर पर कह सकता हूँ कि आप ऐसे लोगों से मिले हैं, जिनमें जो कुछ वे करते हैं, उसके लिए उनके मन में जुनून और उत्साह होता है। उनके पास एक उद्देश्य होता है और वे अपने काम के प्रति पूरी तरह समर्पित होते हैं। अपने काम से प्यार करना, अपने दिल की सुनना और किस चीज से आपको खुशी मिलती है, इस बारे में आपके अपने विचारों पर विश्वास करना—ये सब आपके जीवन में उत्साह और जुनून को पोषित करेंगे। वे सिर्फ अपने काम में आनंद लेने से नहीं, बल्कि यह जानने कि काम के अतिरिक्त आपको और किस बात से खुशी मिलती है और वह काम करने, जिसे करने के लिए आपने जन्म लिया है, से भी आते हैं।

इस हफ्ते हम जुनून व उत्साह—और आप उसे कैसे विकसित कर सकते हैं, हमेशा बनाए रख सकते हैं, यहाँ तक कि कैसे दूसरों को हस्तांतरित कर सकते हैं, इस पर बात करेंगे।

यह जानते हुए मैं आनंदित हूँ कि जब मैं अपने दिल की सुनता हूँ और वही काम करता हूँ, जो मुझे प्रिय है तो मैं पहले से ही सफल हूँ।

अपने जीवन के सबसे महत्त्वपूर्ण क्षेत्रों के लिए जुनून विकसित करना आपके सपनों और लक्ष्यों को न केवल अधिक साध्य बना देगा, बल्कि वह आपकी यात्रा को अधिक मनोरंजक और सहज बनाकर आपको परिपूर्णता का एहसास भी कराएगा। चलिए, आपके जीवन के प्रमुख क्षेत्रों पर एक नजर डालते हैं—आपका काम, आपका विवाह, आपकी मित्रताएँ, मनोरंजन का समय तथा अन्य मानवीय संबंध, चाहे वे पेशे से संबंधित हों या धर्म से या समाज से—इनमें से किस क्षेत्र में आप अपने भीतर जुनून और उत्साह का अभाव महसूस करते हैं? आप अपने काम करने के तरीकों में क्या बदलाव ला सकते हैं, जिससे आप समझते हैं कि उसमें उपर्युक्त दोनों गुणों का समावेश हो सकता है? आप क्या बदल सकते हैं, क्या करना बंद या शुरू कर सकते हैं, जो आपके जीवन में अंतर ला दे? जो लोग अपने काम के प्रति जुनूनी हैं, वे वो काम कर रहे हैं, जो उन्हें प्रिय हैं। उन्होंने उस काम को अपने जीवन-यापन का जरिया बना लेने का उपाय खोज लिया है। यदि जो कुछ आप करते हैं, वह आपको प्रिय है, परंतु उससे आपको परिपूर्णता का एहसास नहीं हो रहा है तो ईमानदारी से देखें कि आपके मार्ग में क्या बाधाएँ आ रही हैं और फिर उन बाधाओं को दूर करने का प्रयास करें। आप जब सबसे ज्यादा खुश होते हैं, आपको कैसे पता चलता है? उस समय आप क्या कर रहे, सोच रहे और महसूस कर रहे—और किसके साथ—होते हैं? ये, आप किस चीज से आकर्षित होते और आपके तथा आसपास के लोगों के जीवन में क्या सुख-समृद्धि ला सकता है, के सूचक हैं। क्या कोई ऐसा उपाय है, जिससे इनमें से किसी तत्त्व का समावेश आपके जीवन के अन्य क्षेत्रों में किया जा सके? यदि आप इन मुद्दों और भावनाओं को समझने पर कुछ समय खर्च करें तो आपको ऐसे मार्ग दिखाई देने लगेंगे, जो आपको उस दिशा में ले जाएँगे, जहाँ आप सचमुच जाना चाहते हैं।

मुझे अपने काम में इतना आनंद आ रहा है कि मैं सुबह जल्दी उठकर काम शुरू करने के लिए तत्पर रहता हूँ।

तो आप अपने जीवन में हर रोज आनंद और काम के प्रति जुनून को कैसे बनाए रखते हैं? इस सवाल के कुछ जवाबों के बारे में हम पिछले अध्यायों में बात कर चुके हैं। इनमें से कुछ हैं—आपके जीवन के असली मकसद का पता लगाना, यह तय करना कि आप सचमुच क्या चाहते हैं—इस बात में विश्वास रखना कि कुछ भी करना संभव है और खुद पर विश्वास रखना।

सफलता पाने का एक और उपाय आप जो कुछ इस समय कर रहे हैं, उसे अपने जीवन के मूल उद्देश्य से जोड़ देना है। इससे पहले कि आपका काम एक नीरस रुटीन या थोपी गई जरूरत बन जाए, आपके वह करने के पीछे एक कारण था—एक गहरा उद्देश्य, जो मजबूरी में किए जा रहे उस काम को आपके प्रिय कर्म में बदल दे। वह क्या था?

अधिकांशत: जुनून और उत्साह का अभाव आपकी सोच से पैदा होता है। अपनी सोच पर आपका पूरा नियंत्रण है—एक परिस्थिति को लेकर आप बहुत परेशान और चिड़चिड़े हो सकते हैं या सकारात्मक बने रहकर उसी स्थिति में लाभ और अप्रत्याशित अवसर तलाशने का विकल्प चुन सकते हैं।

और इसमें एक छिपा हुआ बोनस भी है। जब आप प्रसन्नता, कृतज्ञता और उत्साहपूर्वक जीते हैं, यह असंभव है कि आप अकेले कुढ़ते रहें। आप दूसरों के लिए चुंबक बन जाते हैं, जो आपकी ऊर्जा से आपकी ओर आकर्षित हो जाएँगे—अकसर इस तरह से कि वह आपके लिए लाभकारी होगा।

मैं प्रसन्न और परिपूर्ण हूँ, क्योंकि मैं वह काम कर रहा हूँ, जिसे करने के लिए मैंने जन्म लिया है।

□

अपनी मूल प्रतिभा पर केंद्रित रहें

ध्यान और चिंतन के लिए आश्वस्तकारी कथन

मैं आत्मविश्वास से उन कार्यों को दूसरों से करवा रहा हूँ, जो मेरी मूल प्रतिभा पर केंद्रित होने के मार्ग में आते हैं।

जब मैं छोटे-मोटे कार्य दूसरों से करवा लेता हूँ, मेरे पास अधिक समय होता है और मेरी उत्पादकता बढ़ जाती है।

मैं कम उत्पादक कार्यों की पूरी जिम्मेदारी दूसरों को सौंप रहा हूँ, ताकि जो काम मुझे अधिक प्रिय हैं और जिनमें मैं कुशल हूँ, उन्हें कर सकूँ।

"सफलता वह काम करने से आती है,
जो आप करना चाहते हैं। सफल होने का कोई दूसरा मार्ग नहीं है।"

—मैल्कम एस. फोर्ब्स
'फोर्ब्स' मैगजीन के प्रकाशक

क्या आप जानते हैं कि आपकी मूल प्रतिभा क्या है? वह एक काम या गतिविधि है, जिसे करना आपको बेहद पसंद है और आप उसे इतनी अच्छी तरह से करते हैं कि उसके लिए दूसरों से पारिश्रमिक लेने की आपकी इच्छा नहीं होती। वह सहज रूप से होता है और मनोरंजक है—यदि आप इसे अपनी आजीविका का साधन बनाने का मार्ग तलाश लें तो आप जीवन भर उसे कर सकते हैं। सफल लोग उनकी मूल प्रतिभा के महत्त्व को जानते हैं और उसके अनुसार काम करने में अपना पूरा समय लगाने का हर संभव प्रयास करते हैं, क्योंकि वहीं सारे वित्तीय लाभ और खुशियाँ मौजूद हैं।

एक बड़ी संख्या में (संभवतः अधिकांश) लोग 'सबकुछ' करते हुए जिंदगी गुजार देते हैं। वे नौकरों की तरह काम करते हुए अपना समय बिताते हैं, जिससे उन्हें कोई खुशी नहीं मिलती और न कोई वित्तीय (या अन्य कोई) लाभ मिलता है। उनका सारा समय ऐसे काम करते हुए बीत जाता है, जिनमें वे कुशल नहीं होते और जिसे किसी अन्य व्यक्ति द्वारा बेहतर तरीके से, अधिक तेजी से और कम खर्च में किया जा सकता है। उनकी मूल प्रतिभा को हाशिए पर धकेल दिया जाता है, जब कि वे कम महत्त्वपूर्ण कार्य करते हुए घंटों बिताते हैं और उन्हें किसी प्रकार का संतोष नहीं मिलता।

जब आप उन कार्यों पर ध्यान केंद्रित करते हैं, जो आपको करने ही हैं, आप न केवल अधिक उत्पादक होंगे, बल्कि यह भी पाएँगे कि जीवन कहीं अधिक आनंददायक है।

मैं आत्मविश्वास से उन कार्यों को दूसरों से करवा रहा हूँ, जो मेरी मूल प्रतिभा पर केंद्रित होने के मार्ग में आते हैं।

अब हम इस बात की जड़ों तक जाएँगे कि क्यों अधिकांश लोग उनकी मूल प्रतिभा पर 100 प्रतिशत ध्यान केंद्रित नहीं कर पाए हैं? क्यों लोग कुछ कार्य दूसरों को नहीं सौंपते?

वे उन कार्यों पर भी नियंत्रण खोने से डरते हैं, जिन्हें करना उन्हें बिल्कुल पसंद नहीं है—यद्यपि कोई भी व्यक्ति कोई कार्य ठीक उस तरह से नहीं करेगा, जैसे आप करते हैं, उस कार्य को पूरा करने के उपाय हैं। अलग तरीके से करना गलत करना नहीं है। वह आप से बेहतर भी हो सकता है।

वे कर्मचारियों पर होनेवाले खर्च से हिचकिचाते हैं। अपना समय ऐसे कार्यों में लगाने, जिनसे आप सबसे अच्छे परिणाम देते हैं, आपकी आमदनी उससे कहीं से अधिक बढ़ने की संभावना है, जितना आप कर्मचारियों के वेतन पर खर्च करेंगे। वे किसी चीज से नियंत्रण खोना नहीं चाहते—कई लोग हर चीज पर अपना नियंत्रण और स्वामित्व चाहते हैं। छोटी-छोटी चीजों पर से नियंत्रण हटा लें। वे आपकी समग्र सफलता और खुशियों में कोई योगदान नहीं देतीं।

उन्हें हर काम खुद करने की आदत है। आपको याद है, अपनी बुरी आदतों को प्रतिस्थापित करने के लिए आप अच्छी आदतें डालना चाहते हैं? रुटीन के तौर पर कुछ करना अनुत्पादक है और ऐसा करना अपने लक्ष्य प्राप्त करने के मार्ग में एक बड़ी बाधा बन सकता है। वे विनाशकारी आदतें हैं और उन्हें छोड़ने का समय आ गया है।

जब मैं छोटे-मोटे कार्य दूसरों से करवा लेता हूँ,
मेरे पास अधिक समय होता है और मेरी उत्पादकता बढ़ जाती है।

मान लीजिए, आपने अपनी पहली पुस्तक लिखी है और अब आप एक लेखक के रूप में अपने कॅरियर में भाषण, समाचार-पत्रों में स्तंभ लेखन, शिक्षण और कंपनियों के लिए प्रशिक्षण कार्यक्रम विकसित करना जैसी गतिविधियों को शामिल करने के लिए आतुर हैं। इसके लिए इवेंट प्लानर्स से मिलना, पढ़ाने/सिखाने के लिए विद्यार्थियों को खोजना, कंपनियों के लिए ट्रेनिंग मॉड्यूल्स को लिखना और फिल्माना इत्यादि काम हाथ में लेने होंगे, लेकिन इन सबसे ऊपर आपको यह नहीं भूलना है कि आप अब भी एक छोटा सा बिजनेस चला रही हैं। आपके पति और दो छोटे-छोटे बच्चे हैं, जो आपसे उनका ध्यान रखे जाने की अपेक्षा करते हैं। इसलिए अपने अपर्याप्त समय को स्पीचेज बुक करने और कॉरपोरेट जगत् के लिए लिखने में खर्च करने के बजाय आप इस तरह की मदद बाहर से ले सकती हैं। उदाहरण के लिए, बृहत्तर चित्र को देखते हुए बच्चों की देखभाल के लिए एक पार्ट-टाइम आया रखना या बिजनेस में मदद के लिए एक अतिरिक्त कर्मचारी नियुक्त करना उपयुक्त होगा। इससे आपको अपने नए कॅरियर पर ध्यान केंद्रित करने के लिए अधिक समय मिलेगा। बाहरी मदद के बिना भी यदि आप उन कार्यों, जिनमें आप पारंगत हैं और, जिन्हें करना आपको सबसे अधिक प्रिय है, पर अपना ध्यान केंद्रित करें तो आप हफ्ते में दो या तीन भाषण तैयार कर सकती हैं।

पेशागत और व्यक्तिगत—दोनों दृष्टियों से अपने जीवन पर एक नजर डालें और इन तीन चीजों की पहचान करें—(1) कौन सा कार्य करने में आपको सबसे अधिक आनंद आता है? (2) कौन सा काम करना आपकी पसंद नहीं है? और (3) आप कैसे इन बेमतलब के और अनुत्पादक कार्यों को अपने कार्यभार से मुक्त करके उन्हें किसी अन्य व्यक्ति को सौंप सकते हैं? उद्देश्य है क्रमांक (1) 'कौन सा कार्य करने में आपको सबसे अधिक आनंद आता है'—में वर्णित कार्य आप अधिक करें।

मैं कम उत्पादक कार्यों की पूरी जिम्मेदारी दूसरों को सौंप रहा हूँ, ताकि मैं जो काम मुझे अधिक प्रिय हैं और जिनमें मैं कुशल हूँ, उन्हें कर सकूँ।

□

सप्ताह 37

निर्धारित समयावधियों की समीक्षा करते रहें

ध्यान और चिंतन के लिए आश्वस्तकारी कथन

काम में बिताए गए समय, अपने परिवार के साथ बिताए गए समय और सिर्फ अपने लिए बिताए गए समय के बीच संतुलन बनाए रखकर मैं बेहतर परिणाम हासिल कर रहा हूँ।

नए कौशलों की योजना बनाने, तैयारी करने और हासिल करने में अपने बचाए गए दिनों का उपयोग करके और कम महत्त्वपूर्ण कार्यों को दूसरों को सौंप कर मैं अपने मुक्त दिनों और काम के दिनों की बहुत कद्र कर रहा हूँ।

अपने काम के दिनों से अधिकतम परिणाम प्राप्त करने और अपनी व्यक्तिगत रुचियों के लिए पर्याप्त समय बचाने के उद्देश्य से मैं प्रसन्नतापूर्वक अपने टाइम-फ्रेम की संरचना कर रहा हूँ।

"दुनिया एक नए टाइम-जोन में प्रवेश कर रही है और सबसे कठिन समायोजनों, जो लोगों को करने होंगे, में से एक है—समय-प्रबंधन को लेकर उनकी बुनियादी अवधारणाओं और धारणाओं को तदनुसार समायोजित करना।"

—डैन सुलीवान

संस्थापक एवं अध्यक्ष, 'द स्ट्रैटजिक कोच'

यह सिद्धांत, जो 'द स्ट्रैटजिक कोच' के अध्यक्ष डैन सुलीवान की पुस्तक पर आधारित है, एक भिन्न तरीके से समय प्रबंधन और समय-निर्धारण करने में आपकी मदद करेगा। चलिए, पहले 'लंबी छुट्टियों' के समय पर नजर डालते हैं!

'यू.एस. ट्रैवल एसोसिएशन' के प्रोजेक्ट 'टाइम ऑफ' के एक अध्ययन के अनुसार, 54 प्रतिशत कर्मचारियों ने छुट्टियों का उपयोग न करके वर्ष 2016 का समापन किया था। यह ठीक नहीं है और कारण यह है—यदि आप छुट्टियाँ नहीं लेंगे तो आपकी ऊर्जा का क्षय होने, बीमार पड़ने और पारिवारिक संबंध खराब होने की संभावना अधिक होगी। समस्या केवल यह नहीं है कि लोग लंबी छुट्टियाँ नहीं लेते। लोग किसी भी दिन अपने लिए छुट्टी लेने से हिचकिचाते हैं—चाहे वह उनके लिए निर्धारित छुट्टी क्यों न हो! हर व्यक्ति को समय-समय पर पूर्ण अवकाश की जरूरत होती है—बिजनेस से संबंधित मीटिंग्स, दस्तावेज पढ़ने, फोन कॉल्स, इ-मेल्स से मुक्त दिवस; क्योंकि अवकाश के वे दिन आपको अधिक तरोताजा, रचनात्मक और उत्साही बनाकर ड्यूटी पर लौटने में सक्षम बनाते हैं और वह आप, आपके परिवार, आपके सहकर्मियों, ग्राहकों एवं हर उस व्यक्ति, जो आपके संपर्क में आता है, के लिए लाभकारी होता है।

काम में बिताए गए समय, अपने परिवार के साथ बिताए गए समय और सिर्फ अपने लिए बिताए गए समय के बीच संतुलन रखकर मैं बेहतर परिणाम हासिल कर रहा हूँ।

यदि आप सचमुच अपने समय और प्रतिभा का अधिकतम लाभ उठाना चाहते हैं तो आपको देखना होगा कि आप उन्हें कैसे उपयोग में लाते हैं? मेरी दूसरी सिफारिश है, 'सुरक्षा' दिवस* तय करना। एक पाँच दिवसीय कार्य सप्ताह में आपको एक या दो दिन की जरूरत कुछ ऐसे काम करने के लिए होती है, जो आपके लक्ष्य-केंद्रित दिनों—जिनमें आप अपना जीवनोद्‌देश्य प्राप्त करने के लिए अपनी मूल प्रतिभा से जुड़े कार्यों पर ध्यान केंद्रित करते हैं—के लिए आपको तैयार करते हैं।

सुरक्षा दिवस (बफर डेज) यात्रा, प्रशिक्षण, बैठकों में शामिल होने—कोई भी ऐसा कार्य या गतिविधि, जो आपका समय बचा दे और लक्ष्योन्मुख कार्य-दिवसों को जितना संभव है, उत्पादक बनाने में आपकी मदद करे—जैसे कार्य करने के लिए अलग रखे जाते हैं। मेरे अपने मामले में, एक सुरक्षा दिवस में एक नए भाषण की रूपरेखा तैयार करना, मेरे प्रशिक्षण कौशल में सुधार के लिए किसी सेमिनार में उपस्थित होना, इसकी योजना तैयार करना कि मेरे अगले प्रशिक्षण के दौरान हमारी पुस्तकें और ऑडियो प्रोग्राम्स की बिक्री को कैसे अधिकतम बनाया जा सकता है, शोध संचालित करना या कितनी भी ऐसी परियोजनाएँ, जो मेरे लक्ष्योन्मुख कार्य-दिवसों के दौरान मेरी सहायता करती हों, जैसे कार्य भी सुरक्षा दिवसों में शामिल किए जा सकते हैं।

वे कुछ परियोजनाएँ क्या हैं, जो आपके 'सुरक्षा दिवसों' में आती हैं? उनकी पहचान का आधार है—ऐसे कार्य करना, जो आपके 'फ्री डेज' और 'सुरक्षा दिवसों' को मुक्त कर दें, ताकि आप उन्हें उस उद्‌देश्य के लिए उपयोग कर सकें, जो अभिप्रेत हैं—अर्थात् आपके जीवनोद्‌देश्य को प्राप्त करना।

नए कौशलों की योजना बनाने, तैयारी करने और हासिल करने में अपने बचाए गए दिनों का उपयोग करके और कम महत्त्वपूर्ण कार्यों को दूसरों को सौंपकर मैं अपने मुक्त दिनों और काम के दिनों की बहुत कद्र कर रहा हूँ।

---

* 'फ्री डेज' (मुक्त दिवस), 'फोकस डेज' (मूल उद्‌देश्य पर केंद्रित कार्य करने के दिन) और 'बफर डेज' (सुरक्षा दिवस) 'द स्ट्रेटजिक कोच' के रजिस्टर्ड ट्रेडमार्क्स हैं। सर्वाधिकार सुरक्षित हैं। डैन सुलीवान के 'आंगप्रन्युरियल टाइम सिस्टम' जो अवधारणाएँ थे, सिखाता है, के लिए मैं उनका आभारी हूँ। 'द स्ट्रेटजिक कोच' पर अधिक जानकारी के लिए इस वेबसाइट www.thestrategiccoach.com पर जाएँ।

अब हम 'फोकस डेज' (जीवनोद्द्देश्य पर केंद्रित कार्य करने के दिन)—जहाँ आप अपना कम-से-कम 80 प्रतिशत समय अपनी मूल प्रतिभा से संबंधित कार्यों पर ध्यान केंद्रित करते हैं। ये दिन आपके लिए रोमांचक होने चाहिए—वे दिन, जिन्हें आप आशा और जुनून से देखते हैं। ये आपके कमाऊ (भले ही भविष्य में) दिन हैं, जहाँ आपको उन कौशलों का अभ्यास करना होता है, जिनमें आप सर्वोत्तम प्रदर्शन करते हैं—जिन्हें आप प्यार से करते हैं, जिन्हें करने के लिए आपने जन्म लिया है। अधिक संख्या में 'फोकस डेज' और 'मुक्त दिवस' प्राप्त करने का मुख्य उपाय है, समय-सारणी बनाना—लिखकर। सबसे पहले स्पष्टीकरण के लिए हम एक संक्षिप्त, लेकिन मददगार अभ्यास करते हैं—(1) अब तक के सर्वोत्तम तीन फोकस डेज की एक सूची बनाएँ। (2) उनमें उपस्थित एक जैसे तत्त्वों को लिख लें। (3) अधिक परिपूर्ण फोकस डेज के लिए योजना बनाएँ—अब इस बात को लेकर आपके पास एक श्रेष्ठ अंतर्दृष्टि है कि उन चुने हुए फोकस डेज में कौन सा तत्त्व उन्हें इतना महत्त्वपूर्ण बनाता है (मुक्त दिनों के साथ भी आपको यही करना चाहिए)।

इस पूरी कवायद के पीछे सोच यह है कि जिस तरह से आप उपलब्ध समय का ढाँचा बनाते हैं, वह और ज्यादा इरादतन होना चाहिए। आज से ही अपने समय और अपने जीवन को अपने नियंत्रण में लेना शुरू कर दें, ताकि आप परिणामों और आमदनी को अधिकतम बना सकें—दिन के प्रत्येक मिनट का हिसाब रखें। सफलता के लिए आवश्यक जानकारी केवल आपके पास है—आपके लक्ष्य और सपने, आपकी स्वाभाविक प्रतिभा, आपका आत्मविश्वास और यह विश्वास कि आप जिस कार्य को करने की ठान लें, उसे पूरा कर ही लेंगे।

एक आखिरी सुझाव—शुरुआत अगले साल आनेवाली चार लंबी छुट्टियों, कुछ लंबे सप्ताहांत से लेकर आपकी पसंदीदा लंबी छुट्टियों तक की समय-सारणी बनाने से करें। जब तक आप बैठकर इस संबंध में योजना न बनाएँ, यह नहीं होगा।

अपने काम के दिनों से अधिकतम परिणाम प्राप्त करने और सभी व्यक्तिगत रुचियों के लिए पर्याप्त समय बचाने के उद्देश्य से मैं प्रसन्नतापूर्वक अपने टाइम-फ्रेम की संरचना कर रहा हूँ।

□

ध्यान भंग करनेवालों के साथ मुलाहजा न करें

ध्यान और चिंतन के लिए आश्वस्तकारी कथन

मैं सजगता से उन चीजों को अपने जीवन से बाहर कर रहा हूँ, जो मेरा समय चुराती हैं। मैं बिना कोई बहाना बनाए या क्षमा-याचना के उन्हें 'न' कह रहा हूँ और इससे मुझे परम संतोष मिलता है।

मैं लोगों से विनम्रतापूर्वक 'न' कहना और अपने बारे में कुछ नीतियाँ तय करना सीख रहा हूँ, ताकि अन्य लोग उन्हें समझें और मेरी सीमाओं का सम्मान करें।

मैं आत्मविश्वास से ऐसी चीजों को 'न' कह रहा हूँ, जो मेरा समय और ऊर्जा बरबाद करती हैं, ताकि मैं उन शानदार चीजों का लाभ लेने के लिए तैयार रहूँ, जो मेरी प्रतीक्षा कर रही हैं।

"यह जरूरी नहीं है कि लोगों की आपसे अपेक्षाओं को लेकर आप भयभीत रहें।"

—स्यू पैटन थोल
'द करेज टु बी योरसेल्फ' की लेखिका

हम एक अत्यधिक प्रतिस्पर्द्धी और चपल दुनिया में जी रहे हैं—सेल फोन, टेक्स्ट, इ-मेल और सोशल मीडिया के जरिए आपसे 24 घंटे सातों दिन संपर्क किया जा सकता है—एक ग्राहक के ऑफिस में, आपकी कार में, गोल्फ कोर्स में, रेस्टरूम में, यहाँ तक कि चर्च और मूवीज में भी। इतना ही नहीं, आपकी महत्त्वपूर्ण चर्चाओं के दौरान भी आपकी विचार-शृंखला को एक क्षण के लिए रोकते हुए कॉल-वेटिंग के बीच भी बज जाती है।

ध्यान भंग और हस्तक्षेप करने वाले इन तत्त्वों की भरमार के बीच 'न' कहना इतना कठिन क्यों है? हम कम महत्त्वपूर्ण चीजों को अपने कार्यक्रम में व्यवधान डालने देते हैं और फिर तुरंत उस पर अफसोस जताते हैं।

हम इन चीजों को सीधे-सीधे 'न' क्यों नहीं कह पाते? दृढ़ता से 'न' कहना सफल लोगों—जिनका आज और भविष्य भी उनके नियंत्रण में है—की पहचान है। यह आसान नहीं है। वास्तव में, अपने संस्कारों के चलते हम हर अनुरोध पर अपना कुछ समय और संसाधन जरूर खर्च करते हैं, भले ही उसकी हमें और हमारे परिवार को कितनी भी बड़ी कीमत चुकानी पड़े! आज हम निम्नलिखित आश्वस्तकारी कथन पर ध्यान केंद्रित कर बदलाव की तैयारी करेंगे।

मैं सजगता से उन चीजों को अपने जीवन से बाहर कर रहा हूँ, जो मेरा समय चुराती हैं। मैं बिना कोई बहाना बनाए या क्षमा-याचना के उन्हें 'न' कह रहा हूँ और इससे मुझे परम संतोष मिलता है।

क्या आप कभी-कभी यह महसूस करते हैं कि हर कोई आपका एक भाग चाहता है? आपका बॉस एक प्रेजेंटेशन के अंतिम चरण में आपकी मदद चाहता है। आपके बच्चे चाहते हैं कि आप उन्हें अपने किसी दोस्त के घर डिनर के लिए ले जाएँ। आपके माता-पिता उनके किसी घरेलू कार्य में या कोई पेपर वर्क के लिए आपकी मदद चाहते हैं। आपकी बहन अपने पति के बारे में आपसे कोई बात करना चाहती है और आपके सहकर्मी किसी ऐसे प्रोजेक्ट में आपकी मदद चाहते हैं, जो आपके जॉब से संबंधित भी नहीं है। यही नहीं, कोई धर्मार्थ संस्था आपसे दान चाहती है और आपके पालतू कुत्ते चाहते हैं कि आप उन्हें बाहर घुमाने ले जाएँ तथा हमेशा दुलारते रहें।

सफलता पाने के लिए आपको इन सबको 'न' कहने का साहस जुटाना होगा और स्वयं को कसूरवार न समझते हुए आपको ऐसा करना होगा। 'न' न केवल एक पूर्ण वाक्य है, वह एक स्वीकार्य जवाब भी है। वास्तव में, हर एक के मन में ऐसे लोगों और स्थितियों के लिए 'न' कहने का एक स्वचालित मेकैनिज्म होना चाहिए—उन कार्यों के लिए, जो आप किसी भी परिस्थिति में नहीं करेंगे। क्या अपके मन में ऐसा कोई मेकैनिज्म है?

मैं लोगों से विनम्रतापूर्वक 'न' कहना और अपने बारे में कुछ नीतियाँ तय करना सीख रहा हूँ, ताकि अन्य लोग उन्हें समझें और मेरी सीमाओं का सम्मान करें।

बिना किसी अपराध-बोध के या कोई बहाना बनाए 'न' कहने के लिए यहाँ कुछ सुझाव दिए जा रहे हैं—

- **"यह आपके खिलाफ नहीं, मेरे पक्ष में है"**—दूसरों को यह दिखाने में हम अकसर इतने व्यस्त हो जाते हैं कि इस हफ्ते मेरे पास अपने लिए कोई समय नहीं बचा है, परंतु जब आप किसी के अनुरोध का जवाब यह कहकर देते हैं कि "यह आपके खिलाफ नहीं, मेरे पक्ष में है," तो अपने सिद्धांत पर अडिग रहने के लिए आप उसका सम्मान अर्जित करते हैं।
- **अच्छे अनुरोधों को 'न' कहिए, ताकि आप विरले अनुरोधों को 'हाँ' कह सकें**—ऐसी स्थितियों और अवसरों में आ जाना आसान है, जो महज अच्छे हैं; जबकि सिर्फ इसलिए कि आपके कार्यक्रम में अब कोई समय नहीं बचा है।
- **छोटे-छोटे कार्यों में कीमती समय बरबाद न करें**—जरा सोचिए कि यदि आपने छोटे-छोटे कार्य करके अपना समय बरबाद करने के बजाय केवल उन कार्यों पर ध्यान केंद्रित किया होता, जो दीर्घकाल में आपके जीवन में सुधार लाते हैं तो कितनी जल्दी अपने लक्ष्य प्राप्त कर लिये होते?

'न' कहने की अपनी नीतियों को स्थापित करें और अपने बॉस, सहकर्मियों, परिवारजनों एवं मित्रों से यह कहने का आत्मविश्वास विकसित कीजिए, ताकि दूसरों के सपनों, लक्ष्यों और प्राथमिकताओं के लिए आप अपने उपलब्ध समय का उपयोग न करें।

मैं आत्मविश्वास से ऐसी चीजों को 'न' कह रहा हूँ, जो मेरा समय और ऊर्जा बरबाद करती हैं, ताकि मैं उन शानदार चीजों का लाभ लेने के लिए तैयार रहूँ, जो मेरी प्रतीक्षा कर रही हैं।

□

प्रभावशाली नेता बनिए

ध्यान और चिंतन के लिए आश्वस्तकारी कथन

मैं अन्य लोगों को अपने विचारों को स्पष्ट व भावपूर्ण तरीके से संप्रेषित कर रहा हूँ और वे मेरे नेतृत्व पर विश्वास करते हैं।

एक अच्छा नेता बनने के सिद्धांतों को लागू करते हुए मैं स्वयं को साहसी और ऊर्जावान् महसूस करता हूँ।

दूसरों को सफलता प्राप्त करने की शिक्षा देते हुए मैं अपने आत्मविश्वास को लगातार बढ़ता अनुभव कर रहा हूँ।

*"नेतृत्व के बारे में सबसे खतरनाक भ्रम यह है कि नेता पैदा होते हैं—
कि नेतृत्व क्षमता के पीछे कोई वंशानुगत कारक है।
यह बकवास है। वास्तव में, इसका विपरीत सच है।
नेता पैदा नहीं होते, वे बनते या बनाए जाते हैं।"*

—वॉरेन बेनिस
यूनिवर्सिटी ऑफ सदर्न कैलिफोर्निया
के 'लीडरशिप इंस्टिट्यूट' के संस्थापक अध्यक्ष

सफलता आमतौर पर दूसरों के सहयोग से प्राप्त होती है। इसीलिए अधिकांश सफल लोग अच्छे नेता होते हैं, जो दूसरों को प्रभावी रूप से प्रेरित कर सकते हैं। उन सभी में आमतौर पर ये विशेषताएँ होती हैं—

- उनके पास अपने लक्ष्यों एवं भविष्य के बारे में एक स्पष्ट व सुपरिभाषित दृष्टि होती है और इस दृष्टि को वे ऐसे तरीकों से दूसरों को संप्रेषित करते हैं कि वे रोमांचित और उनके कायल होने के लिए बाध्य हो जाते हैं।
- वे दूसरों को इसके लिए प्रेरित करने में माहिर होते हैं कि वे उनकी टीम में शामिल होकर उनके (प्रेरक नेताओं के) सपनों को साकार करने में अपना 100 प्रतिशत योगदान दें।
- वे उत्तम शिक्षक होते हैं। वे दूसरों की खूबियों और संभावनाओं को जल्दी पहचान लेते हैं और उनकी प्रतिभा के अनुसार सफलता प्राप्त करने के लिए कुछ अधिक प्रयास करने के लिए उन्हें प्रेरित करते हैं।
- वे दूसरों के सकारात्मक योगदान को स्वीकार करते हैं।
- वे अपने अनुयायियों की गलती पर उन्हें जवाबदेह ठहराते हैं, परंतु इससे भी अधिक महत्त्वपूर्ण यह है कि वे स्वयं को भी जवाबदेह बनाते हैं।
- वे नेता के रूप में विकसित होने के लिए दूसरों को भी प्रेरित करते हैं।

मैं अन्य लोगों को अपने विचारों को स्पष्ट व भावपूर्ण तरीके से संप्रेषित कर रहा हूँ और वे मेरे नेतृत्व पर विश्वास करते हैं।

एक सफल नेता कैसे बनते हैं, यह जानना आपको लाभ पहुँचाएगा, भले ही जिंदगी आपको कहीं भी ले जाए। हममें से बहुत कम लोगों की नियति नेल्सन मंडेला या मदर टेरेसा के स्तर के नेता बनने की होती है; परंतु हम सब नेतृत्व कौशल सीख सकते हैं, जो हमारे प्रभाव-क्षेत्र पर एक सकारात्मक प्रभाव डालता है। कैसे ?

1. **अपनी शक्तियों और कमजोरियों को जानें**—महान् नेता दूसरों के साथ-साथ स्वयं को भी समझते हैं। वे अपने नेतृत्व कौशल और क्षमता को एक यथार्थवादी दृष्टि से देखते हैं और अत्यधिक दबाव या त्वरित बदलावों के दौरान अपनी भावनाओं पर नियंत्रण रखते हैं। यह उनके तमाम अनुयायियों के मन में सुरक्षा की भावना पैदा करता है। यह स्वीकार करें कि आप सबकुछ नहीं जानते। गलती करने के लिए तैयार रहें और अपने प्रदर्शन के बारे में हमेशा दूसरों की राय सुनें।
2. **दूसरों की और स्वयं की भी जवाबदेही तय करें**—अपने कृत्यों और उनके परिणामों की 100 प्रतिशत जिम्मेदारी लें। इसी तरह से आप दूसरों के मन में अपने प्रति विश्वास पैदा करना शुरू करते हैं—विश्वसनीय, समय के पाबंद बनकर और अपने करारों का सम्मान करके। आप में इतना साहस होना चाहिए कि दूसरों के कृत्यों और परिणामों के लिए आप उन्हें जवाबदेह ठहरा सकें।
3. **भविष्य के प्रति अपनी स्पष्ट और प्रभावशाली दृष्टि से दूसरों में सुधार लाएँ**—आपके नेतृत्व से आपके अनुयायियों को अपने लिए एक सुंदर भविष्य दिखाई देना चाहिए। वे पहले से अधिक स्मार्ट, बेहतर, सशक्त, आत्मविश्वस्त और कार्य-कुशल बनना चाहते हैं।

एक अच्छा नेता बनने के सिद्धांतों को लागू करते हुए मैं स्वयं को साहसी और ऊर्जावान् महसूस करता हूँ।

अन्यथा आप कैसे ऐसे नेता की पहचान करेंगे, जिसका अनुसरण किया जा सकता है ? एक अच्छा नेता बनने के ये तीन और गुण हैं, जिन्हें आत्मसात् करने के लिए आपको कड़ा परिश्रम करना चाहिए—

1. **संभावनाएँ तलाशने के लिए दूसरों की सुनें**—लोग यह महसूस करना चाहते हैं कि आप उनकी बात सुनते हैं—कि उनकी समझ और राय महत्त्व रखती हैं। महान् नेता न केवल अपनी टीम के विचारों व अवधारणाओं को सुनते हैं, बल्कि वे अपना ध्यान नकारात्मक टिप्पणियों से हटाकर संभावनाओं की तलाश में लगा देते हैं।
2. **दूसरों को नेतृत्व की कला सिखाएँ**—आप सारी चीजें खुद नहीं कर सकते, परंतु आप दूसरों को सिखा सकते हैं कि वे कैसे समस्याएँ सुलझाने की अपनी क्षमता विकसित कर सकते हैं। जब आप दूसरों को एक नेता की तरह विकसित करते हैं तो आपका समय बचता है और आप अपने सपने साकार करने पर अधिक ध्यान केंद्रित कर सकते हैं।
3. **आभार व्यक्त करने का चलन बढ़ाएँ**—दूसरों का विश्वास, उत्साह और समर्पण भाव जीतने का सबसे आसान उपाय है—दूसरों के गुणों को स्वीकारने और उनके अच्छे काम के लिए उनकी प्रशंसा करना। उनके अच्छे काम की प्रशंसा और आभार व्यक्त करके आप अपना मूड ठीक रखते हैं, हलका महसूस करते हैं और तनाव-मुक्त रहते हैं। जन-समर्थन के योग्य एक नेता बनना अन्य आशावादी लोगों, जो आपके लक्ष्य अधिक तेजी से प्राप्त करने में आपकी मदद कर सकते हैं, को आपके जगत् में प्रवेश कराके आपके भविष्य को रूपांतरित कर देगा।

दूसरों को सफलता प्राप्त करने की शिक्षा देते हुए मैं अपने आत्मविश्वास को लगातार बढ़ता अनुभव कर रहा हूँ।

□

मार्गदर्शकों, संपर्कों और शिक्षकों का नेटवर्क तैयार करें

ध्यान और चिंतन के लिए आश्वस्तकारी कथन

मैं अपने मार्गदर्शकों, जो मुझे सफलता की ओर ले जाने में मेरा मार्गदर्शन करते हैं, की छत्रच्छाया में सीखते और विकसित होते हुए रोमांचित हूँ।

मैं सशक्त संबंधों की नेटवर्किंग और उनके निर्माण की उत्सुकता से प्रतीक्षा कर रहा हूँ—कुछ सबसे अधिक रोमांचक और अप्रत्याशित चीजें इसी तरह से घटित होती हैं।

अपने कोच के विशेषज्ञ मार्गदर्शन में मैं अपने जीवन के हर क्षेत्र में प्रसन्नतापूर्वक छलाँगें लगा रहा हूँ।

"किसी भी महान् व्यक्ति का अध्ययन करें, आप पाएँगे कि उन्होंने एक या अधिक गुरुओं का शिष्यत्व ग्रहण किया है। इसलिए यदि आप महानता, प्रसिद्धि एवं सर्वोच्च सफलता चाहते हैं तो आपको किसी गुरु का शिष्य बनना चाहिए।"

—रॉबर्ट ऐलन

'द वन मिनट मिलियनियर' के सह-लेखक

अधिकांश लोग समस्याओं का सामना करते समय अपने मित्रों, जीवनसाथी या सहकर्मियों से सलाह लेते हैं; परंतु जब तक किसी मूवी के बारे में किसी की सिफारिश नहीं चाहते, सलाह लेने के लिए संभवत: वह सर्वश्रेष्ठ ग्रुप नहीं है।

हम इस पर पहले चर्चा कर चुके हैं कि कैसे सफलता अकसर ऐसे लोगों के रूप में अपने सूत्र छोड़ जाती है, जिनके पास बुद्धिमत्ता और अनुभव है, जिसे वे आपके साथ साझा कर सकते हैं। क्या इनमें से किसी की सलाह लेना अधिक समझदारी नहीं होगी, जो उन राहों से पहले गुजर चुके हैं, जिन पर आप आज चल रहे हैं? ऐसे लोगों की एक सूची बनाएँ, जिनमें से किसी को आप अपना मार्गदर्शक बनाना चाहेंगे। फिर चुने हुए व्यक्ति से इस बारे में बात करें।

बहुत से लोग अपने कॅरियर में शीर्ष पर पहुँच चुके हैं और अपनी सफलता के बदले में अपने उद्योग एवं विश्व को कुछ वापस लौटाने के रूप में उन्हें किसी को वह सिखाकर खुशी होगी, जो कुछ उन्होंने सीखा है। ऐसे तीन लोगों की पहचान करने, जिन्हें आप अपना मार्गदर्शक बनाना चाहेंगे, फिर इस निश्चित अनुरोध के साथ उनसे संपर्क करने—कि वे महीने में अपना एक घंटा या तीन महीने में एक घंटा या कुछ हफ्तों में अपने 15 मिनट आपसे शेयर करें—के लिए प्रतिबद्ध हो जाएँ।

मैं अपने मार्गदर्शकों, जो मुझे सफलता की ओर ले जाने में मेरा मार्गदर्शन करते हैं, की छत्रच्छाया में सीखते और विकसित होते हुए रोमांचित हूँ।

'नैशविले इमर्जिंग लीडर्स' के संस्थापक एडम स्मॉल ने कहा था, "किसी भी व्यक्ति या संस्था के लिए नेटवर्किंग वह अकेली सर्वाधिक शक्तिशाली युक्ति है, जिससे सफलता प्राप्त करने की गति तेज की जा सकती है और उस गति को कायम रखा जा सकता है।" बिजनेस और कॅरियर संबंधों के बल पर बनाए जाते हैं। संबंधों को विकसित करने के लिए नेटवर्किंग एक प्लेटफॉर्म तैयार करता है। इसके अतिरिक्त वह निम्नलिखित में भी सहायक है—

- **प्रतिष्ठित लोगों और संस्थाओं से संबंध** : नेटवर्किंग प्रतिष्ठित लोगों और संस्थाओं का हवाला देना संभव बनाता है।
- **अवसरों की वृद्धि** : आपके उद्योग के अन्य लोगों या व्यवसायियों के साथ नेटवर्किंग जॉइंट वेंचर्स, पार्टनरशिप्स, बिक्री बढ़ाने के अवसर प्रदान करता है।
- **संबंधों का निर्माण** : आपको वह पुरानी कहावत याद है, "आप क्या जानते हैं, यह नहीं, बल्कि 'आप किसे जानते हैं', यह महत्त्वपूर्ण है।" यह सत्य है, परंतु यह भी उतना ही सत्य है कि आप उन्हें कितनी अच्छी तरह जानते हैं, जो महत्त्व रखते हैं?
- **उपयोगी सलाह प्राप्त करना** : नेटवर्किंग आपको बिजनेस से जुड़ी समस्याओं, यहाँ तक कि व्यक्तिगत मामलों में भी उपयोगी सलाह और विशेषज्ञता से लाभान्वित होने के दुर्लभ अवसर प्रदान करता है।

अपने पेशेगत और व्यक्तिगत नेटवर्क को विस्तार देने के लिए आज के आश्वस्तकारी कथन का उपयोग करें।

मैं सशक्त संबंधों की नेटवर्किंग और उनके निर्माण की उत्सुकता से प्रतीक्षा कर रहा हूँ। कुछ सबसे अधिक रोमांचक और अप्रत्याशित चीजें इसी तरह से घटित होती हैं।

क्या आप एक एथलीट से यह अपेक्षा करेंगे कि वह बिना कोच के ओलंपिक खेलों में भाग लेने के लिए जाएगा या एक एन.एफ.एल. टीम से यह अपेक्षा कि वह कोचों के संपूर्ण काडर के बिना खेल में भाग लेगी?

कोचिंग सिर्फ खेलों के लिए जरूरी नहीं है। हजारों सफल लोगों और विश्व की सैकड़ों शीर्ष कंपनियों के पीछे व्यावसायिक एवं व्यक्तिगत कोच 'गुप्त हथियार' के रूप में रहे हैं।

एक अच्छा कोच आपके अस्पष्ट या कम स्पष्ट विजन को स्पष्ट करने, आपकी मौलिक प्रतिभा से जुड़े कार्यों तक सीमित रहने, आपकी बुरी आदतों और व्यवहार के विनाशकारी पैटर्न्स से बचने, मार्ग के अवरोधों को हटाने, हर काम में अपना सर्वोत्तम देने और यह बताने कि आप कैसे कम काम करके ज्यादा मुनाफा कमा सकते हैं, में आपकी सहायता करेगा।

कोचिंग के जरिए मैंने स्वयं भारी सफलताएँ पाई हैं और दूसरों को सिखाने में भी मुझे आशातीत सफलता मिली है। 'कैनफील्ड कोचिंग प्रोग्राम' और कैनफील्ड कोचिंग की वेबसाइट www.canfieldcoaching.com को विजिट करें, जिसे मैंने इस उद्देश्य से विकसित किया है कि लोग सफलता के सूत्रों को अधिक आसानी से अपने जीवन में लागू कर सकें, से आप इस संबंध में अधिक जानकारी और सफल लोगों की कहानियों का लाभ उठा सकते हैं।

अपने कोच के विशेषज्ञ मार्गदर्शन में मैं अपने जीवन के हर क्षेत्र में प्रसन्नतापूर्वक छलाँगें लगा रहा हूँ।

□

मास्टर माइंड की शक्ति का उपयोग करें

ध्यान और चिंतन के लिए आश्वस्तकारी कथन

मैं उस अद्‌भुत शक्ति का अनुभव कर रहा हूँ, जो हमें एक-दूसरे से और ईश्वर से प्राप्त होती है।

मुझे विश्वास है कि जो लोग एक सकारात्मक प्रभाववाला व्यक्ति बनने की मेरी इच्छा को साझा करते हैं, वे मेरी ओर आकर्षित होंगे तथा मेरे साथ अपने ज्ञान और संसाधनों का लेन-देन करेंगे।

मैं प्रसन्नतापूर्वक अपने जवाबदेही पार्टनर, जो मेरा समर्थन करते हैं और यह सुनिश्चित करते हैं कि मैं अपने लक्ष्य प्राप्त करूँ और अपने असफल प्रयासों से ऊपर उठूँ, से जुड़ रहा हूँ।

"जब दो या अधिक व्यक्ति किसी निश्चित लक्ष्य या उद्देश्य के लिए काम करते हैं तो इस सहयोग के जरिए वे स्वयं को इस स्थिति में ले आते हैं कि अनंत बुद्धिमत्ता के महाभंडार से सीधे ऊर्जा ग्रहण कर सकें।"

—नेपोलियन हिल

'थिंक एंड ग्रो रिच' के लेखक

मास्टर माइंडिंग एक अद्‌भुत औजार और सबसे सशक्त रणनीतियों में से एक है, जिसका उपयोग पूरे इतिहास के दौरान सफल लोगों द्वारा किया गया है। जब अत्यधिक सफल व्यक्तियों से वह एक चीज बताने के लिए कहा जाता है, जिसने उनके अरबपति बनने में सबसे अधिक योगदान दिया है तो मुख्यतया उनका जवाब होता है—किसी मास्टर माइंड ग्रुप के साथ भागीदारी।

मास्टर माइंडिंग का मूलभूत दर्शन यह है कि बिजनेस से जुड़ी समस्याओं का समाधान तलाशने और एक-दूसरे के लिए नए अवसर पैदा करने के लिए अपनी-अपनी ऊर्जा, संसाधनों, ज्ञान और गहरी समझ पर ध्यान केंद्रित करते हुए थोड़े समय में अधिक हासिल किया जा सकता है। भले ही उस टीम के सदस्य एक ही उद्योग या शहर से संबंध न रखते हों और प्रत्येक के जीवन की परिस्थितियाँ भिन्न हों—जब लोग साथ मिलकर काम करते हैं। सन् 1937 में प्रकशित क्लासिक पुस्तक 'थिंक एंड ग्रो रिच' के लेखक नेपोलियन हिल ने लिखा कि एक ग्रुप में यदि हम उस मास्टर माइंड—जिसे ईश्वर एवं सृष्टि को चला रही ऊर्जा, अनंत ज्ञान, सार्वभौमिक ऊर्जा या सर्वशक्तिशाली रचनात्मक जीवन ऊर्जा : आप जो भी नाम देना चाहें—से आपकी ट्यूनिंग है—तब हममें असाधारण रूप से अधिक रचनात्मक ऊर्जा होती है, अपनी सफलता के लिए जिसका उपयोग किया जा सकता है।

मैं उस अद्‌भुत शक्ति का अनुभव कर रहा हूँ, जो हमें एक-दूसरे से और ईश्वर से प्राप्त होती है।

कुछ सुविख्यात 'मास्टर माइंड ग्रुप्स' में हेनरी फोर्ड, थॉमस एडिसन और हार्वे फायरस्टोन शामिल हैं, जो फ्लोरिडा के फोर्ट मेयर्स स्थित अपने विंटर होम्स में मिले थे। जब ये सभी लोग साथ बैठे थे, क्या आप इसकी कल्पना कर सकते हैं कि उस कक्ष में कितनी ऊर्जा रही होगी?

एक मास्टर माइंड ग्रुप का आदर्श आकार है पाँच या छह लोग, जिन्हें हफ्ते या दो हफ्ते में एक बार और कम-से-कम महीने में एक बार मिलकर बैठना चाहिए। व्यक्तिगत रूप से मिलकर साथ-साथ काम करने की ऊर्जा अनुभव करना बेहतर है, परंतु स्काइप फेस टाइम या किसी वीडियो संप्रेषण कार्यक्रम के जरिए भी यह प्रभावी रूप से किया जा सकता है। ग्रुप में विभिन्न पृष्ठभूमियों और उद्योगों से आए लोग शामिल हो सकते हैं (और होना चाहिए), ताकि विचारों, समाधानों, संपर्कों और अन्य संसाधनों के लेन-देन से अधिकतम हासिल किया जा सके। ऐसा ग्रुप बनाकर या उसमें शामिल होकर आप सदस्यों के विशिष्ट दृष्टिकोणों और ज्ञान, जो दुनिया को देखने के आपके नज़रिए को विस्तार दे सके, आपके लक्ष्यों तक पहुँचने की गति तेज कर सके तथा अधिक तेजी और प्रभावी रूप से नए अवसर पैदा कर सकते हैं, से लाभ उठा सकेंगे।

आपके लिए आदर्श मास्टर माइंड ग्रुप में ऐसे लोग होने चाहिए, जो पहले से ही उस मुकाम पर हैं, जहाँ आप पहुँचना चाहते हैं या कम-से-कम आर्थिक रूप से आपसे बेहतर स्थिति में हैं। ग्रुप में शामिल होने के लिए स्वयं को दयनीय न बनाएँ। आत्मविश्वास और सकारात्मक ऊर्जा आपको ऐसा व्यक्ति बना देगी, जिससे लोग जुड़ना पसंद करें।

मुझे विश्वास है कि जो लोग एक सकारात्मक प्रभाववाला व्यक्ति बनने की मेरी इच्छा को साझा करते हैं, वे मेरी ओर आकर्षित होंगे तथा मेरे साथ ज्ञान और संसाधनों का लेन-देन करेंगे।

यदि आप तुरंत कोई मास्टर माइंड ग्रुप नहीं बना सकते तो एक विकल्प है, एक जवाबदेही भागीदार—एक ऐसा व्यक्ति, जो आपके लक्ष्यों से उत्साहित व समर्थक हो और जिसके साथ आप अपनी सफलता और असफलता—दोनों को शेयर कर सकें, की तलाश। आप दोनों एक ऐसी कार्य-योजना पर सहमत होते हैं, जो ऐसे लक्ष्य तय करती है, जिन्हें प्राप्त करने के लिए आप दोनों प्रयासरत रहेंगे। आप नियमित रूप से एक-दूसरे से मिलेंगे या टेलीफोन के जरिए संपर्क में रहेंगे तथा कोई कार्य अमुक तारीख तक पूरा करने और अंतरिम लक्ष्य प्राप्त करने जैसे कार्यों में प्रगति के लिए एक-दूसरे को जवाबदेह बनाएँगे।

एक जवाबदेही भागीदार होने से चूँकि आपको अपनी प्रगति के बारे में दूसरे व्यक्ति को रिपोर्ट करना होता है, यह तथ्य निर्धारित कार्य-योजना को पूरा करने के लिए दोनों को प्रोत्साहित करता है। यदि आपका एक छोटा सा बिजनेस है या आप घर में कार्य करते हैं, उदाहरण के लिए, आप दो व्यक्ति मिलकर कोई सेवा प्रदान करते हैं या आप एक स्वतंत्र लेखक हैं, जो घर में ही काम करता है या आप एक सेल्स-पर्सन हैं, जो विरले ही ऑफिस जाता है तो एक जवाबदेही भागीदार चुनना एक श्रेष्ठ विचार है। यह एहसास कि कल आपको अपनी उत्पादकता पर रिपोर्ट देनी है, आपको आज कड़ा परिश्रम करने और अधिक स्मार्ट बनने के लिए प्रेरित करता है।

एक जवाबदेही भागीदार चुनने का एक और महत्त्वपूर्ण कारण है—आप एक नया और महत्त्वपूर्ण काम कर रहे हैं। इस दौरान आपको होनेवाले अनुभवों और आप कैसे इस नए कार्य को अंजाम दे रहे हैं, इसके बारे में सुननेवाला आपके इस नए विचार पर फीडबैक देनेवाला; आपसे नई जानकारियाँ, संपर्क और संसाधन शेयर करनेवाला कोई है।

मैं प्रसन्नतापूर्वक अपने जवाबदेही पार्टनर, जो मेरा समर्थन करते हैं और यह सुनिश्चित करते हैं कि मैं अपने लक्ष्य प्राप्त करूँ और अपने असफल प्रयासों से ऊपर उठूँ, से जुड़ रहा हूँ।

□

सप्ताह 42

अपनी अंतरात्मा की बात सुनें

ध्यान और चिंतन के लिए आश्वस्तकारी कथन

मैं सफलता की ऊँचाइयों को छूने के लिए प्रतिबद्ध हूँ। मैंने अपनी सहज बुद्धि विकसित कर ली है तथा उस पर विश्वास रखना और अपने आंतरिक मार्गदर्शन का अनुसरण करना सीख लिया है।

चूँकि मैं ध्यान करता हूँ, इसलिए अपनी अंतरात्मा के साथ सुस्वर हूँ। मैं शब्दों, बिंबों और अनुभूतियों के जरिए अपने उच्चतर आत्मिक स्वरूप से जुड़ रहा हूँ।

मेरे अपने मन में वे सारे संसाधन मौजूद हैं, जिनकी मुझे जरूरत है। मैं अपने सहज बोध के प्रति जागरूक हूँ और उसका लाभ उठाते हुए अधिक सफलता हासिल कर रहा हूँ।

"मस्तिष्क के शोधकर्ताओं का अनुमान है कि आपका अवचेतन डाटाबेस आपके चेतन डाटाबेस से 1 करोड़ गुना अधिक है। यह डाटाबेस आपकी छिपी हुई मौलिक प्रतिभा का स्रोत है। दूसरे शब्दों में, आपका एक भाग आपसे कहीं अधिक स्मार्ट है। बुद्धिमान लोग नियमित रूप से उस अधिक स्मार्ट भाग से सलाह लेते हैं।"

—माइकल जे. गेल्ब

'हाउ टु थिंक लाइक लिओनार्डो दा विंची' के लेखक

हमारी आरंभिक शिक्षा और प्रशिक्षण ने हमें हमारे मन में उठ रहे सवालों के जवाब स्वयं से बाहर खोजना सिखाया है, फिर भी, दुनिया के सफलतम व्यक्तियों में से कई स्वयं के भीतर छिपी अथाह बुद्धिमत्ता और अलौकिक अनुभूतियों तक पहुँचने के लिए किसी-न-किसी प्रकार का योग और ध्यान हर रोज करते हैं। उनमें से अधिकांश ने वास्तव में अपनी सहज बुद्धि विकसित करना, अपने आंतरिक मार्गदर्शन का अनुसरण करना और अपने सहज बोध पर विश्वास रखना सीख लिया है। अपनी सहज बुद्धि का उपयोग करके आप बेहतर फैसले ले सकते हैं, समस्याओं का अधिक तेजी से समाधान खोज सकते हैं, अपनी रचनात्मक प्रतिभा जाग्रत् कर सकते हैं, दूसरों के गुप्त इरादों को समझ सकते हैं, जिताऊ रणनीति बना सकते हैं, नए अवसरों की सजीव कल्पना कर सकते हैं और अधिक धन कमा सकते हैं।

आज के आश्वस्तकारी कथन के साथ हम अपने मौलिक या सत्य स्वरूप से जुड़ने—अपने सवालों के जवाब खोजने के लिए बाहरी जगत् के बजाय अपने भीतर की ओर देखने—पर ध्यान केंद्रित करना शुरू करेंगे।

मैं सफलता की ऊँचाइयाँ छूने के लिए प्रतिबद्ध हूँ। मैंने अपनी सहज बुद्धि विकसित कर ली है तथा उस पर विश्वास रखना और अपने आंतरिक मार्गदर्शन का अनुसरण करना सीख लिया है।

क्या आपने किसी ऐसे व्यक्ति के बारे में सोचा है, जिससे आपने बहुत समय से बात नहीं की है और अचानक जाने कहाँ से वह आपसे मिला? या हो सकता है, अपने लक्ष्य या ऐसे किसी प्रोजेक्ट, जिसमें आप शामिल हैं, की ओर कैसे बढ़ना है, जो आपके मन में हो—और उसके लिए आवश्यक संसाधन अचानक जादुई तरीके से आपको उपलब्ध हो जाएँ! वहाँ आपकी सहज बुद्धि काम कर रही थी और अधिक सफलता के लिए आप जब चाहें, उसका लाभ उठा सकते हैं।

अपनी सहज बुद्धि से जुड़ने और अब तक अनुपलब्ध बुद्धिमत्ता का लाभ उठाने तथा आपकी सहज बुद्धि आपको संदेश दे सके, इसके लिए आपको शांत व एकाग्रचित्त होना होगा। हमारे दिन का एक बहुत बड़ा हिस्सा दौड़-भाग, व्यस्तता और शोरपूर्ण अस्तित्व है। वहीं ध्यान सारे भेदों को हटाकर हमारी सहज बुद्धि को जाग्रत् कर देता है, ताकि हम आंतरिक सूक्ष्म तरंगों, हमारे उच्चतर स्वरूप की आवाज या ईश्वरीय संदेश सुन सकें।

ध्यान करते हुए इस प्रकार के प्रश्न पूछें—

- क्या मुझे यह नौकरी स्वीकार करनी चाहिए?
- क्या इस बीमारी का कोई दूसरा इलाज है?
- अब मेरा अगला कदम क्या होना चाहिए?

जब आपको उत्तर मिल जाए—न जाने कहाँ से आपको एक अनुभूति होती या विचार आता है—तो उसे नोट कर लें, ताकि आप वह संदेश भूल न जाएँ। उस विचार पर तुरंत अमल करें।

चूँकि मैं ध्यान करता हूँ, अपनी अंतरात्मा के साथ सुस्वर हूँ। मैं शब्दों, बिंबों और अनुभूतियों के जरिए अपने उच्चतर आंतरिक स्वरूप से जुड़ रहा हूँ।

अपने आप में विश्वास रखना अपनी सहज बुद्धि पर विश्वास रखने का एक दूसरा रूप है। आपको जितना अधिक विश्वास होगा, उतनी अधिक सफलता मिलेगी। आपके मन में जो विचार या ज्ञान है, उसका श्रेय आपको नहीं मिलता। आपको श्रेय तब मिलता है, जब आप उन विचारों को लिख लेते हैं या उन पर अमल करते हैं।

सफल लोग न केवल अपने प्रश्नों के उत्तर भीतर खोजते हैं, वे हमेशा सचेतन अवस्था में रहते हैं। आपकी सोच महत्त्व रखती है—बहुत महत्त्व। सचेतन अवस्था वर्तमान पर सक्रिय रूप से खुलकर एवं निष्पक्षता से ध्यान देना है। यद्यपि आप अपने भावी लक्ष्यों और उन्हें कैसे प्राप्त करना है, इस पर ध्यान केंद्रित करने में बहुत समय व्यतीत करते हैं, यह अत्यावश्यक है कि वर्तमान में आपके पैर जमीन पर हों—कि आप सक्रिय हैं और एक विकास-मूलक सोच रखते हैं।

सचेतनता विकसित करना, अपनी सहज बुद्धि में विश्वास रखना, ध्यान व मन की गहराइयों से निकले उत्तरों को समझना और उत्तर अपने भीतर तलाशना उन चीजों पर आपका ध्यान केंद्रित करने में सहायक होंगे, जो आपको वहाँ ले जाएँगी, जहाँ आप जाना चाहते हैं। इस दौरान याद रखें कि जीवन एक नृत्य है और सचेतनता उस नृत्य को देखकर उसका आनंद लेने के लिए समय निकालना है। अपनी गति धीमी कर वर्तमान के प्रति जागरूक रहना वास्तव में आपको अधिक तेजी से अपना भविष्य बनाने में आपकी सहायता करेगा।

मेरे अपने मन में वे सारे समाधान मौजूद हैं, जिनकी मुझे जरूरत है। मैं अपने सहज बोध के प्रति जागरूक हूँ और उसका लाभ उठाते हुए अधिक सफलता हासिल कर रहा हूँ।

□

सुनें और सीखें

ध्यान और चिंतन के लिए आश्वस्तकारी कथन

किसी व्यक्ति की बातें ध्यान से सुनते हुए मैं परिपूर्णता की गहन अनुभूति का आनंद ले रहा हूँ; इसके साथ ही अपनी बातें ध्यान से सुनी जाने के कारण सामनेवाला व्यक्ति भी परिपूर्णता का अनुभव करता है।

मैं बहस कम करने और ज्यादा सुनने की कला को व्यवहार में ला रहा हूँ।

जब अन्य लोग अपनी भावनाओं को व्यक्त करते हैं, मैं उनकी बातें ध्यान से सुनते हुए उनके प्रति संवेदनशील और धैर्यवान् बने रहना सीख रहा हूँ।

"प्रभावी रूप से सुनने की कला सुस्पष्ट एवं असंदिग्ध संप्रेषण के लिए आवश्यक है और प्रभावी प्रबंधन के लिए सुस्पष्ट संप्रेषण आवश्यक है।"

—जेम्स कैश 'जे.सी.' पेनी

इन्होंने सन् 1902 में 'जे.सी. पेनी स्टोर्स' की स्थापना की

किसी व्यक्ति की बातों को सिर्फ कानों से सुनना पर्याप्त नहीं है। उन्हें समझते हुए सुनने के लिए आपको ध्यान से और एकाग्रचित्त होकर उन शब्दों के अर्थ को आत्मसात् करते हुए सुनना होता है। 'टोस्टमास्टर्स इंटरनेशनल' के अनुसार, सिर्फ कानों से सुनने और समझते हुए सुनने के चार मूलभूत स्तर हैं—

1. **सिर्फ कानों से सुननेवाले लोग :** ये लोग किसी की बातें सुनते हुए अपने ही विचारों में उलझे रहते हैं। वे शब्द सुनते हैं, परंतु कही गई बातों को समझते नहीं।
2. **निष्क्रिय श्रोता :** शब्दों को कानों से सुनते हैं, पर उन्हें पूरी तरह समझकर आत्मसात् नहीं करते।
3. **अधूरा सुननेवाले लोग :** वक्ता पर ध्यान देते हैं, परंतु उसकी बातें पूरी तरह नहीं समझते।
4. **ध्यान से सुननेवाले लोग :** वक्ता और उसकी भाव-भंगिमा पर पूरा ध्यान देते हैं। वे शब्दों के अर्थ और उनके पीछे छिपे संदेश को समझते हुए सुनते हैं।

जब आप किसी की बात को समझते हुए सुनते हैं तो आप नए विचारों, अवसरों और समाधानों को छानकर उन्हें अपनी चेतना में प्रवेश करने की अनुमति देते हैं।

किसी व्यक्ति की बातें ध्यान से सुनते हुए मैं परिपूर्णता की गहन अनुभूति का आनंद ले रहा हूँ। इसके साथ ही अपनी बातें ध्यान से सुनी जाने के कारण सामनेवाला व्यक्ति भी परिपूर्णता का अनुभव करता है।

दूसरों की बातें ध्यान से सुनने की कला में पारंगत हुए बिना आपको न केवल सफलता प्राप्त करने में अधिक समय लगेगा, बल्कि आप अपने विकास, शिक्षा और दूसरों से सम्मान पाने में स्वयं को सीमाबद्ध कर रहे होंगे।

एक अच्छा श्रोता बनने के लिए दो चीजें आवश्यक हैं—पहली यह कि बहस कम करें, सुनें ज्यादा। क्या आपको कभी इस वजह से कोई काम दोबारा करना पड़ा है कि आपका उत्पाद वह नहीं था, जो चाहा गया था ? अपना उत्पाद समय पर न दे पाना महँगा पड़ सकता है, यदि उसके लिए भुगतान इस पर निर्भर है कि आपके ग्राहक को उसका मनचाहा उत्पाद मिले, जिसके लिए वह आपको पैसे देगा। यदि आप किसी कंपनी के कर्मचारी हैं तो किसी प्रोजेक्ट पर नए सिरे से दोबारा काम करने की बाध्यता कंपनी को महँगी पड़ सकती है और इससे भी बुरी बात यह कि आपको नौकरी से हाथ धोना पड़ सकता है। निर्देशों को ध्यान से सुनिए और जो बात समझ न आए तो उसका स्पष्टीकरण माँग लें। फिर भी संदेह रह जाए तो दोबारा पूछ लें, ताकि एक ही काम दोबारा करने की स्थिति पैदा न हो।

दूसरी जरूरत है—आपका प्रयास दूसरों के लिए दिलचस्प बनने के बजाय दूसरों और उनकी बातों में दिलचस्पी लेने में होना चाहिए। कुछ लोगों की सोच यह है कि स्वयं को हमेशा इस तरह से पेश करना कि सबका ध्यान उन्हीं की ओर जाए कि लोग सबसे पहले उनकी बात सुनें, शब्दों व टिप्पणियों से अपनी विशेषज्ञता और बुद्धि का प्रदर्शन करना, खुद की प्रशंसा करना लोगों से संबंध बनाने का सबसे अच्छा तरीका है, परंतु सफलता का मार्ग विनम्रता—खुद पर फोकस करने के बजाय दूसरों पर फोकस करने—से बनता है।

मैं बहस कम करने और
ज्यादा सुनने की कला को व्यवहार में ला रहा हूँ।

यहाँ मैं एक अच्छी तकनीक का उल्लेख कर रहा हूँ, जिसे मैंने डैन सुलीवान के स्ट्रेटजिक कोच प्रोग्राम* से सीखा है, जो दूसरों से शीघ्र घनिष्ठता बनाने में आपकी सहायता करेगा। उनसे पूछिए—

1. यदि हम आज से तीन साल बाद मिलें तो इस अवधि के दौरान आपके साथ ऐसा क्या घटित होना चाहिए था, जिससे आप अपनी प्रगति से संतुष्ट होते?
2. वैसी संतोषजनक प्रगति हासिल करने में सबसे बड़े खतरे क्या हैं, जिनका आपको सामना करना होगा?
3. वे सबसे बड़े अवसर क्या हैं, जिन पर आपको ध्यान केंद्रित करना होगा, ताकि आप उनसे लाभ उठा सकें?
4. उन अवसरों का लाभ उठाने के लिए जरूरी वे कौन सी शक्तियाँ हैं, जिन्हें प्राप्त करके आप अधिकतम लाभ उठा सकें? वे कौन से कौशल और संसाधन हैं, जो अभी आपके पास नहीं हैं और जिन्हें विकसित करके आप उन अवसरों का लाभ उठा सकते हैं? ये सवाल पूछना—और सामनेवाले व्यक्ति को धारा-प्रवाह बोलने देना—उसे अपने विचारों में स्पष्टता लाने की प्रक्रिया से गुजारेगा और उसे खुशी होगी कि आपने उसकी बातें ध्यान से सुनीं।

जब अन्य लोग अपनी भावनाओं को व्यक्त करते हैं, मैं उनकी बातें ध्यान से सुनते हुए उनके प्रति संवेदनशील और धैर्यवान् बने रहना सीख रहा हूँ।

□

* वेबसाइट www.strategiccoach.com पर डैन सुलीवान और 'स्ट्रेटजिक कोच प्रोग्राम' के बारे में और अधिक जानकारी हासिल करें।

बातें ऐसी करें, जो दिल को छू लें

ध्यान और चिंतन के लिए आश्वस्तकारी कथन

अपनी सच्ची भावनाओं को खुलकर व्यक्त करके मैं अधिक गहरे संबंध और आत्मीयता पैदा कर रहा हूँ।

कुछ लोगों के साथ हार्दिक बातें करते हुए मैं सुनने के अधिक गहरे स्तर और अव्यक्त भावनाओं से मुक्ति का अनुभव कर रहा हूँ।

दिल-से-दिल तक हुई चर्चाओं के दौरान मैं स्वेच्छा से अपनी नाराजगी और पुराने मुद्‌दों को भुलाकर स्वयं को मुक्त व आशावादी महसूस कर रहा हूँ।

"(आज के) अधिकांश संवाद 'पिंग-पॉन्ग गेम' की तरह होते हैं, जिसमें लोग अपना अगला पॉइंट दूसरे पक्ष को फेंककर मारने की तैयारी करते हैं।"

—क्लिक डर्फी
'हार्ट टॉक' प्रक्रिया के जनक

मेरी प्रिय कहानियों में से एक मेइजी युग के एक जापानी दार्शनिक नान-इन के बारे में है, जिन्होंने एक दिन एक प्रोफेसर, जो जेन के बारे में जानने के लिए आए थे, का स्वागत किया। नान-इन ने प्रोफेसर के लिए चाय बनाई। उन्होंने अपने मेहमान का कप पूरा भर दिया, फिर भी उसमें चाय डालते रहे। प्रोफेसर कप को ओवरफ्लो होते देखते रहे, जब तक कि उनसे बिना कहे रहा नहीं गया, "कप तो कब से भर चुका है, अब उसमें और चाय नहीं डाली जा सकती।"

"इस कप की तरह," नान-इन ने कहा, "आपका दिमाग भी ज्ञान से पूरा भरा हुआ है। जब तक आप उसे थोड़ा खाली नहीं करते, मैं आपको जेन के बारे में कैसे बताऊँ?"

बहुत बड़ी संख्या में घरों, व्यवसायों, स्कूलों और अन्य संस्थाओं में लोगों को अपनी भावनाओं, उनकी उम्मीदों, सपनों, पीड़ाओं एवं भयों—को व्यक्त करने का अवसर नहीं मिलता। इसके परिणामस्वरूप, वे अपनी क्षमता से अधिक भर जाते हैं, जब तक कि वे अपनी प्राथमिकताओं, समस्याओं और चिंताओं से ओवरफ्लो नहीं होने लगते।

जब तक लोग अपने ही सरोकारों से फटने की हद तक भरे होते हैं, वे सुन नहीं सकते। इससे पहले कि वे और कोई चीज ग्रहण कर पाएँ, उन्हें अपनी भावनाओं को व्यक्त करने के जरिए उन्हें मुक्त करना होता है। उन्हें दिल खोलकर बात करने की जरूरत होती है, ताकि उनके मन से चिंताओं का बोझ उतर जाए और वे आपके कहे को आत्मसात् कर पाएँ। आपको और उन्हें दिल खोलकर बात करने की जरूरत है।

अपनी सच्ची भावनाओं को खुलकर व्यक्त करके मैं अधिक गहरे संबंध और आत्मीयता पैदा कर रहा हूँ।

हार्दिक संवाद एक ऐसी प्रक्रिया है, जहाँ 2 से लेकर 10 व्यक्तियों के बीच आठ सहमति-पत्रों का कड़ाई से पालन किया जाता है। इससे बड़े समूह में परस्पर विश्वास में कमी आ जाती है और उन्हें पूरा करने में अधिक लंबा समय लगता है। एक हार्दिक संवाद भावनाओं और उन मुद्दों पर रचनात्मक चर्चा को सुलभ बनाता है, जो रचनात्मकता, टीमवर्क और नवाचार को सीमित करते हैं। हार्दिक संवाद उत्पादकता साहचर्य और गुडविल, जो हर संगठन और घर के लिए अत्यावश्यक हैं, बढ़ाते हैं।

एक हार्दिक संवाद अधिक गहरे स्तर का संवाद होता है, जिसमें मतभेदों, व्याख्यात्मक विवादों और जल्दबाजी का डर नहीं होता। यह अव्यक्त भावनाओं को मुक्त कर आपसी समझ और घनिष्ठता बढ़ाने का एक सशक्त साधन है।

हार्दिक संवाद करने के कई उद्देश्य हो सकते हैं और वे बहुत तरह की चुनौतियों का समाधान खोजने में उपयोगी हैं, परंतु इससे पहले कि आपसी संबंधों में बहुत बड़ी दरार आ जाए, उन्हें कार्यान्वित किया जाना चाहिए—

- घर में उस समय, जब आप महसूस करें कि आपके जीवन साथी के मन में दमित वैर-भाव, डर और अविश्वास जमा हो रहा है।
- ऑफिस में तालाबंदी (ले-ऑफ), विलयन, प्राकृतिक आपदा या कोई अन्य त्रासदी, एक सहकर्मी की मौत या कंपनी के भीतर वित्तीय समस्याओं जैसी भावनात्मक घटनाओं के समय।
- जब दो या अधिक व्यक्तियों, टीमों और विभागों के बीच विवाद हो।

कुछ लोगों के साथ हार्दिक बातें करते हुए मैं सुनने के अधिक गहरे स्तर और अव्यक्त भावनाओं से मुक्ति अनुभव कर रहा हूँ।

क्या आप अपना पहला हार्दिक संवाद करने के लिए तैयार हैं? यहाँ उसे सुगम बनाने के तरीके दिए जा रहे हैं—

सभी को एक सर्कल में या एक खेल के चारों ओर बिठा दें, जहाँ दिशा-निर्देश पहली बार या दोबारा बताए जाने हैं। ग्रुप लीडर के हाथ में दिल के आकार की कोई चीज है। उस चीज को सर्कल में बैठे सभी लोगों को बारी-बारी से थमा दें। यह सुनिश्चित करने के लिए कि हर सदस्य को अपनी बात कहने के लिए पूरा समय मिले, उस दिलनुमा चीज को जितनी बार जरूरी हो, सबके बीच घुमा दें। वह हार्दिक संवाद स्वाभाविक रूप से समाप्त हो जाएगा, जब अपनी बारी आने के बाद किसी के पास कहने के लिए कुछ नहीं बचेगा। दिशा-निर्देश इस प्रकार हैं—

- सिर्फ उस व्यक्ति को बोलने की अनुमति होगी, जिसके हाथों में वह 'दिल' होगा।
- केवल अपनी भावनाओं के बारे में बात करें।
- किसी की कही बात की आलोचना या मूल्यांकन न करें और न उसे लेकर किसी को चिढ़ाएँ।
- वहाँ की गई हर बात की गोपनीयता बनाए रखें।
- अपनी बारी पूरी होने पर 'दिल' को आपके बाएँ बैठे अगले व्यक्ति को थमा दें।
- यदि आपके पास कहने के लिए कुछ नहीं हो तो आप 'पास' कह सकते हैं।
- जब तक वह हार्दिक संवाद पूरा न हो, वहाँ से उठकर न जाएँ।
- हार्दिक संवाद उस समूह को अद्भुत परिणाम देगा—सभी की भावनाओं की सुरक्षित अभिव्यक्ति, नाराजगी और पुराने मुद्दों की चुभन से मुक्ति, विवादित मुद्दों के समाधान के लिए एक मंच की उपलब्धि, रचनात्मक विचार, पारस्परिक सम्मान, आपसी समझ और एक अधिक सौहार्दपूर्ण व सशक्त समूह।

दिल-से-दिल तक हुई चर्चाओं के दौरान मैं स्वेच्छा से अपनी नाराजगी और पुराने मुद्दों को भुलाकर स्वयं को मुक्त व आशावादी महसूस कर रहा हूँ।

□

देर करने के बजाय सच को जल्दी कहें

ध्यान और चिंतन के लिए आश्वस्तकारी कथन

मैं अपने दिल की बात जल्दी कहने की आदत को व्यवहार में ला रहा हूँ, भले ही वह कितना भी कठिन और परिस्थितियाँ कैसी भी क्यों न हों!

मैं नियमित रूप से महत्त्वपूर्ण जानकारियाँ और सच को सबके सामने ला रहा हूँ। ऐसा करना मुझे हलका, ऊर्जावान् और स्वस्थ बना देता है।

मैं जितनी जल्दी संभव हो, सच बोल रहा हूँ; क्योंकि ऐसा करना मेरे लिए हकीकत का सामना करना और सर्वोत्तम समाधान खोजना संभव बनाता है।

"एक ऐसे समय में, जब हर जगह छल-कपट और धोखेबाजी का बोलबाला हो, सच कहना एक क्रांतिकारी कृत्य है।"

—अज्ञात

(इसका श्रेय अकसर जॉर्ज ऑरवेल को दिया जाता है)

सच को मन में रखने, किसी रहस्य को छिपाने और जो आप नहीं हैं, उसका अभिनय करते रहने में ऊर्जा खर्च होती है। कभी-कभी हम सच कहने से बचते हैं, क्योंकि उसके परिणाम तकलीफदेह होते हैं। हम किसी व्यक्ति की भावनाओं को ठेस पहुँचाना नहीं चाहते या हमें डर होता है कि जिसके लिए वह सच असुविधाजनक है, हमें उसके गुस्से का शिकार होना पड़ेगा; परंतु जब कोई भी व्यक्ति सच न बोल रहा हो, हम वास्तविकता के आधार पर किसी चीज का समाधान नहीं निकाल सकते। हम बस, अपनी ऊर्जा को बरबाद कर रहे होते हैं, जबकि हमारे जीवन के हर क्षेत्र में सफलता के लिए उस ऊर्जा का उपयोग किया जा सकता था। जब महत्त्वपूर्ण जानकारी सार्वजनिक करके उस पर अमल किया जाता है तो हम कहीं बेहतर प्रदर्शन कर सकते हैं।

हममें से हर एक के लिए तीन क्षेत्र ऐसे हैं, जिन्हें सबसे अधिक शेयर किया जाना चाहिए—धीरे-धीरे इकट्ठा हुआ असंतोष, उस असंतोष के कारण जिन जरूरतों व माँगों को पूरा नहीं किया जा सका और अव्यक्त कृतज्ञता।

उस समय सच कहना, जब वह तकलीफदेह हो, एक सर्वाधिक मूल्यवान् कृत्य है; परंतु वह सबसे कठिन भी है। दूसरों की भावनाओं को ठेस न पहुँचे, इस बारे में हम इतने चिंतित रहते हैं कि हम अपनी सच्ची भावनाएँ व्यक्त नहीं करते और खुद को हानि पहुँचाते रहते हैं, परंतु ऐसा होना अनिवार्य नहीं है—हम उसे बदल सकते हैं।

मैं अपने दिल की बात जल्दी कहने की आदत को व्यवहार में ला रहा हूँ, भले ही वह कितना भी कठिन और परिस्थितियाँ कैसी भी क्यों न हों!

सच कहने का कोई आदर्श समय नहीं है; परंतु देर करने की बजाय जल्दी सच कहने की आदत सफलता के लिए आवश्यक सबसे महत्त्वपूर्ण कौशलों में से एक है, जो आप सीखेंगे। वह तकलीफदेह हो सकती है। सच कहने से उसकी प्रतिक्रिया—कभी-कभी भावनात्मक—की संभावना होगी; परंतु यदि सच का पता चलने के बाद जितनी जल्दी संभव हो, उसे कह देने की आदत आपको एक खरा (प्रामाणिक) व्यक्ति बनाती है। लोगों को पता चल जाएगा कि वे आप पर निर्भर रह सकते हैं। आपकी मंशा, लक्ष्यों और योजनाओं को कभी गलत नहीं समझा जाएगा। लोग आप पर अधिक विश्वास करेंगे, क्योंकि उन्हें हमेशा पता होगा कि आपका मत क्या है!

यदि कठिन होने के बावजूद सच बोलने के इतने लाभ हैं तो लोग क्यों उसे बोलने से हिचकिचाते हैं? सबसे प्रचलित बहाना यह है कि "मैं किसी की भावनाओं को ठेस पहुँचाना नहीं चाहता।" परंतु वास्तव में हो यह रहा है कि आप इस चीज से बच रहे हैं कि यदि उस सच से प्रभावित व्यक्ति आपसे नाराज हो जाए तो आप कैसा महसूस करेंगे? यह अपने सभी पत्ते टेबल पर रख देने की बाध्यता से बचने का कायराना उपाय है। सच को छिपाने के हमेशा दुष्परिणाम होते हैं और जितने लंबे समय तक आप उसे छिपाएँगे, आप दूसरों के और अपने साथ भी अन्याय कर रहे होंगे।

आप यह पसंद नहीं करते कि कोई आपके साथ बेईमानी करे और सच को छिपाए। इसी तरह, लोग भी आपको पसंद नहीं करेंगे, जब उन्हें पता चलेगा कि आपने उनसे सच छिपाया था। जितना जल्दी हो सके, सच बोलकर ऐसी संभावनाओं से बचें। किसी के मन को अधिक दुखाए बिना यदि आप सद्भावना से सच बोलते हैं तो ऐसा करने के लिए लोग आपका आदर करेंगे।

मैं नियमित रूप से महत्त्वपूर्ण जानकारियों
और सच को सामने ला रहा हूँ। ऐसा करना मुझे हलका,
ऊर्जावान् और स्वस्थ बना देता है।

यहाँ सच कहने से संबंधित एक और विचार का उल्लेख किया जा रहा है। यदि आप इस डर से सच बोलने से बचते हैं कि कुछ लोग आपकी निंदा करेंगे तो आपको अपनी बातचीत को मॉनीटर करना होगा, याद रखना होगा कि किस वक्त किसने-किसने क्या कहा था? इससे आपको अपनी सफाई में यह कहने का अवसर मिल जाएगा कि आप अमुक वजह से यह या वह नहीं कर सकते। अपनी बात कहना और आगे बढ़ जाना आजादी है—यह जानदार है और प्रभावशाली तरीके से आपका आत्मविश्वास दरशाता है।

अंत में, जब आप देर करने के बजाय जल्दी सच बोल देते हैं तो आप और वे लोग, जिनके साथ आप रहते एवं काम करते हैं, स्थिति की वास्तविकता से निपट सकते हैं और इस भ्रम में अटके रहने की बजाय—जो सच का सामना किए बिना बनाए रखा जा रहा है—एक व्यावहारिक समाधान खोज सकते हैं।

मैं जितनी जल्दी संभव हो, सच बोल रहा हूँ;
क्योंकि ऐसा करना मेरे लिए हकीकत का सामना करना और
सर्वोत्तम समाधान खोजना संभव बनाता है।

□

दूसरों के बारे में बिना दुर्भावना के बोलें

ध्यान और चिंतन के लिए आश्वस्तकारी कथन

जिन शब्दों का मैं प्रयोग करता हूँ, वे मेरे नियंत्रण में हैं। मैंने सच बोलने और जीवन का मार्ग प्रशस्त करने पर अधिकार प्राप्त कर लिया है।

मैं केवल वे शब्द बोल रहा हूँ, जो मेरा आत्मसम्मान एवं आत्मविश्वास बढ़ाते हैं और जो सकारात्मक संबंधों के निर्माण तथा सपनों को साकार करने में सहायक हैं।

मैं अपने शब्दों का चयन सावधानी से करता हूँ। उनमें सच्चाई के साथ-साथ संबंधित लोगों के हित और उत्थान की भावना होती है।

“सद्भावनापूर्ण शब्द आपको व्यक्तिगत स्वतंत्रता, भारी सफलता और समृद्धि की ओर ले जा सकते हैं। वे सारे भयों को दूर करके उन्हें आनंद व प्रेम में रूपांतरित कर सकते हैं।”

—डॉन मिगेल रुइज

‘द फोर एग्रीमेंट्स’ के लेखक

वह हर बात, जो आप कहते हैं, विश्व में प्रभाव डालती है और हर वह बात, जो आप किसी अन्य व्यक्ति से करते हैं, उस व्यक्ति को प्रभावित करती है। आप अपने शब्दों से लगातार कुछ पैदा कर रहे हैं, जो या तो सकारात्मक है या नकारात्मक।

सफल लोग जानते हैं कि यदि अपने शब्दों पर उनका नियंत्रण नहीं है तो उनके शब्दों का उन पर नियंत्रण हो जाएगा। वे जानते हैं कि यदि वे और अधिक सफलता चाहते हैं तो उनके शब्दों में लोगों को गिराने की नहीं, उन पर उठाने की शक्ति होनी चाहिए। वे अपने मन में आ रहे विचारों और बोले गए शब्दों के प्रति सचेत रहते हैं।

शब्द सभी संबंधों का आधार भी होते हैं। मैं आपसे और आपके बारे में क्या बात करता हूँ, यह हमारे संबंधों की गुणवत्ता तय करता है। जब आप प्रेम और स्वीकृति के शब्द बोलते हैं तो आपको भी प्रेम और स्वीकृति के शब्द वापस मिलेंगे। जब आप आलोचना और घृणा व्यक्त करेंगे तो आपको भी वही मिलेंगे। सद्भावना से दूसरों से बात करना सीखें—ऐसे शब्द खोजें, जो सच हों और साथ ही श्रोता के हित में हों या फिर चुप रहें।

जिन शब्दों का मैं प्रयोग करता हूँ, वे मेरे नियंत्रण में हैं। मैंने सच बोलने और जीवन का मार्ग प्रशस्त करने पर अधिकार प्राप्त कर लिया है।

जब आप एक व्यक्ति से दूसरे व्यक्ति के बारे में कुछ बोलते हैं तो क्या आपने कभी उसके परिणाम के बारे में सोचा है? आज के साइबर युग में सोशल मीडिया में किसी के बारे में कोई अफवाह पोस्ट कर देना या जाने-अनजाने ऑनलाइन कोई व्यक्तिगत जानकारी उजागर कर देना या उस पर कोई निंदात्मक लेवल लगा देना बहुत आसान है। लोग जो कुछ यों ही (या दुर्भावनावश) टाइप कर देते हैं, वह ऑनलाइन हमेशा बना रहता है।

इस तरह की भाषा—अकसर छद्म नाम से प्रयोग की गई—न केवल किसी व्यक्ति को चोट पहुँचाती है, एक पल में उसकी प्रतिष्ठा को धूमिल कर नफरत और दुर्भावनापूर्ण आचरण का एक वातावरण, जो जीवन के दूसरे क्षेत्रों को भी प्रभावित करता है, बना देती है। यही परिणाम है, जिसके कारण पूरे इतिहास के दौरान आध्यात्मिक गुरु और लेखक गपशप, परनिंदा और दुर्भावनावश बोले गए शब्दों के प्रति हमें चेतावनी देते आए हैं। यह ऐसी भाषा के प्रयोगकर्ता को भी हानि पहुँचाता है, क्योंकि वह उसके मन को जहरीला बनाए रखता है और उसके जीवन में कुछ भी अच्छा घटित होने से रोकता है।

जब आप किसी की बुराई करते हैं तो वह दूसरों के मन में आपके बारे में एक स्थायी छाप छोड़ जाती है। लोग हमेशा यही सोचते रहेंगे कि कहीं अगली बार वे ही तो आपके मौखिक जहर के लक्ष्य नहीं बनेंगे?

ऐसे परिणामों से बचने के लिए अपने शब्दों की शक्ति को दूसरों की कमियों के लिए उनकी आलोचना करने की बजाय उनके गुणों की प्रशंसा करने में उपयोग करें।

मैं केवल वे शब्द बोल रहा हूँ, जो मेरा आत्मसम्मान व आत्मविश्वास बढ़ाते हैं और जो सकारात्मक संबंधों के निर्माण एवं सपनों को साकार करने में सहायक हैं।

दुर्भावना-रहित होकर बोलने के बारे में एक अंतिम और अति महत्त्वपूर्ण बात—झूठ बोलना बंद कीजिए, यहाँ तक कि तथाकथित अहानिकर 'निर्दोष' झूठ और जानकारी छिपाने का झूठ भी।

झूठ बोलना आपको अपने उच्चतर स्वरूप से अलग कर देता है। इसके अतिरिक्त, जब आपका झूठ पकड़ा जाएगा तो आपके प्रति दूसरों के विश्वास में भी कमी आएगी। सच यह है कि झूठ बोलना कम आत्मसम्मानवाले व्यक्तियों का एक लक्षण है। यह आपके इस गलत विश्वास का परिणाम है कि आप उन लोगों से निपट नहीं पाएँगे, जो आपके बारे में सच्चाई जानते हैं। और वह, दुर्भाग्यवश, यह कहने का दूसरा तरीका भर है, "मैं पर्याप्त नहीं हूँ।" इसके अतिरिक्त, अकसर जब हम झूठ बोलते हैं, हम उस परिणाम से डरते हैं, जो सच बोलने से हमें प्राप्त होगा। हम अपने जीवनसाथी की भावनात्मक प्रतिक्रिया, अपने बॉस की फटकार या किसी रिटेल शॉप अथवा एजेंसी से किए गए अनुरोध को खारिज कर दिया जाना जैसी स्थितियों का सामना करना नहीं चाहते।

झूठ बोलने से पैदा हुई मनोवैज्ञानिक खलबली से क्यों गुजरें? जान-बूझकर झूठ बोलकर पकड़े जाने पर क्या होगा, इसकी चिंता में क्यों रहें? क्यों अपने आत्मसम्मान को धक्का लगते देखें या आपका झूठ पकड़े जाने पर क्यों आपके प्रति दूसरों के अविश्वास का सामना करें? ईमानदारी से सच बोलकर शांति से रहें।

**मैं अपने शब्दों का चयन सावधानी से करता हूँ।
उनमें सच्चाई के साथ-साथ संबंधित लोगों के हित
और उत्थान की भावना होती है।**

□

दूसरों की प्रशंसा करते रहें

ध्यान और चिंतन के लिए आश्वस्तकारी कथन

चूँकि मैं दूसरों की प्रशंसा करता हूँ, मैं मैत्री तरंगों के उच्चतम स्तर पर होने का आनंद ले रहा हूँ।

मैं दूसरों के गुणों और भले कामों के लिए, उन्हीं की प्रेम की भाषा में उन्हीं की प्रशंसा करना सीख रहा हूँ। यह मनोरंजक है और संतोषजनक भी है।

मैं इस शानदार हस्ती, जो मैं हूँ, का स्वामी बनने, जहाँ मैं उसका अधिकारी हूँ, स्वयं की प्रशंसा करने और उस सकारात्मक ऊर्जा को दूसरों के साथ साझा करने के लिए आजीवन शपथ के अधीन हूँ।

"मैं अब तक किसी ऐसे व्यक्ति, भले ही वह कितनी भी ऊँची हैसियत का हो, से नहीं मिला हूँ, जिसने आलोचना के माहौल के बजाय स्वीकृति के माहौल में ज्यादा मेहनत कर बेहतर काम न किया हो।"

—चार्ल्स एम. श्वैब

यू.एस. स्टील कॉर्पोरेशन के प्रथम अध्यक्ष

लोग दरअसल अपने काम पर बहुत अधिक सकारात्मक टिप्पणियों के बारे में शिकायत नहीं करते। क्या ऐसा नहीं है ? वास्तव में, वे अपने काम की प्रशंसा किए जाने पर आमतौर पर ज्यादा मेहनत, बढ़ी हुई वफादारी एवं बेहतर रवैए से और अधिक प्रशंसा पाने के इच्छुक होते हैं।

प्रशंसा पाते रहने की मनोदशा में रहना आपको जितना संभव हो, उच्चतम भावनात्मक, मैत्री तरंगों और समृद्धि की मानसिक स्थिति में ले आता है। यहाँ दूसरों की प्रशंसा करते रहने के आचरण के कुछ तरीके दिए जा रहे हैं—

- **'कृतज्ञता गेम' खेलें :** जो काम आप कर रहे हैं, उसे रोककर 20 मिनट तक जितनी अधिक संभव हों, चीजों की प्रशंसा करें—बाहर हो रही वर्षा से लेकर किसी मित्र से मिले संदेश तक।
- **हर सुबह कृतज्ञता की अभिव्यक्ति के लिए समय निकालें :** अपने आज के आश्वस्तकारी कथन को दोहराने के बाद 5–10 मिनट कृतज्ञता-प्रदर्शन पर खर्च करें।
- **किसी व्यक्ति की प्रशंसा करने को एक लक्ष्य बनाएँ :** जिस तरह से आप दूसरे लक्ष्य तय करते हैं, आपके जीवन का एक सकारात्मक भाग बनने के लिए किसी व्यक्ति की प्रशंसा करने का लक्ष्य बना लें।
- **प्रशंसा करते रहने की आदत डाल लें :** प्रशंसा के एक शब्द, जिस व्यक्ति ने अपने काम से आपको खुश किया है, उसके हित में कुछ करके या उसे एक अच्छे से इ-मेल संदेश के जरिए नियमित रूप से प्रशंसा करते रहें।

चूँकि मैं दूसरों की प्रशंसा करता हूँ, मैं मैत्री तरंगों के उच्चतम स्तर पर होने का आनंद ले रहा हूँ।

रिलेशनशिप कौंसलर और 'द फाइव लव लैंग्वेजेज' के लेखक गैरी चैपमैन कहते हैं कि विभिन्न लोगों को अपने काम के लिए पूरी प्रशंसा पा लेने तथा स्वयं को किसी का प्रिय पात्र अनुभव करने के लिए विभिन्न प्रकार के संदेशों की आवश्यकता होती है। यहाँ सही संदेश देने के कुछ तरीके बताए जा रहे हैं—

1. **आश्वस्तकारी कथन :** यदि यह किसी की लव लैंग्वेज है तो उसे सबसे अधिक खयाल रखे जाने का एहसास तब होता है, जब आप उसके साथ प्रोत्साहन, प्रशंसा और प्रेम के शब्द साझा करते हैं।
2. **क्वालिटी टाइम :** उन लोगों को प्यार किए जाने का एहसास तब होता है, जब आप उनकी गतिविधियों में व्यक्तिगत रूप से और उत्साहपूर्वक शामिल होते हैं।
3. **उपहार प्राप्त करना :** इन लव लैंग्वेज वाले व्यक्तियों को किसी से प्रशंसित होने और उसका प्रिय पात्र बनने का एहसास तब होता है, जब वे आपसे कोई उपहार—एक छोटी सी टोकन गिफ्ट से लेकर कोई कीमती चीज तक कुछ भी—प्राप्त करते हैं।
4. **सेवा :** इस भाषा में संदेश देने के लिए उसके हकदार व्यक्ति के लिए कुछ करें, जैसे उसके कहे बिना आप उसका कोई काम कर दें या उसकी किसी समस्या का समाधान कर दें।
5. **शारीरिक स्पर्श :** जैसा इसके शीर्षक से स्पष्ट है, इस लव लैंग्वेज से युक्त व्यक्ति उनकी पीठ थपथपाए जाने, उन्हें गले लगाए जाने, एक मसाज या यौन संबंध से खुश होते हैं। एक कार्यस्थल में उचित तरीके से गले लगाना, पीठ थपथपाना आदि अच्छे से काम करते हैं।

मैं दूसरों के गुणों और भले कामों के लिए
उन्हीं की प्रेम की भाषा में उनकी प्रशंसा करना सीख रहा हूँ।
यह मनोरंजक है और संतोषजनक भी है।

किसी अन्य व्यक्ति की 'लव लैंग्वेज' में उसकी प्रशंसा करने में पारंगत होने के लिए पहले यह सीखें कि उन्हें सबसे ज्यादा क्या प्रभावित करता है ? यहाँ किस प्रकार के लोगों के लिए क्या कारगर होगा, इसकी पहचान करने के तरीके दिए जा रहे हैं—

1. **अवलोकन करें कि वह व्यक्ति दूसरों से किस तरह का व्यवहार करता है :** चूँकि अधिकांश लोग अपनी 'लव लैंग्वेज' में बात करते हैं, दूसरों से उनका व्यवहार कैसा है, यह आपको वे किस चीज को महत्त्व देते हैं, इसके बारे में कुछ सुराग देगा।
2. **उनकी शिकायतों पर गौर करें :** आपको उन चीजों में महत्त्वपूर्ण सुराग मिल जाएँगे, जो उन्हें अन्य लोग और कुछ स्थितियाँ पसंद नहीं आतीं। यदि वे आपसे देर तक काम करने की शिकायत करते हैं, क्वालिटी टाइम या सेवा-कर्म उनकी 'लव लैंग्वेज' हो सकते हैं।
3. **उनके अनुरोधों पर ध्यान दें :** लोग अकसर ऐसे संकेत देते हैं, जो उनकी 'लव लैंग्वेज' उजागर करते हैं। यदि वे आपसे उन्हें गले लगाने के लिए कहते हैं या उल्लेख करते हैं कि उनकी कार को सफाई की कितनी अधिक जरूरत है या वे आपसे कहते हैं कि उन्हें समूह में काम करना हीरे की कान की बाली से भी ज्यादा पसंद है तो बुनियादी रूप से वे आपको बता रहे होते हैं कि वे कौन सी 'लव लैंग्वेज' बोलते हैं!
4. **खुद अपनी प्रशंसा के लिए भी समय निकालें :** आप में जो सकारात्मक गुण हैं, जो भारी उपलब्धियाँ अपने हासिल की हैं और जैसे अद्भुत व्यक्ति आप हैं, उनके लिए खुद अपनी प्रशंसा करें।

मैं इस शानदार हस्ती, जो मैं हूँ, का स्वामी बनने, जहाँ मैं उसका अधिकारी हूँ, स्वयं की प्रशंसा करने और उस सकारात्मक ऊर्जा को दूसरों के साथ साझा करने के लिए आजीवन शपथ के अधीन हूँ।

□

एक उत्कृष्ट व्यक्ति के रूप में जाने जाएँ

ध्यान और चिंतन के लिए आश्वस्तकारी कथन

मैं स्वयं अपने और दूसरों के साथ गरिमा व आदर का व्यवहार कर रहा हूँ, जो पारस्परिक प्रेम और आदर-भाव पैदा करता है।

मैं विनम्र व आभारी रहकर और हमेशा उदार भावना रखते हुए उत्कृष्ट व्यवहार कर रहा हूँ। मैं दूसरों के प्रति सम्मान की भावना के साथ उनसे व्यवहार करके उन्हें प्रोत्साहित एवं प्रियजन महसूस करा रहा हूँ।

"हर समाज में 'दृष्टांत मानव'—ऐसे व्यक्ति, जिनका व्यवहार हर किसी के लिए आदर्श बन जाता है—होते हैं। वे ज्वलंत उदाहरण होते हैं, अन्य लोग जिनके प्रशंसक होते हैं और उन जैसा बनना चाहते हैं। ऐसे व्यक्तियों को हम उत्कृष्ट मानव कहते हैं।"

—डैन सुलीवान
'द स्ट्रेटजिक कोच इन्कॉरपोरेटेड' के
सह-संस्थापक एवं अध्यक्ष

डैन सुलीवान का 'स्ट्रेटजिक कोच प्रोग्राम' सिखाता है कि उत्कृष्टता से काम करने के लिए हमें अपने सर्वोत्तम प्रयास करने चाहिए और एक ऐसा व्यक्ति बनना चाहिए, जो उत्कृष्ट व्यक्तियों को हमारे प्रभाव-क्षेत्र में आकर्षित कर सके।

एक ऐसी दुनिया में, जहाँ एक औसत दर्जे का आदमी बनना अधिक प्रचलित है, आप सबसे अलग एक उत्कृष्ट व्यक्ति कैसे बन सकते हैं? इस संबंध में सुलीवान क्या कहते हैं, वह यहाँ प्रस्तुत है—

- **उच्च व्यक्तिगत मानक विकसित करें और उनका कड़ाई से पालन करें :** अपने आप से ज्यादा माँग करें, निरपवाद रूप से।
- **एक बृहत्तर व अधिक समावेशी दृष्टिकोण से काम करें :** दूसरों के प्रति अधिक समझदार और संवेदनशील बनने का कड़ा प्रयास करें।
- **अपने कृत्यों और उनके परिणामों की 100 प्रतिशत जिम्मेदारी लें :** उत्कृष्ट व्यक्ति अपने कृत्यों की जिम्मेदारी लेते हैं, बजाय इसके कि वे मुँह छिपाएँ, दूसरों पर दोष मढ़ें या बहाने बनाएँ।
- **सभी स्थितियों में कुछ मूल्य-संवर्द्धन करें :** बड़े लक्ष्यों का पीछा करें, जो आपके विकसित होने की माँग करता है। विश्व की समृद्धि में वृद्धि करें।

मैं स्वयं अपने और दूसरों के साथ गरिमा व आदर का व्यवहार कर रहा हूँ, जो पारस्परिक प्रेम और आदर-भाव पैदा करता है।

चलिए, अब उन अन्य गुणों पर नजर डालें, जो डैन सुलीवान कहते हैं, उत्कृष्ट व्यक्तियों के व्यवहार के हॉलमार्क्स हैं—

- **दूसरों के व्यवहार पर गौर करें और उसमें सुधार लाएँ :** चूँकि एक उत्कृष्ट व्यक्ति एक अच्छा रोल मॉडल होता है, उसके आसपास के लोग एक ऐसे स्तर पर सोचना तथा काम करना शुरू कर देते हैं, जो उन्हें और दूसरों को चकित कर देता है।
- **दबाव पड़ने पर गरिमा और भद्रता बनाए रखें :** तीन तरीकों से आप यह कर सकते हैं—(1) भारी अफरा-तफरी के बीच अविचलित रहें। (2) एक ऐसी शांति बनाए रखें, जो हिम्मत देती है। आपकी हिम्मत दूसरों के मन में आशा जगाती है कि सबकुछ ठीक हो जाएगा। (3) निश्चितता कि सबकुछ ठीक हो जाएगा, का गुण विकसित करें और व्यक्त करें।
- **नीचता, क्षुद्रता और असभ्यता का प्रतिकार करें :** इस विशेषता के हॉल मार्क्स हैं—सभी स्थितियों में विनम्रता, कद्रदानी, आदर, कृतज्ञता और उदार मानसिकता से काम करना।
- **मानव होने के अर्थ को विस्तार दें :** उत्कृष्ट व्यक्ति स्वयं सहित हर व्यक्ति को अनोखी परिस्थितियों में जी रहे एक अनोखे इनसान के रूप में देखते हैं और इसके परिणामस्वरूप वे हमेशा स्वयं और दूसरे लोगों के जीवन को बेहतर बनाने के नए तरीके खोज लेते हैं।

मैं विनम्र व आभारी रहकर और हमेशा उदार भावना रखते हुए उत्कृष्ट व्यवहार कर रहा हूँ।

अपने मित्रों, साझेदारों और सहकर्मियों को पैनी नजर से देखिए—क्या वे उत्कृष्ट व्यक्ति हैं? यदि वे नहीं हैं तो इस असंगति का दोष आप पर आता है। अपने भीतर एक उत्कृष्ट व्यक्ति बनने की संभावना तलाशने का निश्चय करें और देखें कि क्या आपने विभिन्न तरह के लोगों को आकर्षित करना शुरू कर दिया है? अपने रवैए की गुणवत्ता को बढ़ाएँ और अपने व्यवहार को उन्नत करें। जब आप एक उत्कृष्ट व्यक्ति बन जाते हैं, लोग आपके साथ बिजनेस करना और आपके प्रभाव-क्षेत्र में आना चाहेंगे। वे आपको एक सफल व्यक्ति के रूप देखेंगे और विश्वास रखेंगे कि आप ईमानदारी से काम करेंगे।

उत्कृष्ट व्यक्ति दूसरों को सिखाते हैं कि उनके साथ कैसा व्यवहार किया जाए। वे अपने उदाहरण से नेतृत्व करते हैं। निस्संदेह, पहला व्यक्ति, जिससे आपको गरिमा और सम्मान के साथ व्यवहार करना चाहिए, आप स्वयं हैं। आप अपने आसपास के हर व्यक्ति को सिखाएँगे कि वे आपसे भी वैसा ही व्यवहार करें। यदि आप आलसी, हमेशा देरी से काम करनेवाले, अव्यवस्थित और फूहड़ हैं तो लोग आपसे वैसा ही व्यवहार करेंगे। यदि गवर्नर या दलाई लामा आपके घर आने वाले हों तो क्या आप अपना घर साफ करने के लिए किसी को हायर नहीं करेंगे और जितना महँगा आप खरीद सकते हैं, अच्छे-से-अच्छे भोजन की व्यवस्था नहीं करेंगे? फिर, आप स्वयं अपने लिए ऐसा क्यों नहीं करते?

जब आप उच्च व्यक्तिगत मानक स्थापित करना और स्वयं से अच्छा व्यवहार करना शुरू कर देते हैं, आप अपने आसपास के लोगों से भी बेहतर व्यवहार प्राप्त करने लगेंगे। इतना ही नहीं, आपको ऐसे स्थानों से आमंत्रित किया जाने लगेगा, जहाँ वैसे ही ऊँचे दर्जे के लोग होते हैं।

मैं दूसरों के प्रति सम्मान की भावना के साथ उनसे व्यवहार करके उन्हें प्रोत्साहित और प्रियजन महसूस करा रहा हूँ।

□

धन को लेकर एक सकारात्मक सोच विकसित करें

ध्यान और चिंतन के लिए आश्वस्तकारी कथन

मैं अपनी धन-संपत्ति को लेकर सकारात्मक विकल्प चुन रहा हूँ और उससे प्रतिबिंबित समृद्धि की ऊर्जा का आनंद ले रहा हूँ।

जितना धन मैं कमाना चाहता हूँ और वह सब करने, जो मेरे सपनों का जीवन जीने के लिए जरूरी है, के लिए पर्याप्त धन कमा रहा हूँ।

मैं धन को लेकर नकारात्मक सोच और भावनाओं को त्यागकर अपने सपनों को साकार करने के लिए प्रसन्न व मुक्त अनुभव कर रहा हूँ।

"धन का अभाव समस्या नहीं है।
वह आपके मन में क्या चल रहा है, इसका लक्षण मात्र है।"

—टी. हर्व एकर
'सीक्रेट्स ऑफ द मिलियनायर माइंड'
के बेस्टसेलिंग लेखक

वित्तीय सफलता मन में शुरू होती है। जहाँ धन के बारे में एक नकारात्मक प्रवृत्ति होना और उसे कमाने की सीमा बाँधनेवाले विश्वासों को पोषित करना विचित्र लग सकता है, यह एक सच्चाई है कि वह बहुत से लोगों को प्रभावित करता है। वे संदेश, जिन पर हम बचपन में विश्वास रखते हैं, हमारे वयस्क वर्षों तक भी बने रहते हैं। फिर, वयस्क वर्षों के हमारे अनुभव अकसर उसे पुष्ट करते हैं, जो हम समझते हैं कि हम पहले से ही जानते हैं कि धन कमाना कठिन है और उसका सदुपयोग और भी कठिन। धन-संपत्ति मेरे जैसे लोगों के लिए नहीं है। जिंदगी कठोर है।

आपके जीवन में अधिक संपन्नता लाने का मूल मंत्र है—धन को लेकर आपकी चेतना को एक सकारात्मक सोच में बदलना, फिर उन उपायों पर ध्यान केंद्रित करना, जिनसे आपके जीवन में अधिक धन आ सके और आप उसका सदुपयोग कर सकें। उन सिद्धांतों के जरिए, जो आप इस पुस्तक से सीख रहे हैं, अर्थात् आश्वस्तकारी कथनों, यह तय करके कि आप क्या चाहते हैं, यह संभव है कि इसमें विश्वास रखते हुए और इस तरह से व्यवहार करने, जैसे आप समृद्ध हैं—धीरे-धीरे अपनी सोच बदलना और धन को लेकर एक सकारात्मक चेतना विकसित करना आसान है।

अधिक धन कमाने के लिए आप क्या कर सकते हैं? आपका दैनिक ध्यान और चिंतन जो कुछ उजागर करता है, वह है धन-संग्रह करने का पूर्व में अपेक्षित उपाय। क्या आप समृद्ध लोगों की तरह सोचने में आपकी सहायता करने के लिए किसी मार्गदर्शक या कोच की सेवाएँ ले सकते हैं?

मैं अपनी धन-संपत्ति को लेकर सकारात्मक विकल्प चुन रहा हूँ और उससे प्रतिबिंबित समृद्धि की ऊर्जा का आनंद ले रहा हूँ।

जब आप एक बालक या किशोर थे, आपने धन के बारे में अपने माता-पिता, शिक्षकों और अन्य लोगों से क्या सीखा था ? क्या उस दौर का कोई संदेश आपकी वित्तीय सफलता में विघ्न डाल रहा है ?

धन-दौलत पीड़ा और मुसीबतें लाती है : एक बच्चे के लिए धन (या उसके अभाव) को लेकर ऐसे सारहीन तर्कों के प्रभाव में आना असामान्य नहीं है। वे पीड़ाजनक होती हैं और धन को लेकर नकारात्मक भाव पैदा करती हैं।

अमीर बनना परिवार के चलन के खिलाफ होगा : कई निम्न से लेकर मध्यम आय वर्ग के परिवारों में एक आम धारणा होती है कि अमीर लोग गरीबों का शोषण करके अमीर बनते हैं और वे औसत व्यक्तियों का लाभ उठाते हैं। निस्संदेह, यह सच नहीं है; परंतु कुछ परिवारों में गरीब बने रहना सम्मानजनक है और आपको अपने पड़ोसी की आर्थिक हैसियत के बराबर बनाए रखता है।

'गुड लाइफ' की कीमत चुकानी पड़ती है : क्या आप जानते हैं कि आपके पास एक वाद्य-यंत्र हो, आप एक प्राइवेट स्कूल या कॉलेज में पढ़ें या आपके पसंदीदा स्पोर्ट्स में आप प्रतिस्पर्द्धा करें, इन सबके लिए आपके माता-पिता ने कितना त्याग किया होगा ? इस तरह के संदेश धन-संपत्ति के बारे में नकारात्मक धारणाएँ बनाते हैं और गरीबी व कठिनाइयों को निरापद बताते हैं।

इन गलत धारणाओं को अपने मन से निकाल दें। दुनिया में धन की उपलब्धता की कोई सीमा नहीं है। अधिक धन अर्जित करने के लिए आपको क्या करना चाहिए ?

**जितना धन मैं कमाना चाहता हूँ और वह सब करने,
जो मेरे सपनों का जीवन जीने के लिए जरूरी है,
के लिए पर्याप्त धन कमा रहा हूँ।**

'द पावर टु हैव इट ऑल' के लेखक और 'द सीक्रेट' फिल्म में एक शिक्षक की भूमिका निभानेवाले बॉब प्रॉक्टर ने कहा, "आपके बैंक अकाउंट की वर्तमान स्थिति आपकी पिछली सोच की भौतिक अभिव्यक्ति से अधिक कुछ नहीं है।" तीन चरणोंवाले इस शक्तिशाली प्रोग्राम के जरिए हम आपकी सीमाबद्ध करनेवाली धारणाओं को बदलने का प्रयास करते हैं—

1. **धन के बारे में आपको सीमाबद्ध करनेवाली धारणा को लिख लें :** "धन कमाने के लिए धन की जरूरत होती है।"
2. **ऐसे कथनों, जो वास्तव में सत्य हैं, से उपर्युक्त धारणा को चुनौती दें :** बिजनेस के एक सही आइडिया के लिए लोग 'सीड कैपिटल' का निवेश करेंगे, ताकि मैं वह बिजनेस शुरू कर सकूँ। ऐसे कई व्यवसाय हैं, जिन्हें मैं 35,000 रुपए से कम राशि में शुरू कर सकता हूँ; जैसे कंसल्टिंग, नेटवर्क मार्केटिंग या एक सेवा-प्रदाता बनना। यदि मैं अपनी कंपनी के नि:शुल्क मैनेजमेंट ट्रेनिंग प्रोग्राम में प्रवेश लेता हूँ तो मुझे पदोन्नति या वेतन-वृद्धि का लाभ मिल सकता है।
3. **एक सकारात्मक परिवर्तनकारी कथन की रचना करें :** "हर वह चीज, जिनकी आसानी से धन कमाने के लिए मुझे जरूरत है, बिना किसी लागत के मेरे सामने प्रकट हो रही है।" कम-से-कम 30 दिनों तक इस कथन को उत्साहपूर्वक दिन में कई बार जोर से बोलकर दोहराएँ और वह हमेशा के लिए आपका हो जाएगा।
4. **अंत में, कल्पना-शक्ति का उपयोग करें :** कल्पना में स्वयं को उन चीजों का आनंद लेते हुए देखें, जो आप चाहते हैं; मानो वे आपको मिल चुकी हैं! उसे स्पर्श करने, अनुभव करने और उसमें कैसी आवाज है, यह सुनने के रोमांच को इस कवायद में शामिल करें।

मैं धन को लेकर नकारात्मक सोच और भावनाओं को त्यागकर अपने सपनों को साकार करने के लिए प्रसन्न व मुक्त अनुभव कर रहा हूँ।

□

जिस चीज पर आप ध्यान लगाते हैं, वह आपको मिलती है

ध्यान और चिंतन के लिए आश्वस्तकारी कथन

मैं अपने दिल की गहराइयों से जानता हूँ कि मैं धन-संपत्ति चाहता हूँ और यह कि वह एक हकीकत बनेगी।

मेरा ध्यान उन चीजों पर केंद्रित है, जो धन-संपत्ति हासिल करने और मेरी भावी जीवन-शैली का खर्च उठाने के लिए जरूरी हैं।

सबसे पहले, मैं एक निश्चित राशि का भुगतान खुद को करता हूँ और अपनी पूरी कमाई का एक हिस्सा बचत करता हूँ तथा जो मुझे वित्तीय रूप से सुरक्षित बनाता है और मुझे अपने लक्ष्यों की प्राप्ति के अधिक निकट ले आता है।

"यदि आपके भीतर धन-संपत्ति के लिए उत्कट इच्छा नहीं है तो वह आपके आसपास भी नहीं होगी। समृद्ध बनने के लिए धन-संपत्ति हासिल करने की लगन जरूरी है।"

—डॉ. जॉन डिमार्टिनी
स्व-निर्मित अरबपति और 'रिचेस विदिन' के लेखक

यदि आप धारा-प्रवाह आमदनी और भारी-भरकम निवेशित पूँजी, जो आपको लाभ कमाकर देगी, चाहते हैं तो आप दिल के गहनतम स्थल से इसी समय निश्चय करें कि आप अपने जीवन में धन-संग्रह करेंगे। अभी इस बात की चिंता न करें कि यह सपना कैसे पूरा होगा? "आप वह पाते हैं, जिस पर आप ध्यान केंद्रित करते हैं।" एक ऐसा नियम है, जो जीवन में लगभग हर चीज पर लागू होता है, चाहे वह आपका पहला घर खरीदना हो, अपने सेल्स टार्गेट्स प्राप्त करना हो, एक बिजनेस खड़ा करना हो या कोई प्रतिस्पर्धा जीतना हो, परंतु जब धन-संपत्ति हासिल करने की बात आती है तो यह विशेष रूप से सत्य हो जाता है।

समृद्ध बनने की दिशा में पहला कदम है—समृद्ध बनने का एक अटूट निश्चय। अगला कदम यह तय करना है कि धन-दौलत और एक समृद्ध जीवन-शैली आपके लिए क्या अर्थ रखते हैं? आशा की जाती है कि "सप्ताह 3 : तय कर लें कि आप जीवन में क्या बनना, करना एवं पाना चाहते हैं और उसका एक काल्पनिक चित्र अभी से मन में रख लें," के अनुसार आपने अपने वित्तीय लक्ष्य तय कर लिये होंगे। यदि नहीं किए हैं तो अब कर लें। बिना यह जाने कि आप क्या चाहते हैं, कोई लक्ष्य तय किए और अपनी सफलता का काल्पनिक चित्र बनाए आप धन-संपत्ति के क्षेत्र में ज्यादा दूर तक नहीं जा सकते।

मैं अपने दिल की गहराइयों से जानता हूँ कि
मैं धन-संपत्ति चाहता हूँ और यह कि वह एक हकीकत बनेगी।

"क्या आप जानते हैं कि आपको सपनों के जीवन के लिए आज और भविष्य में कितने धन की जरूरत होगी? आपकी आदर्श जीवन-शैली का फैसला करने और उसके लिए योजना बनाने के लिए आपको आज की लागत की शोध और भावी लागत का अनुमान लगाना होगा। अधिकांश लोग कहते हैं कि वे विलासिता का जीवन चाहते हैं; परंतु उन्होंने वास्तव में उनके लिए उसका अर्थ क्या है, इसे ठोस आँकड़ों में कभी नहीं बताया है। वह अब हम करके देखते हैं—

- यह तय करें कि उस सबकुछ, जो आप करना और पाना चाहते हैं, की लागत क्या होगी? आपको संभवत: लक्जरी हाउसिंग, फूड, कपड़े, बीमा, कारें, समाज-सेवा, छुट्टियों में विदेश जाने—और साथ ही सतत निवेश एवं बचत—के लिए धन की जरूरत होगी।
- उन गतिविधियों और चल-अचल संपत्तियों की ब्योरेवार कल्पना करें, उन्हें लिख लें, ताकि आप उसका शोध कर सकें कि उनके लिए कितने धन की आवश्यकता होगी? उदाहरण के लिए, जहाँ कई लोग कहते हैं, वे एक यॉट का स्वामी बनना चाहते हैं, उन्हें इसका जरा भी पता नहीं होता कि रख-रखाव, स्लिप रेंटल, बीमा, ईंधन और शायद चालक दल सहित उसकी कीमत क्या होगी?
- तय करें कि जब आप रिटायर होंगे तो अपनी वर्तमान या उन्नत जीवन-शैली बनाए रखने के लिए आपको कितने धन की जरूरत होगी? क्या तब तक आपके घर की पूरी कीमत अदा की जा चुकी होगी? आपका मासिक बजट क्या होगा?
- अपने धन पर नजर रखें। क्या आपको अपनी नेट वर्थ का पता है? क्या आपकी अचल संपत्ति संबंधी प्लानिंग पूरी हो चुकी है?

वित्तीय सफलता के लिए आपके लिए यह जानना अनिवार्य है कि आप अभी किस मुकाम पर हैं, ठीक-ठीक आप कहाँ जाना चाहते हैं और वहाँ पहुँचने के लिए क्या-क्या करना/चीजें जरूरी हैं?

मेरा ध्यान उन चीजों पर केंद्रित है, जो धन-संपत्ति हासिल करने और मेरी भावी जीवन-शैली का खर्च उठाने के लिए जरूरी हैं।

जहाँ अपने लेनदारों का कर्ज चुकाकर ऋण-मुक्त हो जाना बेहतर धन प्रबंधन की दिशा में पहला अच्छा कदम है, वहाँ यह अगला वित्तीय नियम आपको चकित कर देगा—'सबसे पहले स्वयं को भुगतान करें।' मासिक बिलों का भुगतान करने या नई चीजें खरीदने के बजाय एक ऐसी राशि का भुगतान स्वयं को करें, जो आपके लिए दीर्घकालिक निवेश को संभव बनाए।

यदि आपके पास कोई निवेश खाता—म्यूचुअल फंड्स, एन्युइटीज, स्टॉक ट्रेडिंग अकाउंट—नहीं है तो किसी फाइनेंशियल प्लानर, जो ऐसा खाता खोलने में आपकी मदद करेगा, के साथ बैठें, फिर उसकी कार्य-प्रणाली, जब आप नियमित रूप से अपने चेक भेजते हैं तो उस राशि का क्या होता है और एक स्थिर रिटायरमेंट की व्यवस्था करने के लिए आपको कितनी राशि निवेश करनी होगी, इन सब के बारे में स्वयं को शिक्षित करें।

बहुत संभव है कि यदि आप जीवन में काफी जल्दी निवेश करना शुरू करते हों तो आप अपनी निवेशित पूँजी मात्र से करोड़पति बन सकते हैं। सच्चाई यह है कि 99 प्रतिशत से अधिक करोड़पति तरीके से बचत और निवेश करनेवाले लोग हैं। उनमें से अधिकांश ने कड़ी मेहनत की, अपने बजट की सीमा में रहे, अपनी आमदनी का 10 प्रतिशत से लेकर 20 प्रतिशत तक बचत की और उसे अपने बिजनेस, स्टॉक मार्केट या रीयल एस्टेट में निवेश किया है।

सबसे पहले स्वयं को भुगतान करने संबंधी नियम को सरल बनाते हुए निवेश के लिए अपने मासिक वेतन में से एक निश्चित प्रतिशत राशि की ऑटोमैटिक कटौती की व्यवस्था करें, ताकि आपको हर महीने चेक लिखने का निर्णय लेने और याद रखने की जरूरत ही न रहे।

सबसे पहले, मैं एक निश्चित राशि का भुगतान खुद को करता हूँ और अपनी पूरी कमाई का एक हिस्सा बचत करता हूँ, जो मुझे वित्तीय रूप से सुरक्षित बनाता है और मुझे अपने लक्ष्यों की प्राप्ति के अधिक निकट ले जाता है।

□

खर्चे बढ़ने से पहले कमाई बढ़ाएँ

ध्यान और चिंतन के लिए आश्वस्तकारी कथन

मैं ऋण-मुक्त होने के अपने लक्ष्य और अपनी जरूरतों पर समझदारी से खर्च करने पर ध्यान केंद्रित कर रहा हूँ। मैंने अपना ध्यान खर्च करने और अधिक-से-अधिक चीजें उपभोग करने से हटाकर उन्हीं चीजों का आनंद लेने पर केंद्रित कर दिया है, जो मेरे पास पहले से हैं।

मैं दूसरों की जरूरतें पूरी करके हमेशा अधिक धन कमाने के नए मार्गों के बारे में सोच रहा हूँ।

"बहुत अधिक लोग उन लोगों को प्रभावित करने के लिए—जिन्हें वे पसंद नहीं करते—उस धन को, जिसे उन्होंने अर्जित नहीं किया है, वे चीजें खरीदने पर खर्च करते हैं, जिनकी उन्हें जरूरत नहीं है।"

—विल रोजर्स

अमेरिकी मानववादी अभिनेता और लेखक

सफल लोगों ने खर्च करने के खेल में प्रवीणता हासिल कर ली है। उनका धन उनसे कैसे जुदा होता है, इस संबंध में वे समझदारी से काम लेते हैं। सफल लोग अपनी मनपसंद चीजों पर कम खर्च करते हैं। वे अपनी हैसियत से कम में गुजारा करते हैं और अपने लक्ष्य पूरे करने पर जितना कम संभव हो, धन खर्च करते हैं।

इससे निरपेक्ष कि आपकी आर्थिक स्थिति क्या है—यहाँ तक कि वह खस्ताहाल हो, तब भी—आप अपने जीवन को रूपांतरित कर सकते हैं। आप तब भी ऋण-मुक्त रहकर अधिक बचत कर सकते हैं, यदि आप में लगन हो और आप अपने चुने हुए मार्ग से भटकें नहीं। आप एकाग्रचित्त हों और आप अपने जीवन में चमत्कारी चीजें घटित होती हुई देखेंगे। जब आप उपभोग और खर्चों पर से अपना ध्यान हटाकर उन चीजों का आनंद लेने और उनके लिए कृतज्ञ होने पर केंद्रित करते हैं, जो पहले से ही आपके पास हैं तो आपकी प्रगति तेजी से बढ़ेगी।

आप सफलता का मापदंड खरीदी हुई चीजों की बजाय चुकता किए गए ऋणों को बना लेंगे और सारे लक्ष्योन्मुख खर्चों को वित्तीय रूप से सुरक्षित बनाने में सक्षम हो सकेंगे।

मैं ऋण-मुक्त होने के अपने लक्ष्य और अपनी जरूरतों पर समझदारी से खर्च करने पर ध्यान केंद्रित कर रहा हूँ

क्या आप जानते हैं कि आपने पिछले साल कितना धन खर्च किया था? इसका पता लगाने के लिए यहाँ एक अच्छी कवायद दी जा रही है—घर के हर कमरे में जाकर हर अलमारी, हर ड्रॉअर खोलें और वे सारी चीजें निकालकर बाहर रख लें, जिन्हें आपने पूरे साल में कभी इस्तेमाल नहीं किया है। कपड़ों, खिलौनों, कार के पुरजों, किचन गैजेट्स में कोई बात नहीं। उन सबको अपने ड्रॉइंग रूम या गैरेज में रख दें और हर वस्तु की कीमत नोट करके उन सबका टोटल कर लें। आपके लिए यह एक बड़ी चेतावनी होगी।

अत्यधिक खर्च करना आपके वित्तीय लक्ष्यों को चौपट कर देगा। जब आप अधिकाधिक उपभोग पर ध्यान केंद्रित करते हैं तो कर्ज में डूबते जाते हैं, आप पर्याप्त बचत नहीं कर पाते और धन-संपत्ति जमा करने की आपकी योजनाएँ अपने शेड्यूल से पिछड़ जाती हैं। अत्यधिक खर्च करने की आदत का शमन करने का एक उपाय है—हर चीज नकद खरीदना।

अगला उपाय है—अपनी जीवन-शैली की लागत को घटाना। जब आप अपनी जीवन-शैली पर गौर करते हैं तो यह जानकर आपको आश्चर्य होगा कि आप कितना धन बचा सकते थे! उच्च गुणवत्ता की चीजों और सेवाओं को नहीं के बराबर कीमत पर हासिल करने के लिए अपना दिमाग लगाएँ। फिर धनराशि बचाने में रचनात्मकता दिखाएँ।

चीजों को सही दिशा में ले जाने के लिए यहाँ कुछ टिप्स दी जा रही हैं—उधार लेना बंद करें। अपने क्रेडिट कार्ड्स का हिसाब चुकता करने के लिए होम इक्विटी लोन न लें। अपने छोटे कर्ज पहले उतारें। कर्जों का भुगतान धीरे-धीरे बढ़ाएँ। अपने होम मोर्टगेज और क्रेडिट कार्ड्स का भुगतान जल्दी करें। अब आपके पास एक योजना है।

मैंने अपना ध्यान खर्च करने और अधिक-से-अधिक चीजें उपभोग करने से हटाकर उन्हीं चीजों का आनंद लेने पर केंद्रित कर दिया है, जो मेरे पास पहले से हैं।

सहज बुद्धि आपको बताती है कि आपके पास अधिक धन हो, इसके दो ही मार्ग हैं—खर्च कम करें या कमाएँ ज्यादा। एक बार आपको पता चल जाए कि आप कितना धन कमाना चाहते हैं तो उतनी राशि कमाने के लिए आप तय कर सकते हैं कि कौन सा उत्पाद, सेवा या अतिरिक्त वैल्यू आप डिलीवर कर सकते हैं?

यहाँ कुछ युक्तियाँ दी जा रही हैं—

1. **आपकी नियमित नौकरी से बाहर कंसल्टिंग का काम करें**—यदि आपका नियोक्ता इसके लिए मना नहीं करता तो अपनी विशेषज्ञता के क्षेत्र में आप ऐसे ग्राहक बनाना शुरू कर दें, जिन्हें किसी खास उद्योग के बारे में ज्ञान हो, जो आपके पास है, की जरूरत है। एक ब्रोशर लिखें, जिसमें उन खास चीजों का ब्योरा हो, जिनमें आप उनकी सहायता कर सकते हैं और इस सेवा के प्रचार के लिए अपने लिंक्ड-इन नेटवर्क का सहारा लें।
2. **अपने नियोक्ता के लिए किसी नए प्रॉफिट सेंटर का पता लगाएँ**—यदि आप जानते हैं तो आप एक ग्राहक सूची, आपूर्तिकर्ताओं से संबंध या बेकार हो गए अनबिके सामान जैसी उपयोग में न लाई गई संपत्तियों से अपने नियोक्ता के लिए अधिक आमदनी पैदा कर सकते हैं और अपने नियोक्ता के सामने इस अतिरिक्त लाभ के लिए अलग से भुगतान, यहाँ तक कि कंपनी के साथ भागीदारी—नई आमदनी में आपके शेयर की शर्त के साथ एक योजना का प्रस्ताव रख सकते हैं।
3. **नकद आमदनी के लिए अल्पकालीन कार्य करें**—core.com, taskrabbit.com और upwork.com जैसे पोर्टल्स अपने ऐसे ग्राहकों, जिन्हें सिंगल प्रोजेक्ट्स हैंडल करने या अपने बिजनेस अथवा घरेलू कार्य के लिए व्यक्तिगत संगठनकर्ताओं, प्रोजेक्ट को-ऑर्डिनेटर्स और क्रिएटिव टाइप के लोगों की जरूरत होती है, से फ्रीलांसर्स का संपर्क करा देते हैं।

मैं दूसरों की जरूरतें पूरी करके हमेशा अधिक धन कमाने के नए मार्गों के बारे में सोच रहा हूँ।

□

मानव-सेवा और कल्याण के लिए अधिक योगदान दें

ध्यान और चिंतन के लिए आश्वस्तकारी कथन

अपने समय और धन में किया गया मेरा हर योगदान दूसरों की मदद करता और मेरे जीवन में समृद्धि को बढ़ाता है।

मैं अपनी पूरी आमदनी का एक हिस्सा खुशी से धर्मार्थ कार्यों पर खर्च कर रहा हूँ, क्योंकि मुझे जो नेमतें मिली हैं, उनके लिए मैं ईश्वर का शुक्रगुजार हूँ।

यह जानते हुए कि मुझे हमेशा जितना मैं देता हूँ, उससे ज्यादा ही वापस मिलता है, मैं खुशी से दूसरों की सेवा कर रहा हूँ।

"दूसरों को दें, आपको और मिलेगा। जितने बड़े पात्र में आप दूसरों को देंगे, उससे भी बड़े पात्र में आपको वापस मिलेगा; क्योंकि देने के लिए आप जितना बड़ा पात्र चुनते हैं, उससे भी बड़े पात्र में आप वापस पाएँगे।"

—ल्यूक 6 : 38

'बाइबल' का नया अंतरराष्ट्रीय संस्करण

पूरे इतिहास में दुनिया के सबसे धनी और सबसे सफल लोगों में से कई बहुत उदार दानी और परोपकारी भी रहे हैं। उदाहरण के लिए, उद्योगपति एंड्रयू कार्नेगी ने पूरी दुनिया में लैंडिंग लाइब्रेरियों को वित्त-पोषित किया और अंततः पूरी दुनिया में 3,500 लाइब्रेरियाँ स्थापित कीं, जो बाद में आधुनिक लाइब्रेरी सिस्टम बन गया। 'चिकन सूप फॉर द सोल' की पहली पुस्तक के प्रकाशन के बाद से ही मार्क विक्टर हैंसन और मैं उसके लाभ का एक हिस्सा मानवतावादी एवं पर्यावरणीय संगठनों को देते रहे हैं। चूँकि वह सीरीज बहुत सफल थी, हम सैकड़ों परोपकारी संस्थाओं को लाखों डॉलर्स देने में सक्षम हो पाए हैं।

दानकर्ताओं द्वारा अपना धन और समय दूसरों के साथ बाँटने के लाभ गिनाए जाने के बावजूद बहुत से लोगों को अपना धन और समय किसी धार्मिक या परोपकारी संस्था को देने का निर्णय लेना बहुत कठिन लगता है; परंतु दान समृद्धि की अब तक ज्ञात सर्वोत्तम गारंटियों में से एक है, क्योंकि नियमित रूप से दान देना ईश्वर की सार्वभौमिक शक्ति को जाग्रत् कर आपके और समृद्धि की देवी (लक्ष्मी) के बीच एक विशिष्ट संबंध स्थापित कर देता है।

अपने समय और धन में किया गया मेरा हर योगदान दूसरों की मदद करता है और मेरे जीवन में समृद्धि को बढ़ाता है।

धन कमाना और उसको बढ़ते हुए देखना मजेदार व रोमांचक हो सकता है; परंतु अत्यधिक महत्त्वपूर्ण यह है कि आप बृहत्तर चित्र—कि आपकी आमदनी का आकार और सुंदर चीजों का संग्रह वह चीज नहीं है, जो आपके जीवन में परिपूर्णता लाती है, को हमेशा ध्यान में रखें। सिर्फ धन की खातिर धन-संग्रह करना लोभ की ओर ले जा सकता है।

डलास काउबॉयज फुटबॉल टीम के संस्थापक जूनियर मर्किसन का यह उद्धरण बहुत प्रिय है—"धन खाद की तरह है। यदि आप बिखेर दें तो वह बहुत गुणकारी है, परंतु यदि आप किसी एक जगह पर उसका ढेर लगा दें तो वह भयंकर बदबू पैदा करता है।" जब आप अपनी सफलता और धन-संपत्ति को दूसरों के साथ बाँटते हैं तो आपको और अधिक सफलता मिलती है तथा अधिक लोग उसका लाभ उठाते हैं। दूसरों के साथ अपना धन शेयर करने के सकारात्मक परिणाम लगभग हर चीज पर लागू होते हैं; परंतु यह बात विशेष रूप से सही है, जब आप अपना धन व समय दूसरों के साथ बाँटते हैं।

'द वन मिनट मिलियनियर' के बेस्टसेलिंग लेखक बॉब एलन ने तब तक दान-पुण्य शुरू नहीं किया था, जब तक वे अपनी सारी धन-संपत्ति खो नहीं चुके थे। अंततः उन्होंने अपनी समृद्धि दोबारा हासिल कर ली; परंतु इस बार उन्होंने फैसला किया कि वे अपनी आमदनी का एक हिस्सा धर्मार्थ कार्यों पर खर्च करेंगे। आज वे कहते हैं कि उनके पास इतने अवसर हैं कि वे एक जीवनकाल में उन सबका लाभ नहीं उठा सकते। उन्होंने यह भी कहा, "आप धर्मार्थ कार्यों में इसलिए धन नहीं लगाते कि आप कुछ पाना चाहते हैं। आप ऐसा इसलिए करते हैं कि आपके पास पहले से ही बहुत कुछ है...आप उस अविश्वसनीय वरदान और अपनी अद्‍भुत जीवन-शैली के लिए कृतज्ञतावश धर्मार्थ कार्यों पर खर्च करते हैं।"

मैं अपनी पूरी आमदनी का एक हिस्सा खुशी से धर्मार्थ कार्यों पर ख़र्च कर रहा हूँ, क्योंकि मुझे जो नेमतें मिली हैं, उनके लिए मैं शुक्रगुजार हूँ।

"यह जीवन की सुंदर क्षतिपूर्तियों में से एक है कि अपनी मदद किए बिना कोई व्यक्ति ईमानदारी से किसी दूसरे व्यक्ति की मदद करने का प्रयास नहीं कर सकता।" यह अमेरिकी निबंधकार और कवि रॉल्फ वाल्डो इमर्सन ने कहा, जो कि यह सत्य है।

वास्तव में, धर्मार्थ कार्यों पर खर्च करने की तरह यह भी एक सार्वभौमिक सिद्धांत है कि धर्मार्थ कार्यों पर खर्च किया गया धन कई गुना होकर आपके पास वापस आए बिना आप किसी दूसरे व्यक्ति की मदद नहीं कर सकते। जो लोग स्वयंसेवकों, मिशनरीज और मार्गदर्शक के रूप में सेवा करने का मार्ग खोज लेते हैं, अपने जीवन में तृप्ति और संतोष के उच्चतम स्तरों का अनुभव करते हैं और साथ ही एक गहरा आंतरिक आनंद भी महसूस करते हैं।

जब आप समाज-सेवा के लिए अपनी सेवाएँ देते हैं, आप उससे कहीं ज्यादा पाते हैं, जो आप देते हैं—अकसर बेहतर स्वास्थ्य और अधिक व्यक्तिगत संतोष के रूप में।

परंतु स्वैच्छिक सेवा या एक और लाभ, जो पहले से ही सफल या सफलता की ओर अग्रसर लोगों के लिए एक 'विशेष बोनस' की तरह है—स्वैच्छिक सेवा हर तरह के लोगों, जिनसे आप अन्यथा कभी न मिले होते, से मिलने में आपको सक्षम बनाती है। महत्त्वपूर्ण संबंधों का एक नेटवर्क खड़ा करना सफलता की एक कुंजी है—और प्राय: समाजसेवा के दौरान आप जिन लोगों से मिलते हैं, ऐसे लोग होते हैं, जो आपके पेशे और आपके समुदाय में चीजों को संचालित करते हैं। ये संबंध कॅरियर और व्यवसाय में अप्रत्याशित पुरस्कार हैं।

मुख्य बात यह है कि देनेवाला पाता है। दुनिया लेनेवाले की तुलना में देनेवालों की कहीं अधिक कद्र करती है। इसलिए अपने आप से पूछिए कि आप क्या देकर, शेयर कर और धर्मार्थ दान कर सकते हैं?

यह जानते हुए कि मुझे हमेशा जितना मैं देता हूँ, उससे ज्यादा ही वापस मिलता है, मैं खुशी से दूसरों की सेवा कर रहा हूँ।

□□□